AF409180

SANDRA MACHADO

REINAS DE ARENA

Machado, Sandra
Reinas de Arena.
1º Ed. – Ciudad Autónoma d Buenos Aires: Dunken, 2024.
15.24 x 22.86 cm.

ISBN 978-987-85-3343-8

1.   Narrativa. 2. Novelas. I. Título
CDD A863

Diseño de Portada: Laura Palacios Machado

Impreso por Editorial Dunken
Ayacucho 357 (C1025AAG) - Capital Federal

Dedicatoria

Decía el cantautor argentino Alberto Cortés:
"Cuando un amigo se va
queda un espacio vacío
que no lo puede llenar
la llegada de otro amigo"
Para Sandra Massazza y Silvana Perna, dos mujeres empoderadas, trabajadoras, luchadoras por su familia y su futuro, buenas compañeras, emprendedoras, excelentes profesionales y, sobre todo, mis grandes amigas.
Ambas jóvenes aún para irse de este mundo, víctimas de una enfermedad maldita que las hizo sufrir, sobre todo el último tiempo. Compartimos mucho en el pasado y me hubiera gustado seguir haciéndolo, pero la vida, a veces, nos da estas ingratas sorpresas.
Mi corazón llora por ustedes, cada día las recuerdo.
No saben cuánto las extraño, pero sé que algún día nos volveremos a encontrar. Hasta ese entonces... buen viaje.

"La muerte terrenal es como una interrupción temporal, ya que el ser humano tiene
la posibilidad de vivir eternamente".
(Creencia egipcia)

La magnificencia de los sueños no se encuentra en aquello soñado;
se encuentra en el deseo que pongas en él,
en convertirlo en realidad y disfrutarlo siempre.

Cleopatra

Prólogo

"Todo está dentro de ti"

—¡Hola Amelia! ¿cómo estás? ¡qué alegría escucharte otra vez! —Susana se puso feliz al responder el celular, luego de ver que su hermana la llamaba por segunda vez en el día.

—¡Su!… ¡Su! —Amelia lloraba desconsolada luchando por respirar, el aire parecía no entrar en sus pulmones, y al inspirar emitía un silbido agudo por el esfuerzo. Su cabeza estaba confusa y todavía no lograba procesar lo que había pasado, se sentía destrozada.

—Amelia, ¿por qué lloras? ¿qué te pasa? ¿papá y mamá están bien? —preguntó, Susana, ansiosa y preocupada a la vez, por el descontrol que escuchó en su voz, y se incorporó del sillón donde se encontraba sentada con su marido mirando una película.

—¡Es…! —Gimoteó intentando contestar, pero su llanto no cesaba y se le dificultaba pronunciar las palabras—. Es… ¡A… Alan! —No quería decirlo, no quería que fuera cierto.

—Por favor, Amelia, cálmate y cuéntame que sucede. —A Susana se le llenaron los ojos de lágrimas al escucharla tan mal, encontrarse tan lejos, y no poder abrazarla.

—¡No puedo! —gritó, entre hipidos y sollozos sin poder seguir, comenzó a toser—. ¡No…no puedo… calmarme! —Le costaba hablar—. ¿Por qué…? ¿Por qué tuvo que… que pasar esto? —balbuceó luego de unos minutos, casi en un susurro. Le temblaba el mentón, el sudor se posaba sobre su piel como un manto helado, y el cabello se le pegaba al cuello. Apretaba el teléfono con tanta fuerza, que le dolía la mano que lo sostenía. Con la otra, se agarró al borde lateral de la mesa en busca de un poco de estabilidad. Estaba en shock, no tenía fuerzas para moverse, se sentía atornillada a la silla, había quedado bloqueada.

Susana, viendo lo alterada que sonaba Amelia, le hizo señas a su esposo, que se encontraba a su lado expectante, escuchando la conversación. Moviendo los labios sin que saliera su voz, le pidió que llamara a sus padres para que fueran a acompañarla.

—Amelia por favor no me asustes, respira, intenta calmarte, así me puedes contar que pasa. —Susana trataba de hablarle con suavidad para tranquilizarla mientras caminaba de un lado al otro de su living tomándose la cabeza con la otra mano—. Dime ¿qué le sucedió a Alan?

—¿Por qué? —susurró entre lamentos—. ¿Por qué? —repitió sin cesar ahogándose con sus lágrimas—. ¿Por qué? —Se sorbió la nariz y exhaló de golpe el aire acumulado en su garganta—. Fue mi... cu... culpa —murmuró con la voz entrecortada.

—¿Qué cosa fue tu culpa? —Amelia cada vez hablaba más bajo. Susana pensó que había escuchado mal.

—Lo amaba. —Su voz era un murmullo, su llanto se acentuó, y sus palabras, tan incoherentes y sin ilación, asustaron a Susana.

—Amelia ¿te dejó? —No sabía si sería la pregunta correcta en ese momento.

—¡No! —gritó sin poder proseguir, solo lloraba, y temblaba, y hablaba a medias por lo que Susana no lograba entender nada—. ¡Me quiero morir!

—¡No! No digas eso —gritó su hermana pensando que el estado de Amelia todavía era frágil después de su divorcio. No había terminado de sanar y, justo cuando parecía que había encontrado el amor y se la escuchaba feliz... *¿Qué carajo pasó?*, se preguntó abrumada. Parecía que la vida se había ensañado con ella. No sabía si su hermana soportaría esta vez lo que fuera que hubiera sucedido—. Por favor Amelia respira y cálmate, tranquila, trata de contarme despacio.

—Niara... ¡Le... le pegó... un tiro! —Amelia dejó caer la cabeza sobre su brazo apoyado en la mesa, completamente desolada. Su teléfono voló de su mano estrellándose contra el piso. Se sentía inmersa en una tempestad en el medio del océano, flotando a la deriva, con su cuerpo sacudiéndose golpeado por las olas. Manoteaba, boqueaba, pero nada la ayudaba a respirar, ni a salir. Se ahogaba. Se entregó al dolor y dejó que la invadiera por completo como si el mar se la tragara en su inmensidad, llevándola a las profundidades. No le interesaba nada más, nada tenía importancia, jamás había sentido una sensación similar.

Susana abrió grandes los ojos y se tapó la boca con la mano ocultando un jadeo inesperado sin poder creer lo que estaba escuchando. No sabía cómo consolarla ante semejante tragedia, otro golpe terrible.

—¿Amelia? ¿Amelia? —Solo escuchó silencio porque la comunicación se había cortado.

Dejó su teléfono sobre la mesa, las lágrimas le caían por las mejillas, se sentó agobiada y se tapó la cara con las manos sin saber que hacer. Su esposo la abrazó fuerte y se aferró a él con desesperación y pena. Se largó a llorar entre sus brazos temblando por la angustia. Le hubiera gustado estar al lado de su hermana, a veces la distancia parecía una enemiga.

Capítulo 1

Por siete días hasta ayer, no he visto a mi amor,
la enfermedad se ha adueñado de mí.
Mis miembros se han vuelto pesados y he perdido todo control sobre mí.
Si el mejor de los médicos viniese a verme,
mi corazón no podría satisfacerse con sus remedios.
Aún los sacerdotes lectores no pueden encontrar el medio,
mi enfermedad no es reconocida.
El que me dice: "¡Mira, es ella!", ése es el que me revivirá.
Su nombre me pondría en pie. La ida y venida de sus mensajes,
¡eso es lo que revivirá mi corazón!
¡Mi amada es más beneficiosa para mí que cualquier remedio,
ella es más grande para mí que el resto!
Mi bienestar es que ella entre, cuando la vea, entonces me sanaré.
Ella, tan sólo abre sus ojos, y mis miembros son jóvenes nuevamente.
Ella, tan sólo habla, y yo soy fuerte de nuevo.
Cuando la abrazo, ella destierra de mí el mal.

Su partida desde el Aeropuerto Internacional Ministro Pistarini de Ezeiza ya no tuvo la emoción de la última vez, cuando salió de allí rumbo a Sudáfrica, ni la expectativa de su primera exposición de fotografía. Sus padres la acompañaron, al igual que aquel día. Viajaron en auto por la autopista en completo silencio, respetando su desolación y su tristeza, que llenaba el espacio con una extraña amargura. Su padre, preocupado, la miró a través del espejo retrovisor y, viendo su estado de angustia y dolor, pensó si soportaría hacer ese viaje sola. Le tomó la mano a su esposa, sentada a su lado, y con una mirada cómplice trataron de darse ánimo el uno al otro.

La esperaba un vuelo largo, con varias escalas, pero esta vez, Alan no iría por ella como aquella mañana cuando llegó a Johannesburgo. Se despidió de sus padres en la planta baja y su abrazo desató el llanto, nuevamente. Recorrió los salones y pasillos del aeropuerto mientras cumplía con desgano los trámites obligatorios, que eran estresantes y agotadores. Tanto papeleo, tantas vueltas por los corredores, pesar la valija, pasar los *escáneres*, y caminar hasta el mostrador de salida, la dejaron exhausta. Subió al avión taciturna, llena de miedos y desazón, con la mirada triste y sombría, y las lágrimas que saltaban de sus ojos sin ningún esfuerzo ya que todo le traía un recuerdo. Una vez en su asiento pensó que, solo una semana atrás, había regresado a Buenos Aires abarrotada de mágicos momentos, éxitos inesperados, y creyendo que su vida volvería a ser feliz. ¡Qué poco había durado la emoción!

«Recordó aquel día mientras el avión comenzaba a carretear por la pista. Sus padres habían ido por ella al aeropuerto, la esperaban ansiosos y felices, y ella, al verlos, corrió a abrazarlos y besarlos, los había extrañado muchísimo y anhelaba contarles su aventura. Fue hablando todo el camino hasta su casa entusiasmada por lo maravillosa que había sido su estadía en Sudáfrica, emocionada por todo lo que había vivido esos días, y dichosa por sus logros y su fama.

No bien abrieron la puerta, el olor a la comida que había preparado su madre para agasajarla la envolvió en una nube de placer y le despertó un apetito incontenible. La mesa ya estaba tendida, así que se lavaron las manos y se sentaron a su alrededor. Su madre calentó el riquísimo plato, milanesas con puré de papas, su preferido, y comenzaron a almorzar mientras ella seguía relatando su viaje. Les contó de las ciudades que había visitado, Johannesburgo y Ciudad del Cabo, la historia que había encontrado al recorrerlas, sobre todo al visitar el Museo del Apartheid, las personas que había conocido caminando por las calles de los diferentes barrios, las fotos que había tomado, la grandiosa exposición que había armado junto con Alan en ese museo alucinante y tan moderno, y también de la selva, los safaris, y los maravillosos animales que había visto, por supuesto, sin entrar en los detalles apasionados que habían tenido juntos. Les mostró las revistas y diarios donde habían salido sus fotografías, algunos videos de la exposición y, cuando vieron la foto de la leona que la atacaba, les contó cómo se había perdido en la selva y su rescate.

—¡Nena, eres una cabeza dura, antes de irte te dije que te cuidaras! —la retó su madre mientras servía la comida—. ¿Y si te hubiera pasado algo? ¿Qué hubiéramos hecho? Nos hubieras matado de la amargura y la tristeza.

—¿Como pudiste bajarte del jeep, Amelia? —Su padre, serio, se notaba enojado—. ¡Eres una irresponsable! Ni que tuvieras cuatro años.

—¡Ay! no sean exagerados, no me reten más, estoy aquí y estoy viva. —Hizo una pausa con la mirada risueña—. Además, no van a negar que la foto es maravillosa. —Todos largaron la carcajada—. ¡Y está nominada a la mejor foto del año!

—¡Eso es grandioso! Se nota que, a pesar de todo, lo has disfrutado muchísimo, eso me pone muy feliz ¡Pero igual eres tremenda! —Su madre aflojó la reprimenda, en el fondo estaba contenta porque su hija volvía a ser la chica divertida y ocurrente que solía ser.

—Es verdad, me alegro por ti. —agregó, su padre, mirándola con inmenso cariño y apretando su mano con firmeza a través de la mesa—. Y... ese Alan... ¿hay algo especial con él? —La miró, burlonamente, haciéndole señas a su madre que sonreía mientras servía el postre.

—Bueno... sí, me gusta. Además, ha sido muy bueno conmigo, nos llevamos muy bien, fue muy atento, es muy apuesto, y...

—Y... estás loca por él por lo que se ve. —Su madre miró de reojo a su padre que asentía.

—Creo que si —respondió sonrojándose, pero algo melancólica.

Comenzó a hablar de él con voz acaramelada. Les contó que era un buen hombre, muy inteligente y sensato, que amaba su trabajo y buscaba diferenciarlo de lo común y habitual para mejorar y destacar el museo. También, que era muy atractivo y les mostró fotos que su madre miró con asombro, afirmando que parecía un galán de cine. Les habló de su vida y su familia: de sus padres, de su hermana que vivía en Argentina, y de Jonathan, quien los había acompañado en la selva. Mencionó algunos de los momentos maravillosos que habían compartido, la ternura con la que la había tratado, y las cosas hermosas que le había dicho. Relató la búsqueda del día que se perdió en la selva y luego todas sus atenciones, obviamente, sin contar los momentos que les habrían puesto los pelos de punta. En sus relatos y en su cara se notaba lo feliz que se sentía, ya que sus ojos brillaban inundados de amor, como nunca antes lo habían hecho.

—¿Por eso miras tanto el teléfono? —preguntó, su padre, riendo, mientras saboreaba una porción del estupendo flan con crema que había hecho su esposa.

—No te burles papá. En realidad, me llama la atención que no vio mi mensaje. Insistió en que le avisara cuando llegara, pero ni lo ha mirado. —Rio nerviosa y siguió tratando de no darle demasiada importancia.

Hablaron toda la tarde y sus relatos fueron interminables, llenos de felicidad y alegría. También les mencionó la nueva muestra que los esperaba en Egipto y que harían juntos algunos meses más adelante. Sin embargo, a las ocho de la noche estaba tan cansada que su padre la llevó a su departamento.

Iba en el auto callada, por momentos ausente o perdida en sus pensamientos, y cada tanto, una sonrisa cruzaba por sus labios cuando hermosos recuerdos la invadían.

—Amelia, no dejas de mirar el teléfono —dijo, su padre—, ya te va a contestar, hija.

—Si, es que ni siquiera lo ha visto y siempre anda con el teléfono encima, me llama la atención.

—Y, ¿qué esperabas? —El tráfico era escaso, así que, iban andando tranquilos, conversando.

—¿Cómo? ¿por qué me dices eso? Pasó toda la tarde, aunque sea podría haberme contestado.

—Nunca te escuché hablar de un hombre como lo has hecho de él. Ni siquiera de Sebastián, tu ex marido, en tus momentos más felices, te vi tan enamorada, ni tan contenta de estar con alguien como ahora. Además, se nota que es una buena persona, que te ha tratado bien y te valora, sobre todo, que te merece. —Miró hacia ella de reojo.

—No entiendo, papá ¿qué me quieres decir? ¿a dónde quieres llegar? —Se puso seria.

—Por lo que nos contaste, está perdido por ti, te dijo que te amaba, y que no quería que te fueras, pero tú lo hiciste igual. Te tomaste un avión y te volviste.

—Pero no podía quedarme, papá, ni él podía venir conmigo. Tenemos nuestras vidas, nuestras familias y amigos en lugares diferentes. Lo hablamos varias veces sin poder encontrar una solución y, además —hizo una pausa pensativa, mirando hacia abajo, restregándose las manos—, yo estaba muy confundida. Con toda la euforia de la exposición y los días que pasamos en la selva no fue tan simple resolverlo, las dudas estaban ahí como siempre, ya sabes... pasaba por mi cabeza la idea de que, tal vez, fuera algo pasajero lo que quería conmigo. —Miró triste hacia afuera, mordiéndose los nudillos, pestañeando para contener sus lágrimas.

—Está bien, pero no esperes que él esté feliz y conteste tus mensajes como si nada hubiera sucedido. Ya no son adolescentes que se enamoran y viven un romance a la distancia mandándose corazoncitos por WhatsApp. —Se detuvo en el semáforo y la miró sonriente—. Es obvio que él quiere otra cosa contigo. Te fuiste, lo dejaste, tu prioridad fuiste tú, y está perfecto, pero no esperes que él disfrute eso y esté contento, déjalo procesar tu partida. —Dobló para tomar Cramer, la avenida donde vivía Amelia, cuando el semáforo tuvo luz verde—. Debe sentir que te perdió y, si te ama como dices, no le debe estar resultando fácil darse cuenta de que ya no estarás allí con él mañana cuando se levante. Ponte en su lugar Amelia, tú ya estuviste en una posición similar en algún momento, sabes lo que se siente. —Su padre estacionó en la puerta de su edificio y estiró la mano para acariciar su mejilla.

—Sí, lo sé, es verdad. ¿Supones que no mirar mi mensaje es una manera de castigarme? —preguntó en voz baja mordiéndose el labio inferior.

—No, no lo creo —dijo, seguro, pero se quedó pensativo unos minutos y ambos estuvieron en silencio un rato—. Aunque yo, definitivamente, lo haría. Te haría sufrir y te torturaría con la indiferencia por haberme dejado, durante días —comentó con sorna haciendo que ambos rieran.

—Eres tremendo, pero muy sabio como siempre. —Lo abrazó fuerte y le estampó un fuerte beso en la mejilla—. No lo había pensado de esa forma, pero tienes razón. Esperaré unos días y si no me llama, yo lo haré. Yo también lo extraño. —Amelia abrió la puerta para bajarse.

—¡Esa es mi chiquita! Te mereces ser feliz, hija mía. Ojalá esta vez salga todo bien. —Le dijo adiós con la mano y partió.

Ya en su departamento, desempacó sus valijas, puso a lavar la ropa, comió unos sándwiches que le había dado su madre en un *táper*, y chateó un poco con sus amigas y con su hermana Susana, quienes estaban eufóricas con el relato de su romance y se volvieron locas de alegría, pidiendo detalles que prometió contarles, en persona, cuando se encontraran la semana siguiente.

Sin embargo, algo le faltaba, se sentía rara, lo extrañaba a su lado, y su departamento parecía triste y vacío sin él, aunque nunca lo habían compartido. Notaba su ausencia, pero todavía no podía creer que no le diera ni una señal y eso, en el fondo, la enojaba. Trató de no preocuparse y pensar en lo que le había dicho su padre, pero no lograba conformarse.

Tantas veces le había dicho que la amaba, que no se fuera, que no podía estar sin ella y ahora ni una palabra. ¡Ni siquiera "un visto"! Sentía como si hubiera desaparecido de su vida, como si se hubiera esfumado del planeta.

¿Sería el final de su relación? ¿Eso era lo mucho que la quería? Se había entretenido con ella, la había pasado bien los días que estuvieron juntos, y ahora que se había ido, todo había terminado. Pero... no podía ser. Él era tan diferente. Los ojos comenzaron a picar, parpadeó para contener las lágrimas porque recordó lo que siempre le decía su madre: *"Amelia, ningún hombre merece una lágrima"* ¿Tendría razón?, se preguntó en aquel momento. Sus pensamientos hicieron un cóctel mortal en su mente y se echó en la cama a llorar, donde se quedó dormida.»

Sonó una campanita que la sacó de su ensoñación. Una luz sobre ella se encendió indicando que debían ajustarse los cinturones de seguridad. El murmullo de la gente a su alrededor y el sonido de los broches enganchándose la volvió a la realidad.

¡Qué equivocada estaba!, pensó mirando por la ventanilla del avión. Cuánto lamentó haber pensado todas esas pavadas y se preguntó como seguiría adelante si no lo podía hacer con él.

Apoyó la frente contra la ventana sintiendo el frío y la humedad del vidrio contra su piel. Suspiró de forma entrecortada y limpió las lágrimas que se deslizaban por sus mejillas. Con los ojos cerrados volvió a aquel día, era lo único que podía calmarla un poco... los recuerdos.

«Recordó que, al día siguiente, como no aguantaba más la espera, lo llamó, pero no contestó su teléfono y, más tarde, daba apagado. Al otro día, sin embargo, recibió la llamada que tanto esperaba.

—Hola Alan, ¡al fin! —Tomó el teléfono con rapidez y contestó emocionada al ver su nombre en la pantalla—. ¿Por qué me hiciste sufrir así? ¡eres terrible! Creí que te habías olvidado de mí. Me hiciste enojar con tanta espera. ¡¿Por qué fuiste tan malo?! —Amelia hablaba sin parar, entusiasmada por el llamado—. ¡Me hiciste pensar cualquier cosa!

—Amelia, soy Jonathan —susurró, la voz, sombría del otro lado de la línea, provocándole un escalofrío que le recorrió el cuerpo. Su tono seco la dejó perpleja, muda. Se le hizo un nudo en la garganta. Se produjo un vacío en la línea y el silencio se apoderó de la conversación como si hubiera quedado suspendida en el aire.

—¿Jonathan? —balbuceó y su respiración se aceleró por la incertidumbre. Habló con dificultad, aferrada al brazo del sillón, donde se sentó llena de temor—. ¿Pasó algo? ¿Alan está bien? —El corazón le latía desbocado, quería saltar de su pecho, y una catarata de pensamientos invadió su mente.

Cada segundo en silencio parecía una eternidad, como si el destino se negara a mostrar la verdad. La ansiedad la estaba matando, sentía que su mundo se desmoronaba de a poco esperando una respuesta. Cuando el silencio se rompió Jonathan suspiró profundo antes de hablar, lo que anticipó la certeza de que algo malo había pasado.

—No, Amelia, no está bien. —Apenado y con la voz quebrada comenzó a contarle. Se lo notaba devastado, triste, y muy cansado. Su tono era lúgubre y no podía disimular su gran pena y angustia.

—¡No! ¡Alan, no! ¡Alan, no! por favor, ¡No puedo creerlo!, pero ¿por qué? —Amelia lloraba desconsolada, no podía controlarse, y se tomaba la cabeza con la mano—. ¡Alan! ¡Alan! ¿Cómo pudo hacer eso? ¡Qué locura!

—Si, mucha locura. Me avisó uno de los guardias del edificio no bien sucedió, no lo podía creer tampoco. Salí en seguida para acá en el primer avión que encontré. No sabes lo que era el departamento cuando llegué, ¡un desastre! Sangre por todos lados, cosas por el suelo, un caos. —Suspiró con agotamiento en su voz—. Me dijo el guardia que Niara salió del ascensor hecha un desastre, estaba muy mal, descalza, con las manos y el vestido manchados de sangre, lloraba y no contestó nada de lo que le preguntó.

—Y ¡¿no la detuvieron?! —Lloriqueaba histérica sin poder creer lo que le contaba.

—No. El guardia se imaginó, por su estado, que algo malo había pasado y fue rápido al departamento. Cuando entró lo encontró a Alan tirado en el piso sobre un charco de sangre.

—¡Qué horror! ¡Pobre Alan, Dios mío! —Sin parar de llorar, en su mente atormentada se materializó la tétrica imagen del momento en que recibía el impacto en el pecho: imaginó su cara de dolor y eso le hizo cerrar su mano fuerte, mordiéndose los dedos; luego, la caída al piso por el impulso del disparo, ante lo que se acuclilló en el sillón haciéndose un ovillo, temblando por el llanto; y después, mucha sangre saliendo de su cuerpo. Apoyó la cabeza contra el respaldo y se sumió en un dolor incontenible. Todas esas imágenes le quitaron la respiración y aumentaron su angustia. Le dolía el pecho como si le arrancaran las entrañas.

—También me dijo que miraron las cámaras y vieron que Niara entró cuando estaban los guardias de la tarde. Nadie le prohibió el ingreso, es probable que él no les haya avisado que la saquen de la lista de personas que podían entrar al edificio. ¡Es increíble! Luego llegó la policía y la ambulancia, se lo llevaron y empezaron a buscarla.

—Nunca pensé que estuviera tan desequilibrada, creí que solo era una mujer celosa, aunque el día del escándalo en el hotel estaba muy conmocionada. ¡Fue... fue por mi culpa! lo sé, ¡nunca... nunca me lo perdonaré! —Al intentar hablar su voz salía entrecortada. No podía reprimir el llanto. La mezcla de dolor, tristeza, e ira terminó estallando en un grito descontrolado y agudo como si fuera una válvula de escape.

—Amelia, tranquilízate, no fue tu culpa. Era una chica rara, siempre lo fue, es obvio que estaba enferma, tenía actitudes sombrías y extrañas y él, bueno... —suspiró hastiado—, él le tuvo demasiada paciencia, fue demasiado considerado con ella, no sé porque no se dio cuenta de que solo lo buscaba por su dinero y, claramente, los celos terminaron de enloquecerla.

—Quiero ir —su voz se agravó, sonó decidida y cortante—. Iré en cuanto consiga pasaje, quiero estar ahí. —Sollozó—. ¿Por qué? ¿Por qué pasó esto? Si me hubiera quedado, tal vez...

—Amelia, si te hubieras quedado, tal vez hubiera sido un desastre mayor, no lo sabemos, quizá te hubiera lastimado a ti también. —Hizo silencio y suspiró sonando vencido—. ¿Estás segura de que quieres venir?

—Si, nunca estuve más segura de algo. Llegaré lo antes posible. —Dejó el teléfono a su lado y sintió como el mundo le caía encima. Lloraba sin control. Se dejó caer de costado en el sillón, sin poder asimilar lo que había escuchado. Se lamentó por todo lo que había pensado esos días al no recibir respuesta a sus mensajes. Se sentía devastada al estar tan lejos y no haber podido estar a su lado en ese momento tan horrible, sobre todo, porque estaba segura de que era por ella que Niara le había disparado. Le hubiera gustado estar allí, aunque solo fuera para abrazarlo, y decirle cuanto lo amaba.»

Ni bien aterrizó en Ciudad del Cabo, tomó un taxi que la dejó en la puerta de un edificio enorme, que se veía gris y sombrío, como sus sentimientos. Salió del ascensor en el segundo piso como le habían indicado en la recepción y comenzó a caminar por el largo pasillo. Al fondo lo vio a Jonathan, serio, rodeado de otras personas que hablaban. Levantó la cabeza y al verla sus ojos brillaron y sus labios esbozaron una cálida sonrisa. Amelia avanzó despacio arrastrando su pequeña valija que pesaba como si estuviera cargada con toneladas de piedras, la sentía tan pesada como su dolor. Se detuvo unos instantes y desde la distancia observó la escena que tenía delante. No pudo controlar las lágrimas que caían por su rostro quemándole la piel. Tenía miedo de avanzar, tenía miedo de no poder contenerse y perder el control. Luego de tranquilizarse, continuó y se detuvo a su lado.

—Nunca me imaginé que regresaría por algo así —dijo sin dejar de mirarlo—. Tomé tres aviones, hice varias escalas y hace casi veinte horas que estoy de vuelo en vuelo, pero quería estar aquí. —Los pensamientos, las emociones, y los recuerdos se mezclaron en una sensación intensa en el medio de su pecho que le costó mucho controlar.

—Hermano —dijo Jonathan en voz baja, sonriendo y acercándose a Alan— cruzó el océano para verte. Vino en persona a contestar tus llamados y mensajes.

—Claro ¿qué esperabas? ¿que atendiera el teléfono después de lo que me hiciste sufrir estos días?

Alan, que caminaba por el pasillo muy despacio, había quedado paralizado cuando escuchó su voz que le hablaba desde atrás. No quería que lo viera en ese estado. Se dio vuelta con lentitud.

—Volviste... estás aquí. —Alan la miró con dulzura y emoción al mismo tiempo. —No sabía que pensar, no creí que vendrías. —Amelia se acercó y Alan la abrazó fuerte, refugiando la cara en su cuello, aspirando su aroma que tanto extrañaba, y ella enredó los dedos en su cabello algo revuelto.

—¿Pensabas que no vendría? Es porque no me conoces bien, soy una caja de sorpresas. —Sonrió, tímida, viendo lo cambiado que estaba a pesar del poco tiempo que había transcurrido desde que se había ido. Su piel había perdido la tibieza que a ella tanto la complacía, se lo veía débil y apagado, contrario a su constante vitalidad, pero sus ojos castaños con ese tinte verdoso tan sensual, la seguían atravesando y amando igual que siempre. Se separó un poco de su abrazo, la desarmó el amor y el brillo que vio en su mirada, le acarició el rostro con su mano suave, y lo besó en los labios con ternura—. Ni siquiera podía imaginar perderte. Te amo Alan.

—Y yo a ti Amelia. —La abrazó respondiendo a su beso con una necesidad desesperante—. Te amo tanto —susurró sobre sus labios.

Jonathan se había mantenido alejado para darles espacio, pero vio que a su hermano la emoción lo estaba superando.

—¿Estás bien? —preguntó luego de unos minutos, tomándolo del brazo cuando lo vio inestable. Amelia lo miró preocupada.

—Si, estoy bien, pero mejor regresemos a mi habitación. Estoy muy cansado, siento como si hubiera caminado diez kilómetros.

Ya en el cuarto, Alan se acostó y Amelia se sentó a su lado en la camilla. Su regreso parecía haberle inyectado una dosis de energía. Su cara sonreía sin ningún esfuerzo y la miraba como si fuera su ángel de la guarda que había llegado a salvarlo. La emoción lo colmaba, sentía que su cuerpo cobraba vida poco a poco y, si bien no hubiera querido que lo viera en esa situación, su presencia era sanadora. Tenerla cerca le daba la fuerza que necesitaba para recuperarse. Conversaron un rato, sin soltarse las manos, sin dejar de tocarse, besarse, y mirarse, sin embargo, el cansancio terminó por apoderarse de él y al rato se quedó dormido, exhausto.

Mientras Alan dormía, Amelia y Jonathan se sentaron a conversar en un pequeño sillón que había dentro de la habitación. Lo hacían en voz baja para no despertarlo. Jonathan le contó todo lo sucedido en esos días que, para él, habían sido agobiantes.

Capítulo 2

Como fueron los hechos aquellos días...

Cuando Jonathan había llegado al hospital era el mediodía, preguntó por Alan en la recepción, temiendo lo peor. Le informaron que subiera al primer piso, a terapia intensiva, donde la empleada le pidió que aguardara en la sala de espera hasta que el médico saliera a darle el parte. Estuvo allí un rato, inquieto, hasta que varios doctores, luego de su ronda habitual, se acercaron a los familiares de los pacientes.

—¿Hay algún familiar de Alan Pears? —El médico miró hacia todos lados buscando quien respondiera.

—Yo soy su hermano. —Se acercó sobresaltado—. ¿Cómo está?

—Está muy delicado, Sr. Pears. Le dieron un disparo en el pecho que, por suerte, no tocó el corazón, pero perdió mucha sangre y está muy débil. La operación salió bien, retiramos la bala y ahora hay que esperar. Vamos a dejarlo en terapia intensiva hasta ver cómo reacciona.

—¿Se recuperará? —Jonathan preguntó temeroso, mirándolo muy preocupado.

—Es un hombre joven y fuerte, pero todavía es pronto para decirlo, debemos ver cómo evoluciona.

—Claro, entiendo. —Apesadumbrado bajó la cabeza—. ¿Puedo verlo?

—Si, por supuesto, solo unos minutos.

El médico le hizo señas a una de las enfermeras y ella lo acompañó. Le hicieron colocar una bata descartable, barbijo, fundas en los zapatos y entraron a una gran sala. El frío del lugar y el olor a desinfectante lo envolvieron. Había infinitos boxes y en cada uno de ellos una persona agonizaba. Los sonidos le resultaron terroríficos y lo que veía a su paso también: monitores con diferentes pitidos, alarmas que marcaban emergencias, respiradores que subían y bajaban, médicos y enfermeras que corrían hacia un enfermo que se había descompensado. Todo ese panorama era desgarrador.

Por suerte, Alan estaba cerca de la entrada y no tuvo que atravesar ese caótico lugar donde la muerte estaba parada a los pies de cada cama esperando cobrarse una vida.

—Solo unos minutos —dijo, la enfermera, al llegar al lugar donde estaba su hermano.

Se acercó al lado de Alan despacio y tomó su mano. Observó a su alrededor. Estaba conectado a diferentes aparatos como los que acababa de ver en el camino: uno marcaba su ritmo cardíaco, otro su respiración y la presión arterial, otro, vaya a saber qué. Unas mangueras le llevaban el oxígeno, otras más finas salían de bolsitas transparentes con el suero y algún otro medicamento. Por lo menos, todas esas cosas indicaban que estaba vivo. Acercó la boca a su oído mientras acariciaba su cabeza y le susurró.

—Hermano no nos abandones, por favor. —rogó con los ojos llenos de lágrimas, apoyando la cabeza en su frente—. No puedes bajar los brazos, no puedes morir. —Contenía la angustia con un nudo en la garganta que no lo abandonaba—. Te lo pido por favor Alan, te quiero, te necesito, todos te necesitamos y te amamos.

Allí se quedó con él, haciéndole compañía, tomando su mano, susurrando palabras de aliento en su oído, hasta que la enfermera se acercó a los pocos minutos.

—Ya debe irse. Puede volver más tarde. Recuerde que los horarios de visita son de doce a doce y media y de dieciocho a dieciocho treinta. Los médicos a esa hora dan el parte y podrá volver a verlo. No se preocupe, él estará bien, confíe —dijo, apoyando la mano sobre su brazo, con una suave sonrisa que lo reconfortó.

Jonathan asintió y, sin decir palabra, salió del box caminando cada vez más rápido, con dolor, con odio y furia por lo que acababa de ver. A medida que transitaba el pasillo, se iba arrancando la ropa descartable que le habían hecho poner y la arrojó en un recipiente, ubicado en un costado, antes de salir del sector. Abrió las puertas con un golpe de ambas manos y se dirigió a la sala de espera otra vez. Se sentó en una silla, apoyó los codos en sus rodillas, se tomó la cabeza, angustiado, intentando calmar su respiración agitada. Quería gritar, llorar, romper todo a su alrededor, pero se contuvo con la certeza de que, si hubiera tenido a Niara cerca en ese momento, la hubiera estrangulado con sus propias manos.

Cerró los ojos para calmarse y después de unos minutos, ya más tranquilo, con su cabeza más despejada, y su respiración ya no tan agitada, fue a comprarse un café en las máquinas del pasillo. Regresó y deambuló por la sala de espera mientras lo tomaba, luego se acercó a la ventana y se quedó allí mirando hacia afuera la ciudad intentando bajar su ansiedad y desesperación.

—Está delicado Sahira, le pegó un tiro en el pecho —explicó a su mujer por teléfono—. El médico dijo que perdió mucha sangre y que hay que esperar. Tengo miedo de que muera. ¡Ah! Estoy tan mal.

—Amor, tu hermano es fuerte, se pondrá bien, ya verás. No temas, no desesperes. —Sahira trataba de darle ánimo.

—No lo sé. —Con su mano llevó el cabello hacia atrás, apretando con los dedos el cuero cabelludo para bajar la tensión—. Si llego a encontrarla soy capaz de matarla. Si la tuviera cerca... Nunca me gustó y ahora, si pudiera, la haría pedazos.

—Jonathan, no te pongas así, no vayas a cometer ninguna locura, por favor. Esa chica siempre fue rara y lo sabes. Es obvio que no soportó que tu hermano la dejara y se enamorara de Amelia, y esta fue su venganza. —Hizo una pausa para sugerirle algo que sabía no querría hacer—. Debes avisarles a tus padres, al director del museo, y también a Amelia. No puedes ocultarles lo que pasó.

—Lo sé, pero quería esperar el parte médico de hoy por la tarde. A lo mejor...

—Jonathan, sabes que debes hacerlo de todos modos. ¡Por favor! No puedes demorarlo más.

—Si lo sé, te prometo que en cuanto el médico diga cómo está y pueda verlo, nuevamente, los llamaré. A las seis y media es la nueva ronda, esperaré hasta entonces, tal vez tenga mejores noticias para darles.

Ella trató de contenerlo, acompañarlo a través de la distancia que los separaba, pero notaba su tristeza. Sabía cómo se querían, y que siempre habían sido inseparables.

Las seis y media llegaron rápido, estaba ansioso por entrar cuando el médico salió.

—Sr. Pears —Lo llamó seco y serio, y Jonathan lo miró, paralizado.

—Si, aquí estoy. —Se acercó rápido—. ¿Pasó algo? ¿cómo está?

—Estuve con su hermano, sigue igual, no tengo mejores noticias para darle que las que ya le he dado esta mañana. —El médico se quitó los lentes—. Pero he visto que se ha quedado aquí desde que llegó y quería hablar con usted —dijo, preocupado—. Por el momento su hermano está estable, pero no sabremos como resultará todo hasta dentro de veinticuatro horas más. Pasarse aquí día y noche no lo ayudará, ni a él ni a usted, debe irse a descansar. Le recomiendo que vaya a su casa, duerma un poco y venga en los horarios de visita. Quedarse aquí solo va a agotarlo.

—Es que… —dudó, Jonathan—. No lo sé, creo que, si estoy aquí, cerca, tal vez….

—Sr. Pears —el médico, compasivo, lo tomó del hombro—, aquí no podrá hacer nada. Su hermano necesita estar en terapia intensiva, tener los cuidados adecuados y, si quiere, podrá visitarlo en los horarios que corresponde, pero permanecer en este lugar no le va a salvar la vida. Eso depende, exclusivamente, de él y de cómo responda al tratamiento. Desde ya que escucharlo y sentirlo a su lado le hará bien, pero el resto del tiempo, él no sabe que usted está aquí afuera.

—Es mi hermano, yo… no quiero dejarlo solo.

—Lo sé —contestó, el médico—, lo quiere y siente que lo abandona si se va, pero no es así. Ahora entre, hable con él, quédese todo el tiempo que quiera, dígale lo que siente, pero luego vaya a descansar, relájese. Él lo necesita fuerte y, si se agota o se deprime, no lo ayudará. —Carraspeó, serio—. ¿Tiene otra familia?

—Si, nuestros padres y su novia.

—Creo que sería conveniente que les avise a todos. —Se colocó, nuevamente, los lentes y se fue a seguir con su ronda.

Ese comentario, para Jonathan, fue como una puñalada. La tristeza lo descolocó. Estaba grave y era indudable que había riesgo de que muriera. Volvió a llamar a Sahira llorando como un niño, pero no le daba consuelo nada de lo que ella pudiera decirle. Estaba agobiado y muy turbado.

—Jonathan, trata de calmarte. Entra a verlo, háblale, quédate con él, y luego vete a su casa a descansar un rato, el médico tal vez tenga razón. Tu hermano te necesita fuerte y lúcido, hazle caso. —Sahira estaba muy preocupada y no sabía que palabras usar para animarlo.

Al llegar a su lado, le tomó la mano a Alan y la apretó con cariño.

—Hermano, prométeme que te pondrás bien, hoy llamaré a nuestros padres, a Sisi, nuestra hermana, y a Amelia para contarles lo que te ha pasado. A todos voy a decirles que te vas a recuperar, así que, ni se te ocurra morirte, no vayas a decepcionarme, nunca lo hiciste Alan. Por favor, te lo pido hermano. —Las lágrimas, aunque quiso evitarlo, colmaron sus ojos.

Llegaron a su mente recuerdos de cuando eran chicos, cuando Alan lo cuidaba y defendía para que nada malo le pasara; en el colegio, cuando algunos de sus compañeros se burlaban de él por su color de piel, hasta había llegado a las manos con algunos de ellos por defenderlo. Siempre estuvo allí, siempre junto a él. Luego, cuando se mudaron a Ciudad del Cabo, ya más grandes, cocinaba mientras él estudiaba, le daba plata si necesitaba, o lo ayudaba a estudiar para algún examen, siempre lo alentaba. Jamás estuvo ausente y, aunque ahora ambos tenían su vida en lugares diferentes, se mantenían en contacto, seguían muy unidos. Perderlo sería como si le quitaran un miembro de su cuerpo.

La media hora de visita pasó rápido. Le prometió que volvería en el siguiente turno, apretó su mano a modo de despedida, para luego soltarla y salir.

Consternado, decidió caminar hasta la casa de Alan y quedarse allí ya que estaba más cerca del hospital, en cambio su departamento, el que compartía con Sahira cuando se quedaban en la ciudad, estaba más lejos y, si había alguna emergencia, se demoraría más en llegar. Caminó por la avenida, ausente, sumido en sus pensamientos, sin apuro, y con las manos en los bolsillos de su pantalón, dejando que el aire golpeara su cara, tratando de creer que todo sería un mal recuerdo dentro de un tiempo. Al llegar al edificio subió al piso de Alan. El pasillo tenía la alfombra salpicada de sangre desde el ascensor hasta la puerta del departamento y, al abrirla, el panorama era desolador. La policía ya había despejado el lugar, pero la enorme mancha todavía seguía allí junto con los toallones que habían usado para colocar sobre las heridas de Alan. El olor a sangre seca que invadía el ambiente era muy desagradable. Las botellas de vidrio que antes había sobre el bar, estaban desparramadas en el piso hechas pedazos, junto a las marcas que habían dejado los médicos, los policías, y los guardias.

—¿Como está su hermano? —preguntó, el guardia, desde la puerta.

—Grave —contestó, Jonathan dándose vuelta—. Hola Abdul, gracias por llamarme tan rápido ayer, pasa.

—¿Se pondrá bien? —preguntó, Abdul, entrando al departamento.

—Quiero pensar que sí, pero no lo sé —inspiró hondo—, hay que esperar, eso dijeron los médicos.

—Esta mañana la policía estuvo aquí otra vez. Comentaron que ya hicieron las pericias que necesitaban, pero volverán mañana para hablar con usted.

Quieren contarle lo que descubrieron y retirar unos papeles que aquí le dejo para que firme.

—¿Sabes qué pasó con Niara? —Tomó la carpeta llena de papeles que se extendía frente a él.

—No la encontraron todavía, según dijeron, la siguen buscando. —Preocupado, el guardia continuó hablando—. Mi turno terminó, pero si necesita algo no dude en llamarme. Su hermano siempre ha sido muy bueno conmigo y me tendrá para lo que necesite. Y si no le molesta, quisiera llamarlo para saber cómo está.

—Gracias, Abdul. No, no me molesta que me llames y yo también lo haré si hay novedades.

Cuando Jonathan arrojó la carpeta que acababa de darle Abdul sobre la mesa baja ubicada entre los sillones, algunas hojas se salieron y volaron al suelo. Se agachó para buscar las que habían caído bajo el sillón. Al asomarse encontró el teléfono de su hermano. Obviamente, a la policía se le había escapado ese detalle. Lo rescató, pero no pudo encenderlo porque la batería se había agotado. Lo puso a cargar mientras llevaba sus cosas a uno de los cuartos, tomó una ducha larga dejando que la fuerza del agua caliente le quitara el agotamiento, y luego se sentó en la terraza, donde decidió que era tiempo de llamar a su familia y a Amelia.

—Hola Jonathan, hijo, ¿cómo estás, tanto tiempo? —le dijo su padre, feliz de escucharlo—, eres muy haragán, nunca llamas, parece que la selva te tiene muy entretenido, o ¿será Sahira?

—Hola papá, ¿cómo estás? —le contestó parco.

—¿Qué te ocurre? Te noto raro ¿pasó algo?

—Papá... —Dudó un instante en cómo decírselo—. Es Alan. No tengo buenas noticias para darte. —Mientras le contaba lo que había pasado se le hizo un nudo en la garganta, no pudo seguir hablando y comenzó a llorar— ¡Está muy grave papá!

—¡Qué espanto! —gritó, el hombre, y abrazó a su esposa que estaba a su lado escuchando la conversación— ¡¿Cómo pudo hacer eso?! Esa chica parecía tan jovial, tan buena. Tu madre y yo viajaremos en el primer vuelo que encontremos. Tranquilízate por favor. Estaremos allá en cuanto podamos —dijo, su padre, desesperado.

Cuando terminaron de hablar se levantó y se preparó algo para comer. Sabía que tenía que seguir con los llamados, pero no podía y quería demorarlos. ¿Como se lo diría a Amelia, que acaba de irse?

Al mediodía siguiente, Jonathan estaba en la sala de espera del hospital mirando por la ventana, aguardando la hora para ingresar a ver a Alan, cuando una voz femenina lo sorprendió.

—¿Ya tienes alguna noticia? —Jonathan se dio vuelta y al verla corrió a su encuentro para abrazarla con desesperación.

—¡Sahira! —Lloró en su hombro, sin consuelo, mientras ella lo contenía—. ¡Te necesitaba tanto, mi amor!

—Lo sé cariño, por eso estoy aquí. —Lo besó en los labios y le masajeó la espalda para tranquilizarlo—. ¿Cómo va todo? ¿Sabes algo más?

—Estoy por entrar, en cualquier momento saldrán los médicos.

De pronto se abrieron las puertas y todos los doctores aparecieron luego de su ronda. Uno de ellos, el mismo del mediodía anterior, se acercó a ellos.

—Sr. Pears, puede entrar a ver a su hermano, por el momento no hay novedades —le dijo mirando la planilla que tenía en las manos—, está estable, eso es lo único que puedo decirle, lo cual no es poco en su estado. Evoluciona bastante bien.

Se quedó con él hasta que terminó el horario de visitas, otra vez sin vislumbrar ningún detalle que indicara que Alan lo escuchaba o notaba su presencia a su lado. Luego fueron al departamento de su hermano caminando, en silencio, por la avenida. Jonathan estaba triste, sombrío, y apagado.

—¿Llamaste a Daren y a Amelia? —preguntó, Sahira, que caminaba tomándolo de la mano.

—No. Hoy lo haré sin falta, te lo prometo.

—Jonathan, no puedes esperar más, deben saberlo. —Apretó el cuerpo contra el suyo para darle ánimo.

Cuando entraron tomó el teléfono, que ya se había cargado, lo encendió, y aparecieron los últimos mensajes que se habían mandado con Amelia. Sahira, a su lado, rodeó su cintura con un brazo y apoyó la cabeza en su hombro, desde donde pudo ver el nombre de Amelia en la pantalla.

—Tiene que saberlo, Jonathan —le dijo apretando el abrazo con más fuerza—, llámala ya, no esperes más. A mí me gustaría saberlo enseguida si a ti te pasara algo.

Se sentó en el sillón bufando y marcó su número.

Al día siguiente llegaron sus padres. Nadie tenía consuelo, pero no podían hacer nada más que esperar. Su estado seguía siendo muy delicado. Sin embargo, al quinto día por la tarde, Jonathan estaba a su lado, como todos los anteriores, y Alan comenzó a moverse y a quejarse. Llamó a las enfermeras y al médico que corrieron a atenderlo.

Jonathan salió feliz y eufórico. Cuando traspasó las puertas de terapia intensiva su cara estaba iluminada, abrazó a Sahira y a sus padres, sabiendo que su hermano se recuperaría. Se quedaron todos allí esperando noticias que no tardaron en llegar. El médico se acercó y confirmó su buena reacción a los cuidados intensivos.

—¿Estará bien entonces? —preguntó, su madre, entre lloriqueos, mezcla de preocupación y alegría.

—Está fuera de peligro, aunque, de todas maneras, hoy lo dejaremos en terapia. Ya está consciente, pero aún muy débil y confundido. Pueden entrar a verlo si quieren, pero que no se esfuerce. Debe descansar y, si evoluciona bien las próximas veinticuatro horas, lo pasaremos a una habitación privada.

Jonathan dejó que sus padres pasaran a verlo, primero, y luego lo hizo él.

—Alan... —susurró, Jonathan, y Alan abrió los ojos. Tomó su mano fuerte y le sonrió—, Alan que alegría que hayas despertado.

—Hola Jony... —le contestó en voz baja y ronca. No pudo terminar la frase, le costaba demasiado hablar. Quería levantar la mano, pero le pesaba como si fuera de plomo macizo.

—Nos diste un buen susto, pero sabía que no me decepcionarías —le dijo— Sabía que no te irías. ¿Recuerdas lo que pasó?

—Si... Niara... —Se calló, no podía continuar, su garganta estaba seca y rasposa.

—No hables. El médico dijo que debes descansar. Ya te contaré otro día, pero si... Niara.

Alan asintió con la cabeza y cerró los ojos. Estaba exhausto, agotado, y dolorido. Jonathan, no bien atravesó las puertas, llamó a todos sus conocidos para contarles la buena nueva. Si bien faltaba tiempo de recuperación, lo peor había pasado. Le mandó un mensaje a Amelia para que también se tranquilizara.

—Vaya, vaya, siempre rodeado de bellas mujeres. —Jonathan entró en la habitación, sonriéndole a la enfermera que le estaba tomando la presión a su hermano. Habían pasado ya las veinticuatro horas desde que había despertado y lo habían trasladado.

—Solo controles de rutina —dijo la chica sonrojándose.

—No le hagas caso —Alan sonrió—, él es así. Siempre hace esa clase de bromas, es la envidia.

—Se te ve mucho mejor. —Jonathan apretó su mano fuerte y se sentó a su lado—. Ya dejé a papá y mamá en el aeropuerto. Se fueron más tranquilos al verte bien y te llamarán cuando lleguen. Hermoso tu deportivo hermano. ¡Un lujito! —Levantó las cejas en señal de asombro ya que nunca lo había manejado—. ¿Cómo te sientes?

—Mejor, pero todavía cansado y algo dolorido según como me muevo.

—Lo que sucedió fue grave, Alan. Te pegaron un tiro en el pecho hace pocos días ¿qué esperabas, estar corriendo una maratón? —Su sonrisa fue arrolladora—. Estuviste muy mal, podrías haber muerto. Además, perdiste mucha sangre, nos dijo el médico que eso te dejó muy débil.

—Lo sé, lo sé. —Suspiró—. ¿Sabes qué pasó con Niara?

—La encontraron vagando por la calle como una indigente. Pero dado su estado y cómo sucedieron las cosas, decidieron internarla en un instituto psiquiátrico para hacerle una evaluación. Una vez que terminen, el juez decidirá lo que harán con ella. Está complicada. Igual la policía quiere hablar contigo.

—Nunca pasó por mi mente que fuera capaz de semejante cosa, que terminara así. —Alan se removió incómodo y su rostro reflejó dolor—. Me da mucha pena que no haya podido manejar la separación.

—Sin embargo, me parece que había algún desequilibrio en ella. No es normal una reacción así por una ruptura de pareja. ¿No te parece? —Levantó las cejas sonriendo—. Sino con todas las parejas que se rompen día a día, habría disminuido la densidad poblacional a la mitad. —Ambos rieron.

—¿Quieres contarme lo que pasó ese día? ¿Cómo fue que te disparó? —Jonathan siguió sentado en la cama, expectante.

Alan le contó que, luego de dejar a Amelia en el aeropuerto, había pasado por el Waterfront para despejar un poco su cabeza, estaba devastado con su partida, sobre todo, porque no sabía cuándo volvería verla. Más tarde, cuando regresó al departamento, entró sin encender las luces y se detuvo a mandarle un mensaje a su celular para que lo encontrara al llegar y, mientras lo hacía, escuchó que Niara le hablaba desde atrás, repitiéndole las mismas incoherencias de sus últimos encuentros.

Cuando se dio vuelta vio como lo apuntaba con el arma y el brillo del disparo. Su móvil, por la fuerza del impacto, salió disparado de su mano deslizándose debajo del sillón, mientras él caía y al golpear contra el bar, escuchó el ruido de las botellas y copas que había sobre él al romperse contra el suelo. Al mismo tiempo, lo invadió un dolor que le quemó el pecho y la sangre empezó a fluir y a caer por el costado de su cuerpo. Le costaba respirar, la vista comenzó a nublársele, y no podía hablar. El silencio lo envolvió y la penumbra le dio paso a la oscuridad; se sintió entumecido y la fuerza lo abandonaba; intentó calmarse y con mucho esfuerzo, logró girarse hacia el costado e incorporarse. Con una mano en el pecho y otra apoyada en el suelo, trató de alcanzar su teléfono, pero se le hizo imposible. Agotado cayó de espaldas y todo se desdibujó ante sus ojos; recordó su último pensamiento, que fue para ella, creyendo que nunca más volvería a verla: *¡Amelia te amo!*, dijo en aquel momento y luego, todo desapareció.

—Quedé tendido, no me podía mover, ¡fue terrible! Me sentía paralizado —le dijo, Alan—. Niara se agachó a mi lado y en susurros me dijo al oído: "Te lo dije mi amor... ibas a ser mío o de nadie más"
—¡Qué loca, por Dios! —Exclamó, Jonathan, asombrado.
—Intenté agarrarla del brazo con las últimas energías que me quedaban, pero ella se soltó. Quise hablarle, hacerla entrar en razón, pero no pude, las palabras no me salían de la boca y todo se volvió muy confuso, aunque creo que tampoco hubiera servido nada de lo que pudiera decirle —agregó, Alan, pensativo—. Por un momento me sentí desesperado Jony, sabía que moriría si no lograba levantarme y pedir ayuda, pero me resultó imposible, no tenía fuerzas. Ella se puso de pie, me miró desde arriba sonriendo, y se dio vuelta para irse. La tomé del tobillo, pero de una patada se soltó y me dejó allí tirado. Tenía la certeza de que era el final. —Le comentó, Alan, entristecido por el relato—. Pasaron tantas cosas por mi cabeza.
—¿Cómo pudiste estar con Niara tanto tiempo y no darte cuenta de lo que le pasaba?
—Es verdad, no lo sé. Estaba completamente desequilibrada y no lo vi a tiempo. Y... ¿sabes algo más? ¿alguna otra noticia? —Alan bajó la cabeza, tratando de disimular su amargura.

—Sí, se algo más... de Amelia ¿verdad? —Jonathan sonrió con picardía. Alan asintió avergonzado porque había descubierto a donde apuntaba su pregunta—. Ya te conté que quedó devastada cuando le hablé y no paraba de llorar, dijo que te amaba y no quería perderte, además de que se sentía culpable. —Los ojos de Alan se iluminaron—. También le mandé un mensaje para contarle que estabas mejor y que te habían pasado a una habitación, aunque todavía no contestó, pero supongo que lo hará en cualquier momento. Hablamos todos los días, estaba destrozada y muy triste por no estar aquí contigo.

—Claro, pero aún no tuve ni un mensaje de ella. —dijo con una mueca de tristeza, apoyando la cabeza en la almohada, y mirando por la ventana perdido en sus pensamientos.

—¿No trataste de llamarla? Seguro que está ansiosa de hablar contigo.

—Si, pero no contestó mi llamado, tampoco mis mensajes.

—Tranquilízate. Ya llamará, dale tiempo. Recién has pasado un día aquí, tal vez hoy mismo te hable. Estará ocupada o trabajando. Con la diferencia horaria también se nos hacía complicado comunicarnos.

—Si, seguro. —Lo miró decepcionado por la respuesta.

—¡Vamos levanta el ánimo!, ya llamará. Salgamos a caminar al pasillo como dijo el médico. Te hará bien, necesitas fortalecerte y de paso despejas la cabeza de malas ideas mirando a las bonitas enfermeras que te andan rondando, como siempre. —Comenzó a quitar la sábana para ayudarlo a levantarse, mientras sonreía—. No te olvides de tu amigo el suero que tienes allí colgado, seguro que no quiere quedarse solo.

—Eres un loco —contestó, sonriente—, te quiero Jonathan.

—Y yo a ti, pero no te pongas melancólico que ya me hiciste llorar bastante, vamos, levántate. —Lo miró con esa sonrisa poderosa dibujada en su cara que animaba y levantaba hasta a un muerto.

Capítulo 3

"Si te abrazo y tus brazos se abren,
es para mí como si estuviera en el Punt.[1]
Si te beso y tus labios se entreabren,
vuelo a la altura de las nubes sin cerveza.
¡Qué paraíso ganado, qué plenitud,
qué vuelco celestial de los acontecimientos!"

Los días fueron pasando y Alan mejoraba muy rápido con la presencia y mimos de Amelia. Jonathan se había ocupado de hacer limpiar su departamento y ordenarlo para que no hubiera rastros de aquella noche, ya que Alan volvería al mediodía y no quería que viera su casa hecha un desastre.

—Hoy le dan el alta —dijo, la enfermera, una mujer mayor con muchos años de trabajo en ese hospital, mientras le hacía los últimos controles—. Está muchísimo mejor. Como se nota que el amor hace milagros ¿verdad? —Sonrió con complicidad.

—Si, por suerte ya me voy a casa —afirmó, Alan contento—. Y es verdad, desde que llegó Amelia me siento mucho mejor.

—Estuvo muy grave, pero estoy segura de que su novia lo cuidará bien. Es una buena chica y lo ama mucho, se le nota, se los ve muy enamorados. —Terminó de quitar el suero y curarle el lugar donde había estado conectado, puso unas cintas en los pinchazos y juntó todo para retirarse—. No la pierda, cuídela bien, me contó que voló desde muy lejos para estar con usted, pocas mujeres se tomarían tanto trabajo por un hombre. Es como un ángel con magia en su corazón. —Se quedó mirándolo fijo para que no le quedara duda del mensaje que intentaba darle—. En un rato viene el médico

---

[1] *Punt: lugar considerado paradisíaco por sus riquezas y exotismo.*

a verlo y le dirá todo lo que debe hacer los próximos días. —Bajó la cabeza retirando su mirada y se fue. A Alan le quedó grabado ese gesto y el comentario. Esa mujer le acababa de dar un consejo que no debía olvidar.

—Bueno, hoy es el gran día. —Amelia, parada en la puerta de la habitación, dejó salir a la enfermera antes de entrar.

—Así parece. —Alan comenzó a levantarse de la cama para vestirse.

—Te ves mucho mejor cada día. —Le dio un beso sobre sus labios y lo abrazó.

—El sexo no está permitido todavía —dijo, el médico, entrando a la habitación, sonriente, haciendo que Amelia se ruborice.

—Quédese tranquilo que lo mantendré en abstinencia hasta que esté bien recuperado —respondió, ella, sonriente.

—Bueno, no es para tanto, pero este proceso será largo, Alan. Ahora viene una etapa de cuidados. Todo lo que haga debe ser de a poco. Usted salía a correr ¿verdad? —Alan asintió—, ahora deberá comenzar a caminar y luego, más adelante, podrá aumentar la exigencia. Se sentirá cansado al principio, no se exija, si no puede no lo haga, pero tampoco se decepcione, tardará un tiempo en volver a su estado físico anterior. Con los deportes lo mismo y con el sexo... igual. —Lo miró por encima de sus lentes con una risa desvergonzada—. Quiero que venga a verme la próxima semana y le haremos nuevos estudios de control. —Le dio una receta con un par de medicamentos, indicaciones, y el turno—. Por otro lado, estuve en la muestra de fotos y me pareció grandiosa. Me encantó, los felicito a ambos. Y esa foto de la leona me pareció soberbia. —Salió, rápidamente, de la habitación.

El camillero lo llevó hasta la puerta del hospital en una silla de ruedas, donde los esperaba Jonathan con el auto. Cuando llegaron a su departamento, Sahira estaba preparando algo para comer y para festejar su regreso y recuperación.

—Alan —lo llamó su hermano que estaba parado en la terraza con una cerveza en la mano—, mañana Sahira y yo volveremos a la reserva a retomar nuestros trabajos. Ya estás bien cuidado y vigilado, así que no nos necesitas.

—Ambos miraron hacia adentro, a través del ventanal, donde estaba Amelia poniendo la mesa.

—Claro, me parece bien. —Se detuvo a su lado—. Ya estuvieron mucho tiempo aquí, los distraje demasiado —respondió sonriendo también—. Pero siempre te voy a necesitar. Jonathan, no sé cómo agradecer todo lo que hiciste por mí. Te quiero hermano, no sé qué haría si no te tuviera.

—Quieres hacerme llorar a toda costa ¿verdad? —Se abrazaron fuerte ya sin tanta angustia—. Por un momento pensé que te perdía y no sabía qué hacer. Sentí desesperación y mucha impotencia. La hubiera despedazado a Niara, miembro por miembro, por lo que te hizo. No sé si escuchaste algo de lo que te dije mientras estabas en terapia, pero tuve mucho miedo. Yo también te quiero. —Aseguró palmeándole el hombro.

—Bueno, a sentarse que Sahira preparó un manjar —dijo, Amelia, feliz detrás de ellos, sorprendiéndolos. Todos se sentaron a la mesa a almorzar, contentos de que el mal momento ya había pasado. Amelia recordó los días que estuvieron juntos en la reserva donde hicieron los safaris y se sentaban a comer mientras contaban anécdotas, al borde de la selva.
Lindos recuerdos que volvían.

Alan día a día iba aumentando la exigencia de sus caminatas y de sus ejercicios, aunque todavía le costaba correr, por momentos le faltaba el aire. Trataba de mantener la rutina, cada día se cansaba menos, veía progresos lentos, pero progresos al fin. Y llegar a casa y encontrar a Amelia, le daba un motivo más para recuperarse.

Ese día, cuando regresó, Amelia todavía dormía. Se quedó mirándola parado en el umbral de la puerta, le encantaba observarla. Era hermosa y disfrutaba mucho de tenerla todos los días a su lado, despertarse con ella en su cama, dormir con ella en sus brazos, recibir sus mimos y atenciones, sentir su cuerpo suave y tibio junto al de él. Nunca había sentido algo similar por una mujer. A pesar de que no hacía tanto que se conocían sentía que habían compartido una vida entera. Otras mujeres habían pasado por su vida y ninguna la había llenado de la misma forma. Desde que estaba en su casa sentía que su vida había cambiado, era feliz como nunca antes lo había sido. La quería toda para él, cada día, cada minuto, cada instante, y no concebía su mundo si ella no estaba en él.

Se fue a dar una ducha y, cuando terminó, comenzó a preparar el desayuno. Era un sábado espectacular de sol y estaba poniendo la mesa en la terraza cuando la vio salir somnolienta de la habitación.

—Hola dormilona. —Se acercó y la abrazó por la cintura—. ¿Cómo dormiste?

—A tu lado siempre duermo muy bien. —Lo besó colgándose de su cuello.

—¿Tienes hambre? ¿Quieres desayunar?

—Bueno, en realidad, te ves muy bien hoy, no sé si quiero desayunar ya, tal vez más tarde. —Se puso en puntas de pie y el beso ardiente lo tomó desprevenido. Su mano lo tomó de la nuca y lo atrajo hacia ella.

—¿Esto significa que se acabó la abstinencia? —preguntó sobre sus labios, sorprendido, mientras la envolvía más fuerte en su abrazo.

—Creo que ya es hora, además, estás muy apuesto esta mañana y te extraño —susurró con la mirada atrevida, mientras le quitaba la remera, recorriendo su cuerpo, y metía sus manos por dentro del pantalón, deslizándolo hacia el suelo.

Lo condujo hasta el sillón paso a paso y lo empujó para que se sentara. Se sentó sobre él y, muy despacio, con la mirada fija en sus ojos, comenzó a acariciar los músculos de sus brazos y su pecho, su rostro, sus hombros, su cabello. Recorrió su herida suavemente con sus dedos, luego con su boca, depositando besos con cuidado de no lastimarlo. Él, quieto, solo gozaba ese momento. Lo miraba con ojos audaces, lo besaba una y otra vez en los labios y en el cuello. Alan no podía contener la ferocidad de su deseo y comenzó a desabrochar su camisa, la de él en realidad, con la que había dormido la noche anterior y que era lo único que llevaba puesto. Se la quitó mientras la recorría con los ojos, ansioso acarició sus piernas y fue subiendo por su cuerpo con manos desesperadas para luego abrazarla. Tomó su cuerpo con fuerza y su boca lo recorrió con pasión, mientras su lengua lo saboreaba. Amelia disfrutaba cada instante, se arqueaba hacia atrás mientras se movía sobre él, lentamente, enredando los dedos en su pelo, presionándolo contra su pecho. Sus besos la enloquecían y el ritmo fue acelerando, hasta volverse febril. La ansiedad del encuentro los llevó al delirio absoluto, los encontró gritando mientras sus cuerpos se estremecían entrelazados. Se quedaron abrazados, besándose con ternura, y respirando agitados. El roce del aliento frío en el cuello les provocaba escalofríos. Agitado, él apoyó la cabeza en el respaldo del sillón con los ojos cerrados, mientras ella recorría su rostro y su cuerpo con sus dedos, haciéndole suaves caricias.

—Creo que el médico tenía razón —dijo, él, después de un rato, todavía con la respiración irregular.

—¿En qué? —preguntó, ella, sensual en su oído, mordiéndole el lóbulo de la oreja y besando su mejilla.

—Si quieres un segundo round, te lo debo, ¡estoy muerto!

—No quiero un segundo round —ella sonrió por el comentario—, solo te quiero mimar y quedarme así contigo un rato más, sintiéndote. Ya volverás a estar en forma amor, me ocuparé de ello —susurró.

—Te amo —le dijo en susurros, mientras la dejaba improvisar sobre él, disfrutando cada mimo que ella le regalaba, completamente, entregado.

—Voy a ducharme y desayunamos. —Se levantó dejándolo solo en el sillón. Se quedó unos minutos más sentado recuperando energías. *"Si así me va a mimar, me va a matar, pero que hermosa forma de morir"*, pensó sonriente. Se levantó para seguir preparando el desayuno. Comieron en la terraza contemplando esa vista magnífica de Ciudad del Cabo con el mar como telón de fondo.

—¿Más café? —preguntó tomando la cafetera.

—Por supuesto, sabes que sin una buena dosis de café no amanezco.

—Yo te vi muy despierta hace un rato. —Le sonrió levantando las cejas, derritiéndola con ese gesto seductor—Ayer me llamaron de Egipto por la muestra, ¿recuerdas?

—¿Ya? ¡qué bueno! ¿Jonas Fraser? ¿El amigo de Daren?

—Así es y me va a mandar la propuesta en dos semanas. Haremos una video llamada donde nos contará lo que quieren hacer y los lugares que visitaremos en Egipto. Le dije que estábamos juntos, así que podremos hacerla los dos.

—Alan yo debo regresar a Argentina. —Amelia, bajando la voz a medida que las palabras salían de su boca, vio como su cara se transformaba y su mirada perdía intensidad. La taza de café quedó a medio camino entre la boca y el plato.

—Pero… —La miró decepcionado—, creí que…

—¿Que me quedaría para siempre? —Apoyó la taza de café—. Alan dejé todo y me vine para estar contigo, porque te amo, porque estaba destrozada por lo que te había pasado, temía que murieras y quería estar a tu lado, pero no puedo quedarme así, por lo menos, no por ahora. No pude organizar nada. Ya hablamos de esto antes de irme.

—Pero ¿te irás justo ahora?

—Ni siquiera traje el equipo de fotografía. Además, casi vine con lo puesto, tampoco tengo mucha ropa.

—Pensé que estarías aquí más tiempo, eso es todo. —Bajó los ojos, desilusionado—. Me encanta tenerte conmigo, he sido tan feliz estos días.

—La voz de Alan mostraba tristeza y su miraba estaba perdida—. Pero tienes razón, es verdad, ya lo hablamos. En realidad, yo también debería comenzar a trabajar, Daren me está reclamando y le prometí que volvería la próxima semana. La muestra itinerante está siendo un éxito y necesita mi ayuda, lo tienen loco, sobre todo con la foto de la leona.

—Entonces, con más razón, ambos tenemos trabajo que hacer. —Apoyó su mano sobre la de él—. Además, le prometí a mi hermana que la visitaría en Barcelona para quedarme con mis sobrinos mientras se va unos días de vacaciones con su marido, y quiero estar un poco con mis padres. Debo estudiar algo más de nuestro nuevo destino y tú tienes que organizar la nueva muestra. Así que estaremos ocupados, el tiempo pasará volando, ya verás.

—Puede ser… ¿Cuándo te irás? —preguntó, sin mirarla.

—Cuando encuentre pasaje, en una semana, más o menos, ¿te parece?

—Ya te extraño. Te amo tanto. —Se incorporó inclinándose hacia ella y la besó.

Capítulo 4

"Es una muchacha singular ¡otra igual no hay!
Nadie en belleza la alcanza.
Veréis, es como una estrella divina que, al nacer,
el nuevo mundo asoma [...]
Con paso airoso camina, con su abrazo mi corazón ha capturado.
No hay quien no vuelva la cabeza para verla pasar" [2]

Cuatro meses después

Amelia aterrizó, nuevamente, en Ciudad del Cabo a principios de marzo de 2021. Alan pasaría a buscarla por el aeropuerto y estaba ansiosa por verlo otra vez, lo extrañaba muchísimo. Ambos habían estado atareados con trabajo, lecturas, y familia durante esos meses, lo cual los había mantenido bastante entretenidos y les había permitido hacer su separación un poco más llevadera. Además, hablaban por teléfono a diario o se mensajeaban. Sin embargo, la ausencia del otro en sus vidas, se hacía agobiante.

Amelia había viajado a Barcelona a visitar a su hermana mientras ella y su esposo se iban a un crucero solos y, en los momentos en los que no estaba cuidando a sus sobrinos, había estado leyendo varios libros para informarse sobre los lugares que visitarían y luego darle sentido a su trabajo: la historia de la civilización egipcia, los monumentos que verían, los faraones, y los cambios a lo largo de la historia. Mientras tanto disfrutaba de su fama, ya que las revistas hablaban de ella y la exposición de Sudáfrica, pero, sobre

---

[2] *Poema egipcio tomado por Peter Pringle, reconocido investigador sobre la música de la antigüedad, para una canción.*

todo, de la foto magistral que había tomado de la leona cuando la atacaba en la selva, la cual le dio suculentos ingresos. Alan, por su parte, se había ocupado del armado de la muestra buscando editores, armadores, iluminadores, y contactos para el montaje, ya que era compleja y recorrería varios países y otros continentes al finalizar la inauguración en El Cairo. Al día siguiente a su llegada partirían hacia allí y ambos estaban muy ansiosos.

Cuando se abrieron las puertas hacia el hall del aeropuerto de Ciudad el Cabo, Alan la estaba esperando. Ambos corrieron para encontrarse, dándose el abrazo que tanto anhelaban y los besos que no se habían podido dar en ese tiempo. Se lo veía recuperado, le recordó al día que lo conoció en Johannesburgo, entrando por la puerta del aeropuerto, caminando hacia ella tan seguro y con esa actitud cautivante. Su piel dorada volvía a relucir, sus músculos se mostraban orgullosos bajo su remera ajustada, y sus ojos, al mirarla, la atravesaban haciéndola estremecer.

—Te extrañe tanto, mi amor —dijo él, besándola con sus labios húmedos y suaves, abrazándola muy fuerte, haciéndola volar por los aires, y acariciando su pelo—, estás hermosa como siempre.

—Yo también te extrañé, no veía la hora de volver a verte —respondió a su beso agarrada de su cuello, dejándose envolver por sus brazos—. Te ves muy bien, demasiado seductor, ¡tengo celos de todas las que te miran!

—¡Amelia! —Alan rio, cargó su maleta, y comenzaron a caminar hacia la salida—. Daren quiere vernos, vayamos directo al museo, así luego nos liberamos y te tengo solo para mí el resto de la tarde. —Levantó las cejas con malicia, la recorrió con la mirada, y la apretó contra él tomándola de la cintura—. De paso, termino de preparar mis valijas que estoy algo atrasado.

Cuando llegaron al Museo de Ciudad del Cabo, Daren los esperaba inquieto, caminando de un lado al otro, acomodándose el traje y la corbata a cada paso. Le preguntó a su secretaria, varias veces, si habían llegado porque estaba impaciente por saber los últimos detalles.

—Amelia que alegría verte de nuevo. —Daren besó su mano y los invitó a pasar a la oficina—. ¿Te contó Alan que tus muestras ya partieron hacia diferentes destinos y son un éxito rotundo?

—También me alegro de verte Daren. —Entró delante de él mientras le hablaba—. Y, por supuesto que estoy feliz de que la exposición sea un éxito, imposible no estarlo.

—Y la foto de la leona, nos está volviendo locos a todos. —Sonrió y señaló los sillones de la oficina para que se sentaran.

—Eso me alegra mucho más. —Amelia y Alan se sentaron.

—¿Y cómo van los detalles de la próxima exposición? Cuenten, cuenten.

—Estoy tan emocionada que no puedo conmigo misma. Cuanto más leo sobre Egipto más me gusta. ¡Es grandioso!

—Lo es, te lo aseguro. Es uno de los países más misteriosos, extravagantes, y mágicos que existen, por lo menos así lo creo.

—Cuando lo estudiaba en la facultad su historia me parecía fascinante y siempre tuve deseos de conocerlo. Fue un Imperio imponente, sus monumentos, sus construcciones, sus transformaciones, todo es increíble y esconde misterios inexplicables.

—Díganme, ¿definieron el itinerario? ¿Ya se los pasó Jonas? —Les preguntó a ambos.

La secretaria de Daren entró a la oficina con una bandeja con tres cafés, una jarra con agua y unas masitas, y los depositó sobre la mesa, ubicando las tasas delante de cada uno de ellos. Luego se retiró, entregándole a Alan una amplia sonrisa.

—Si, esta semana me envió todo el itinerario detallado y los pasajes para ambos —dijo Alan acercándose al borde del sillón para tomar la taza de café—. Llegaremos a El Cairo y, al día siguiente por la noche, partiremos en tren hacia el sur, a la ciudad de Asuán, desde donde vamos a visitar el templo de Abu Simbel en avión. Luego navegaremos por el río Nilo hacia el norte pasando por Luxor, allí veremos el templo y el Valle de los Reyes y las Reinas. Luego Karnak, y finalizaremos en El Cairo, visitando las pirámides, la esfinge de Guiza, los museos. Allí se hará la exposición y el cierre. Será un viaje espléndido.

—¿Qué dice mi amigo? ¿Cuál es la idea que tiene Jonas para la muestra?

—Bueno, la idea es diferente de la que teníamos aquí, creo que algo ya te había contado —comentó, Alan—. Está más enfocado a que la gente se interese por los misterios del país. Si bien el turismo que tienen se debe a que es una civilización antigua llena de secretos, mucha gente viaja sin tener idea de lo que van a ver. —Volvió a recostarse contra el respaldo—. Lo que quieren es que se haga más interesante la información que brindan las agencias de turismo, que suelen minimizar su historia cuando venden los paquetes turísticos. Pretenden que el mundo conozca otra cosa, algo más que el clásico "es exótico".

—Además, quiere darle un toque especial —dijo, Amelia acercándose a Alan y apoyando la cabeza en su hombro—, algo de lo que, normalmente, no se habla mucho: la importancia que tuvo la mujer en aquella época, no solo como transmisora de la sangre real, sino como reina e, incluso, como faraona. Demostrar su determinación y su poder, tal vez, más del que tienen hoy.

—Por otro lado —agregó, Alan—, la idea de la muestra itinerante es que luego de presentarse y mostrarse en El Cairo, comience un viaje a nivel internacional y luego en diferentes continentes. En este caso serán alrededor de diez o quince muestras simultáneas. La verdad es un trabajo espectacular.

—¡Increíble! Estos egipcios siempre haciendo las cosas a lo grande. —Daren levantó las cejas, sorprendido—. Los felicito y me alegro que puedan hacerlo. Se los ve muy entusiasmados, quedarán fascinados, ya verán. Hay mucho para mirar y es un lugar que da mucho que pensar. —Tomó un sorbo de café haciendo una pausa—. Cuando trabajaba con Jonas, teníamos grandes charlas sobre lo que él investigaba. —Suspiró, recordando viejas épocas—. Más de una vez, nos quedábamos hasta el amanecer estudiando algún elemento que traía de sus expediciones y llegábamos a conclusiones impensadas. Encontraba objetos que no parecían de este planeta y muchas veces nos cuestionábamos si serían de este mundo o vendrían de otra galaxia. Sus conocimientos para la época parecían imposibles.

—Es tal cual lo cuentas Daren —dijo, Amelia, emocionada robándose una masita de la fuente—, y es verdad, algunos relatos que leí en estos meses son desconcertantes. Y las mujeres, bravísimas. ¡Eso sí era empoderamiento!

—Me alegra también verlos juntos y que estén tan bien. Se los ve muy enamorados. Y ¿ya resolvieron el destino de ustedes después de este trabajo? —preguntó curioso, mirándolos por encima de los lentes.

—Bueno... —Alan miró a Amelia con dulzura y le pasó el brazo sobre los hombros—. Estamos en eso. El tiempo, como dijo Amelia, nos va marcando el camino de a poco.

—Por ahora, estamos bien así. Dejamos que la vida nos sorprenda. —Amelia sonrió mirando a Alan.

—Me parece bien. El *"tiempo acomoda las fichas en su lugar"* ¿no Amelia? —Todos rieron.

—Así es, eso dice una amiga que conozco —contestó, ella, risueña, revoleando los ojos hacia arriba, haciendo referencia al discurso que había dado en la Universidad de Johannesburgo, donde esa frase había quedado en el recuerdo de todos y hasta la habían publicado los diarios y revistas.

—Les deseo mucha suerte y cuando vuelvan los espero por aquí para que me cuenten todos los detalles finales. —Los acompañó hasta la puerta para despedirse y se fueron.

Salieron apurados para el departamento de Alan, a donde entraron desesperados, atolondrados, a los tumbos, chocando con los muebles, riendo, y desvistiéndose por el camino hacia el dormitorio, para pasar el resto del día amándose hasta quedar agotados.

A la mañana siguiente los esperaba el inicio de una nueva aventura, una que harían juntos desde el comienzo y la que esperaban disfrutar muchísimo, por el amor que se profesaban.

Capítulo 5

Ramadán:
"Vaciar el estómago para alimentar el alma"

A pesar de pertenecer al mismo continente, Sudáfrica estaba lejos de Egipto y no había vuelo directo desde Ciudad del Cabo. Debían hacer escala en Johannesburgo y luego aterrizarían en El Cairo. Partirían por la tarde y recién a la mañana siguiente llegarían a esa ciudad ruidosa, abarrotada de gente y autos. Iba a ser un comienzo bastante agotador, ya que, al otro día por la tarde, tomarían el tren hacia la ciudad de Asuán, en el que viajarían toda la noche. El vuelo fue tranquilo y extraordinario a la vez porque los pasajes eran en primera clase, así que disfrutaron de otras comodidades diferentes de la clase turista, sobre todo al dormir en esos asientos tan cómodos, amplios, y que casi parecían camas al reclinarse. La comida fue riquísima y las atenciones desplegadas por el personal del avión, excelentes. Miraron una película, les trajeron café, bombones, y tragos a discreción, charlaron un poco y dormitaron entre arrumacos.

Al llegar a El Cairo, el chofer de Jonas Fraser los esperaba para llevarlos a la casa, en el barrio residencial de Zamalek, en la Isla de Gezira, donde les tenían preparada una habitación especial para que pasaran la noche antes de seguir viaje. Por suerte, al cruzar la puerta de desembarco el chofer los vio enseguida y fue hacia ellos, ya que, caminar entre la multitud que los atropellaba, no hubiera sido fácil sin su ayuda. Si bien ninguno de los dos tenía mucho equipaje, atravesar ese mar de personas distraídas y atolondradas fue tortuoso, no así para el chofer, el cual parecía estar acostumbrado, aun cuando cargaba las valijas de ambos. Avanzaba dando empujones a los que se cruzaban en su camino para que los dejaran pasar e iba gritando palabras inentendibles que tenían sus equivalentes respuestas de los otros egipcios, como así también, algunos gestos groseros.

Llegar a la limusina fue toda una hazaña y, al entrar en ella y cerrar sus puertas, el ruido infernal de la ciudad se esfumó por completo. Un alivio. Era enorme, negra y lustrosa, con un lujo despampanante en su interior: tenía asientos reclinables de cuero color manteca con extensiones inclinadas, que salían de la parte inferior, para apoyar las piernas; una pantalla para ver películas bajaba del techo; a un lado, cubierta por una puerta de madera, había un minibar con una heladera llena de botellitas de colores con todo tipo de bebidas, y luces que se encendían al abrirla. Tenía, además, estantes con seguro para que nada se cayera, con vasos, copas, y más botellas y latas. El techo tenía un sector vidriado que podía correrse, todos los vidrios estaban polarizados y junto con el aire acondicionado, apaciguaban el gran calor, además del sonido. El aroma que los rodeaba era exquisito, una mezcla suave de esencias florales, madera y cuero. Era muy agradable, en contraste absoluto con el olor del exterior, que era bastante intenso e irritante. El chofer les ofreció algo para tomar. Amelia aceptó una gaseosa y Alan una botella de agua. Recorrieron las autopistas de El Cairo, casi a paso de hombre, cruzando carros con caballos y autos destartalados que se mezclaban con vehículos de alta gama y gente que se aventuraba a caminar por cualquier parte. Además, en la época del Ramadán, una ciudad que ya era caótica de por sí, se convertía en intransitable.

—Están en Ramadán, ¿verdad? —preguntó, Amelia, recostada en su cómodo asiento con apoyacabezas y las piernas cruzadas extendidas hacia adelante. El vidrio que los separaba del chofer estaba bajo.

—Si —contestó, el chofer—, por eso el caos. ¿Saben de qué se trata?

—Si, lo que cuentan los libros, pero dinos como lo viven ustedes. Eres musulmán ¿verdad? —preguntó, Alan.

—Si —contestó, el chico—. Es muy especial para nosotros. Es uno de cinco los pilares del islam que debemos cumplir. ¿Saben cuáles son los otros?

—Bueno, creo que algo he leído —Amelia se mostró interesada—, pero no los recuerdo.

—No hay más dios que Allah y Mahoma es su profeta, rezar cinco veces al día, dar el *Zacat*, limosna —tradujo ante la mirada de desconocimiento de Amelia—, ayunar en el Ramadán, y realizar el *Hajj*, peregrinación a la Meca, alguna vez en la vida.

—Si, ahora lo recuerdo, pero cuéntanos más del Ramadán, por favor —pidió, ella, y continuó mirando hacia el exterior.

—Es un tiempo de recogimiento y espiritualidad en el que reflexionamos, oramos, y pedimos perdón —continuó, el muchacho, atento a la conducción del vehículo—. Es el momento en el que nuestros pecados son perdonados y se abren las puertas del cielo.

—Y su cumplimiento es bastante complicado ¿no? Ayunan casi todo el día. —Amelia siguió preguntando.

—Es difícil, sí. Es un tiempo de sacrificios. —Amelia lo vio sonreír por el espejo retrovisor, ante su mirada—. Durante un mes hacemos ayuno, así que desayunamos antes del amanecer, alrededor de las cuatro de la mañana, y luego, dejamos de comer desde que sale el sol hasta que se pone, hasta el ocaso, entre las seis y media o siete y media, más o menos, una vez finalizada la última oración. —Un bocinazo los aturdió acompañado de una frenada brusca que casi los sacó de sus asientos. El chico le hizo unas señas al otro conductor y continuó—. Pero no es solo ayunar, durante ese período de tiempo tampoco consumimos tabaco, no tomamos alcohol, tratamos de no pelear, ni mentir, ni hacer cosas pecaminosas, ustedes entienden ¿no? —Se ruborizó—. Solo los enfermos, las embarazadas, y algunas otras personas no tienen la obligación de cumplir el ayuno. El resto de los musulmanes debemos hacerlo para crecer espiritualmente. —Giró para bajar de la autopista.

—¿Y cómo saben la fecha de inicio? Porqué leí que todos los años cambia, ¿no es así? –Amelia intentaba confirmar la información que había leído en los meses anteriores.

—Si, claro, porque depende de la luna. Nuestro calendario religioso es lunar, de doce lunaciones, no es solar como el de ustedes que depende del tiempo que tarda la tierra en dar la vuelta al sol. Por eso nuestro año religioso tiene entre trescientos cincuenta y cuatro o trescientos cincuenta y cinco días y, el de ustedes, trescientos sesenta y cinco o trescientos sesenta y seis. —Volvió a frenar, abrió la ventanilla, e increpó al otro conductor que paraba a cada rato—. Todos los años, durante el noveno mes del calendario lunar islámico, la señal que indica el comienzo del primer día del Ramadán es la aparición de la luna creciente y eso varía todos los años. Hay personas que se dedican a observar el cielo y determinan cuál es el día.

—¿Y cuál es el origen del Ramadán? es decir ¿cuándo fue la primera vez? ¿qué celebran? —Alan tomó la mano de Amelia mientras escuchaba.

—Nosotros creemos que en el año 610 después de Cristo, el ángel Gabriel se le apareció al profeta Mahoma y le reveló el Corán, el Libro Sagrado del islam —aclaró, el muchacho—. Esa fue la primera vez y eso celebramos.

—Y las personas que están por la calle mientras vuelven a sus casas y les llega la hora de comer, ¿cómo hacen? ¿dónde comen? Porque me imagino que no todos podrán ir a un restaurant. —Amelia le hablaba siempre mirándolo a través del espejo retrovisor.

—No, por supuesto. Además, muchos locales cierran a la hora de comer. Es una época de solidaridad y compartir. —Dobló y subió al puente que cruzaba el Nilo para llegar a la Isla Gezira—. Los que podemos dejamos las puertas de nuestras casas abiertas, porque dan a la calle, con comida cerca de la entrada, y el que necesita ingresa, come lo necesario, y luego continúa la marcha dejando algo para alguna otra persona que también quiera comer porque su casa queda lejos o no puede ir a otra parte. Por otro lado, las mezquitas también dejan ingresar a la gente que necesita hacerlo.

—Y, cuándo el Ramadán termina, ¿hay alguna celebración especial o solo llega el día, termina y ya? —Alan seguía atento al caos del tránsito mientras hablaban.

—Si, claro, es como una fiesta. En realidad, cada comida de la tarde, el *iftar*, es una celebración. —Bajó la ventanilla, otra vez, y protestó en árabe al policía que los estaba demorando tratando de poner orden al embotellamiento. Habían quedado parados en la mitad del puente sin poder continuar—. El Ramadán dura alrededor de un mes, veintinueve o treinta días, depende de la luna creciente, y cuando finaliza hacemos oraciones comunitarias al amanecer, nos reunimos a rezar, a comer, intercambiamos regalos, rezamos por nuestros muertos y les llevamos flores. Con nuestras familias y amigos, claro. —Quedaron en silencio mientras, finalmente, el policía habilitó el paso.

Con la conversación el viaje se hizo ameno, aunque tardaron una eternidad en llegar a la casa de los Fraser. Las calles del barrio estaban plagadas de árboles, casi no había ruido, tampoco mucha gente, y todo se veía más ordenado, nada que ver con lo que habían visto antes, parecía otro país. Después de un rato de andar, la limusina aminoró la velocidad. Un portón negro corredizo se abrió deslizándose hacia un lado, dejando a la vista un lugar de ensueño. Al ingresar recorrieron un camino de grava, muy despacio, rodearon un cantero central lleno flores amarillas alrededor de una pequeña fuente, donde se detuvieron, frente al pórtico de una mansión alucinante, digna de una película de Hollywood. Las columnas en el centro del frente terminaban en un frontis rectangular que enmarcaba la entrada de doble altura. A ambos costados había ventanas rectangulares alargadas, las de arriba tenían balcones, y las de abajo llegaban al piso y por ellas se podía salir directo al jardín. Varias palmeras encuadraban el acceso y la vegetación exuberante y variada, en el resto del terreno, envolvía al visitante con el aroma suave de sus plantas y flores. El chofer se bajó, les abrió la puerta del vehículo para que descendieran y, mientras lo hacían, las valijas desaparecieron de su vista.

—Amelia, Alan, qué alegría conocerlos. —Jonas les habló en un español champurreado mientras bajaba los escalones del acceso hacia ellos, extendiendo su mano para saludarlos, e invitándolos a pasar. Era un hombre de unos setenta años, alto como Alan, de ojos claros, canoso, delgado, y con unos tupidos bigotes blancos. Vestía con un pantalón celeste, remera blanca con escote en v y unas zapatillas náuticas de color manteca.

—Jonas. —Alan estrechó su mano—. Encantado de conocerte, al fin. Es un placer estar aquí. Daren nos habló mucho de ti, te manda saludos. —No podía dejar de mirar a su alrededor la belleza de todo lo que los rodeaba.

—Hemos sido amigos desde hace muchos años y, a pesar de la distancia, lo seguimos siendo. Son esas amistades que lo soportan todo. —Su origen inglés quedaba expuesto, no solo en su forma de hablar, sino también en su elegancia, en sus gestos, en la manera de dirigirse a ellos, y en su solemnidad. Se lo veía, además, en muy buena forma.

—Nos alegra mucho haber venido y agradecemos que nos recibas en tu casa, que es… ¡bellísima! —dijo, Amelia, mientras Jonas besaba su mano.

—Es un placer para mí tenerlos en mi casa y poder intercambiar opiniones y conocimientos con ustedes. —Con un gesto de su mano los invitó a pasar—. La muestra de Sudáfrica que hicieron juntos ha sido increíble, las fotografías impactantes, y el armado ejemplar. Quedaron a la vista los sentimientos más profundos de esa sociedad —dijo, caminando por la enorme recepción—. Akila los llevará a su habitación para que puedan descansar un poco —agregó señalando a la mujer que los esperaba en la puerta del salón—. Luego, los esperamos con mi esposa, que llegará en cualquier momento, para almorzar en el jardín.

Akila les pidió que la siguieran. Los escalones por los que subían al primer piso eran de madera lustrada y la baranda de hierro forjado con pasamano de bronce. La escalera rodeaba una gigantesca araña que colgaba en el centro desde una pequeña cúpula vidriada. El ama de llaves los llevó por un pasillo ancho, con mullidas alfombras de color tostado, *boiserie* de madera clara en una de las paredes y ventanales altos hasta el techo en la otra. La casa era clásica, lujosa, y amueblada con un gusto delicioso, combinando lo moderno con lo antiguo. Todo era luz, todo era amplitud, y los ventanales abiertos permitían que ingresara el aire perfumado. El jardín, que se veía a lo largo de la galería vidriada por la que iban caminando, era de un diseño pensado en detalle, seguramente, hecho por un paisajista, con especies autóctonas y diferentes tonos de verdes, amarillos, y rojos, que hacían una combinación armoniosa y cercana a la perfección.

Cuando entraron en la habitación quedaron absortos, parecía salida de una película de aventuras y contrastaba con el resto de lo que habían atravesado hacía unos momentos. Era una casa de la jungla inmersa en una lujosa mansión. La terraza, que daba a un sector más bajo, estaba rodeada de plantas enormes y tenía hamacas de red colgando de soportes, como si estuvieran entre los árboles. Las barandas eran de troncos y había un pequeño puente colgante que llegaba a una plataforma en un árbol, donde reposeras de juncos y lonas blancas esperaban a los huéspedes. Estaba decorada con mucho detalle, cortinas de lino, alfombras de piel, almohadones de tela color crudo, y muebles rústicos. Era otro mundo, uno de película.

—¡Esto es increíble! —Alan, sorprendido, caminaba de un lado al otro—. Me siento Indiana Jones.

—¡Qué habitación hermosa! —contestó, Amelia risueña—. ¡Es divina!

—En el baño tienen toallones, por si quieren ducharse. —Señaló, Akila—. A la una y media es el almuerzo, los vendré a buscar. Ah y... —antes de salir de la habitación se dio vuelta y continuó—, el señor no es tan serio como parece, en realidad es muy divertido y aunque todavía no lo parezca, está lleno de sorpresas. —Se fue riéndose.

Mientras Alan se duchaba, Amelia llamó a sus padres. Les contó donde estaban y lo maravilloso del lugar. Como siempre, disfrutaban de sus relatos y de escucharla tan feliz. La extrañaban y sabían que en algún momento ella decidiría su vida al lado de Alan, probablemente, lejos de ellos, pero su felicidad era lo único que les importaba, sobre todo después de los malos momentos que había pasado con su relación anterior. Luego de conversar un rato se despidieron. Amelia entró al baño antes de que Alan terminara para disfrutar juntos del hidromasaje. Se vistieron para el almuerzo, no sin antes recorrer la habitación observando todos los detalles en forma minuciosa.

Akila pasó por ellos a la hora que les había indicado y los llevó hacia una terraza en la planta baja con una bellísima vista al jardín, donde estaba preparada una mesa redonda para cuatro comensales. La cubría un mantel blanco inmaculado y, sobre este, la vajilla era de porcelana, las copas, de cristal, y los cubiertos, de plata. Se acercaron al parapeto a admirar ese paisaje colorido que tenían enfrente y esperaron allí, abrazados, mientras veían a los jardineros trabajar en ese ambiente multicolor para hacer de la vista una fotografía perfecta.

—Amelia, Alan. —Jonas les habló desde atrás un momento después y ambos se dieron vuelta—. Les presento a Alexandra, mi esposa *and my true love*. —La miró embelesado y la besó en la mejilla.

Era una mujer hermosa, de unos cincuenta y cinco años, delgada, rubia con cabello ondulado y corto, sujeto con una vincha de tela anudada en la nuca y lazos que caían hacia un costado de su cuerpo. Vestía un pantalón negro y una camisa blanca de seda, muy sencilla, pero muy elegante y refinada.

—Encantada de tenerlos en nuestra casa —les dijo luego de besarlos y mientras se sentaban—. Los felicito por el trabajo que hicieron de Sudáfrica, fue muy bueno y muy original la forma de presentarlo. Y por lo que se, ha tenido un éxito impresionante. Su voz era suave y envolvente y la forma de hablar muy dulce y reposada.

Akila tenía razón, Jonas era muy divertido y no paraba de hacer bromas y de desplegar encanto y ocurrencias. Su esposa, muy simpática, le seguía el ritmo en el relato de sus aventuras. Ambos eran arqueólogos y habían compartido infinidad de expediciones, algunas de las cuales detallaron y los hicieron reír. Se habían conocido en la universidad, en Londres, y se habían enamorado perdidamente. Ella había sido su alumna, por eso la diferencia de edad. Juntos habían recorrido el mundo en busca de tesoros, templos, fósiles, y todo aquello que hubiera por descubrir. Tenían dos hijos, pero solo uno había seguido el mismo camino que ellos. El menor era abogado, vivía y ejercía en Londres, donde tenía un bufete de renombre.

—¿Les gustó el cuarto? —preguntó, Alexandra sonriendo.

Un mozo comenzó a servirles vino en sus copas, mientras otro traía los platos con la comida y Akila verificaba que todo estuviera en el sitio correcto.

—¡Es alucinante! —Amelia respondió con cara de asombro.

—Tenemos varias habitaciones temáticas, es un hobby de Jonas —comentó, Alexandra, con picardía acariciándole el cuello a su marido—, cuando estamos aburridos, cambiamos de cuarto y vivimos una nueva aventura ¿verdad Jonas?

—Así es, *my love*. Mantener a una mujer joven y hermosa al lado de un viejo arrugado y tan feo, a veces, requiere de imaginación. ¿no es cierto *sweetheart*? —Jonas acarició la mejilla de Alexandra mientras le sonreía.

—Te amo, aunque seas viejo y feo, por eso estoy a tu lado. —Los ojos celestes de Alexandra demostraban el amor que sentía por ese hombre y lo tomó de la mano.

—Además, no me van a negar que es muy romántica —dijo, Jonas levantando las cejas— y ustedes, por lo que me contó el viejo chismoso de Daren, tienen una historia bastante interesante ¿no es así? Hay un romance en sus comienzos, ¿puede ser?

—Bueno si —contestó, Alan mirando a Amelia que se había sonrojado, tomando su mano—. Nos conocimos cuando fue a realizar la muestra de Sudáfrica y nos enamoramos. Ahora estamos tratando de resolver como será nuestro futuro y, sobre todo, a donde nos asentaremos.

—¡Oh! no se hagan problema. La vida les dará esa respuesta —Alexandra tomó un sorbo de su copa de vino—. Si se aman de verdad, todo lo demás se resolverá. Eso nos pasó a nosotros. Anduvimos por el mundo juntos y separados hasta que, al final, el destino nos marcó el lugar donde nos debíamos quedar: aquí —dijo abriendo ambas manos para señalar a su alrededor.

Mientras comían hablaron de sus vidas y generalidades del trabajo, la idea de lo que querían mostrar con las fotografías, los países que visitaría la muestra itinerante y de los monumentos que querían destacar. El intercambio, el lugar y la compañía hicieron del almuerzo un momento muy agradable. Mientras tanto, los camareros intercambiaban los platos, servían toda clase de exquisiteces y bebidas, y los atendían con amabilidad.

—La gente viene porque el país es extraño, pero no saben mucho más. —Detalló, Jonas—. Este monumento es lindo; aquel es impresionante; las pirámides son increíbles. ¿Cómo habrán trasladado las piedras? Eso dicen, esos son los comentarios en general.

—No pretendemos que lean un libro de historia egipcia antes de venir —continuó Alexandra mientras llevaba un trozo de postre de frutas a su boca—, pero sí que vean este lugar y sepan por qué es diferente y exótico. Cada monumento tiene un sentido, una razón especial por la que fue construido, un misterio, y eso a pocos les interesa, por eso la muestra es importante.

—Hay que revelar esos misterios de forma simple, contarlos como un cuento o una película y cautivar a la gente con ellos. —Lo tres lo escuchaban con atención mientras hablaba y Alexandra demostraba admiración tanto por él como por sus conocimientos—. Hay algunos misterios, incluso, que todavía no hemos podido descubrir y otros que no hemos sabido explicar a pesar de estar investigando durante años. Eso es lo importante, que sepan cómo se convirtieron en una civilización increíble, que los haga pensar. —Jonas estaba absorto en su relato.

—Es una gran responsabilidad —dijo, Amelia, dejando que el mozo retirara los platos—, espero que podamos hacer un buen trabajo.

—Lo harán, estoy seguro. Por lo que vi, será maravilloso *honey* —contestó, confiado—. Bridemos por ello. —Levantó su copa de vino y todos brindaron—. Si quieren ir a descansar, no los entretendremos más, sino podemos recorrer la casa, quedarán fascinados.

—Vamos, quiero verla. —Alan se levantó y tomó a Amelia de la mano.

—Yo quiero ver las otras habitaciones temáticas —aclaró, Amelia, y allá fueron, para descubrir que era una más fantástica que la otra. Una era una recámara de una nave espacial con el piso, el techo, y las paredes estrelladas, parecía que flotaba en el espacio. Otra era un templo romano, con molduras y pinturas en las paredes y una cama con baldaquino y cortinados dorados que colgaban desde él. Otra era una cueva cavada en la montaña, la pared y el piso simulaban ser de piedra, la cama era como un camastro armado con juncos, pero con un colchón muy cómodo, y había candiles para la iluminación.

—Esta noche, luego de la cena, cuando estén más descansados, nos juntaremos en mi estudio —dijo, Jonas, cuando finalizaron el recorrido— y les explicaremos con Alexandra el toque que queremos darle a la exhibición para que sea más interesante y como lo haremos. Se le ocurrió ella y creo que puede ser muy bueno en un momento del mundo en el que se habla tanto del empoderamiento de la mujer.

—Además, coincide con un evento importante aquí, que es la inauguración del Museo de la Civilización Egipcia y el traslado de las momias de los faraones desde el Museo de El Cairo. —Comenzaron a caminar hacia su habitación—. Se llamará "El Desfile Dorado de los Faraones" y está planeado con la grandiosidad que se merece esta civilización. Incluso, el presidente recibirá a las momias en el nuevo Museo y el evento completo se transmitirá en directo al mundo —aclaró, Alexandra.

—Será una muy buena oportunidad para lograr lo que pretendemos. Ya estuvimos hablando con las autoridades para acoplar al desfile la muestra de fotografía y nos han dado el visto bueno, así que hay mucho por hacer. —Jonas se frotó las manos en señal de triunfo haciéndolos reír.

Alan y Amelia fueron a su habitación para pasar el resto de la tarde descansando. Ella salió a la terraza con la intención de cruzar por el puente colgante a la plataforma en el árbol y disfrutar del maravilloso jardín y la tranquilidad, cuando un látigo la envolvió y comenzó a tirar de ella hacia atrás.

—¿Qué haces? ¿Te tomaste en serio lo de ser Indiana Jones? —Se dio vuelta sonriente, mientras él tiraba de la cuerda que la rodeaba para atraerla con mirada de depredador.

—Me salió bien, ¿verdad? Estuve practicando para no dejarte escapar. —La envolvió en sus brazos para besarla, cuando la tuvo enfrente.

—Quería ir hasta el otro lado a conocer ese lugar tan bonito. —Señaló intentando darse vuelta, pero no pudo.

—Y yo quiero llevarte a conocer otro lugar más bonito todavía, donde pienso amarte hasta la hora de la cena. —La besó en el cuello haciéndola estremecer.

—Bueno, creo que será imposible desenlazarme por lo que veo. Me has cazado y no puedo escapar. —Intentó tirar de la soga que la envolvía sin éxito.

—Por supuesto que no voy a soltarte, atrapé a mi presa. —Le dio un suave beso en la mejilla—. Este lugar es muy romántico y quiero vivir mi aventura contigo. —Su intensa mirada la hacía perder la cordura.

—No sé, estoy muy cansada por el viaje. —Revoleó los ojos haciéndose la difícil.

—Yo me encargaré de eso —dijo, con la voz grave, hablando contra su boca, poniéndole la piel de gallina.

La alzó en sus brazos, la llevó adentro del cuarto, e hicieron el amor en esa cama imponente, con baldaquino y rodeada de tules, donde revolcaron sus cuerpos sedientos de pasión entre sábanas blancas y almohadas esponjosas, perfumadas con un suave aroma a jazmines, que absorbieron sus gemidos, como si estuvieran perdidos en la soledad de la jungla.

La hora de la cena llegó, se dirigieron al comedor y fue un nuevo despliegue de olores y sabores. Akila ubicó sobre la mesa una variedad de platillos con comida típica para que conocieran las más famosas: en un bol había *baba ganoush*, una pasta de vegetales similar al humus; también una bandeja con *faláfel*, las famosas albóndigas de garbanzo; otra con *kofta*, unos pinchos con salchichas alargadas de carne de cordero y ternera; alrededor de ellos ubicó unos recipientes profundos con *mahshi*, rollitos de col o calabacines rellenos, y otros platos más pequeños con otras variedades, acompañados con una canasta de pan de pita. El aroma de los condimentos era fuerte y les hacía picar la nariz. Bebieron vino y, de postre, probaron *baklava*, un pastel hecho con pasta de nueces trituradas y bañado con almíbar, que resultó ser un manjar. Al terminar se dirigieron al estudio de Jonas donde la conversación tan esperada los colmó de expectativas.

Capítulo 6

"Si eres sabio, mantén tu casa, ama a tu mujer, aliméntala apropiadamente,
vístela bien, acaríciala y cumple sus deseos, no seas brutal [...]
Ábrele tus brazos, llámala, demuéstrale tu amor"[3]

—Akila tráenos café por favor y ese postre tan rico que preparas, el *kanafeh*.
—Jonas le habló en voz baja, acercándose a su oído, lo que provocó risa en Akila que lo quitó espantándolo con sus manos, mientras los invitaba a pasar a su estudio.

—Si, muchos litros, por favor —dijo, Amelia riendo—, la conversación será larga. ¿Qué es un *kanafeh*?

—¡Oh! Una exquisitez que prepara Akila, *honey* —exclamó, Jonas—, un pastel hecho con *kadaif*, que es como cabello de angel, queso aderezado con *sirope*, que es un almíbar perfumado con agua de rosas, y pistachos triturados, *¡superb!* —Jonas elevó los brazos, mirando al cielo y abriendo los ojos grandes provocando la risa de Amelia.

El estudio era grande, formal, en un costado había un escritorio de madera con un sillón individual de cuero negro y alto detrás, que se veía muy cómodo, y lo rodeaban bibliotecas de piso a techo llenas con infinidad de libros. En algunos estantes o colgados de las paredes se lucían objetos variados, seguramente, obtenidos en sus expediciones. Del lado opuesto al escritorio había un juego de sillones de cuero con una mesa baja donde se sentaron para conversar y en el lateral había una mesa larga de reuniones con sillas alrededor. Todos los muebles estaban laqueados en blanco con combinaciones de madera oscura y brillosa y, alfombras inmensas de seda en múltiples colores, acompañaban cada sector de ese espacio.

---

[3] *Instrucciones del Papiro de Ani o Libro del eterno despertar.*

—¿Leíste los libros que te sugerí Amelia? —preguntó, Alexandra, tomando su taza de café.

—Claro, estuvieron grandiosos. Realmente, no sabía que era una sociedad tan avanzada. Creo que para la época era muy diferente a las otras.

—Desde ya que sí, incluso si la comparas con los griegos, no hay ni discusión. Veían a la mujer como su complemento, no como su igual y ellas tenía derechos que aún hoy muchas sociedades no tienen, ni siquiera esta misma. —Alexandra completó la explicación manteniendo siempre su tono suave y encantador.

—¿En serio era así? —Interrumpió, Alan, ubicado en la esquina del sillón con ambos brazos apoyados en el respaldo.

— Si, ¡es increíble! —Amelia explicó entusiasmada lo que había estado leyendo—. Eran iguales a los hombres ante la ley, podían trabajar, tener sus propios negocios, recibían sus propias herencias y podían disponer de ellas, eran las dueñas de la casa, y mantenían sus nombres al cual le agregaban el "esposa de ..." cuando se casaban. —Tomó un trozo de *kanafeh* saboreando la mezcla agridulce—. ¡Este postre está buenísimo!

—Y no solo eso. —Siguió, Alexandra—. El marido debía garantizar su bienestar económico y podían divorciarse y volverse a casar. Incluso, el matrimonio era un contrato, donde disponían vivir juntos y donde quedaba escrito cuál era su patrimonio, no hacían ceremonias como nosotros. —Tomó un bocadito de *kanafeh* de la bandeja—. También le ofrecía una suma de dinero por la virginidad que perdía o, si eran segundas nupcias, le hacía un regalo. Y los hijos se designaban con el nombre de la madre. Además, trabajaban en diferentes puestos, incluso como funcionarios de alto rango. ¡Ah!... y también podían tener esclavos para que las ayudaran en las labores o las atendieran, si tenían dinero para costearlos, claro.

—Tomemos todo con pinzas *sweety*. —Jonas no estaba tan convencido—. Hay muchas dudas, Amelia, porque no es un tema del cual se tengan certezas, hay muchas suposiciones también. En definitiva, era una sociedad patriarcal y no todo era un jardín de rosas. La violencia doméstica también existía a pesar de todas las ventajas que tenían. —Jonas riendo travieso, sentado en el sillón al lado de Alexandra, se robó otro *kanafeh* de la mesita—. Y, como en toda sociedad a lo largo de los siglos, sus beneficios dependían del estrato social al cual pertenecían. Tal cual es ahora, cuanto más arriba estaban en la sociedad más fácil les resultaba acceder a todo.

—Si desde ya, pero igual para esa época eran muy modernos —afirmó Amelia bebiendo su café.

—Por supuesto y la mujer era muy importante. La organización de la sociedad egipcia era jerárquica y teócrata. Incluso el trono se transmitía por parte de la mujer, ya que era ella la que le daba la legitimidad y era más importante tener sangre real a que gobernara un hombre —contó, Alexandra.

—¿Cómo se organizaba la sociedad? —Volvió a interrumpir, Alan, con curiosidad ya que no había tenido tiempo de hablar del tema con Amelia. No sabía que era tan interesante.

—En grandes rasgos —Jonas carraspeó. Comía nuevamente otro trozo de *kanafeh* cerrando los ojos en señal de placer absoluto y bebía tranquilo un sorbo de café—, se dividían en seis castas.

—Eres un viejo glotón, te va a dar un ataque estos días por comer tanta azúcar. —Alexandra lo retó dándole un manotazo en la pierna, pero Jonas se tragó el postre, de todas maneras.

—Resumiendo —continuó, mirándola con disimulo—: en la cima estaba el mundo divino, por arriba de la humanidad, y podía estar compuesto por divinidades hombres o mujeres; luego venía el rey que era la cabeza de la sociedad humana y el nexo entre lo divino y lo terrenal que, junto con su familia, formaban un grupo cerrado en la cima de la sociedad y debían cumplir con el *maat*, un concepto que hablaba de la armonía, el orden cósmico y el equilibrio universal en todos los aspectos de la vida, y así se convertían en el modelo a seguir, lo cual era bastante relativo como se podrán imaginar. —Levantó las cejas y siguió—. La realidad es que llevaban una vida bastante criticable. —Riendo bebió otro sorbo de café mientras pensaba—. Después estaba la *élite* formada por los escribas que conformaban la burocracia masculina gobernante junto con sus familias;

luego los artistas, artesanos y profesionales menores, la gran mayoría analfabetos; más abajo los campesinos y trabajadores de la tierra, que era la mayor parte de la población y, finalmente, los esclavos —comentó Jonas—. Creo que no me olvidé de ninguno.

—Y algo muy importante era que el status de las mujeres que rodeaban al rey se definía en relación a él: "esposa del rey" y "madre del rey" eran las más importantes y luego también estaban la "hermana del rey", "la hija del rey" y así, sucesivamente. Su posición era, hasta cierto punto divina, porque la religión honraba y elevaba lo femenino. —Alexandra se recostó contra el respaldo del sillón sosteniendo su café en la mano.

—Increíble —comentó, Alan, acercándose a la mesa para tomar su taza—, muchos pueblos hoy deberían aprender un poco de esa sociedad. Parece mentira que en el siglo XXI algunos traten a sus mujeres peor que en esa época.

—Y, además, cuando un heredero al trono aún no tenía edad para ejercer el reinado, ellas se convertían en reinas regentes hasta que fuera mayor y también asumían las madres cuando no había ningún heredero varón de sangre real —comentó, Jonas riendo—. Luego, cuando surgía algún hombre, dejaban su lugar a ellos, nuevamente, quienes se atribuían todo lo que ellas habían logrado y omitían sus nombres de la lista de reyes. —Jonas se recostó contra el respaldo pensativo—. Sin embargo, no fueron tontas y algunas terminaron quedándose en el poder años, como Hatshepsut, que se las ingenió con sus engaños para gobernar más de veinte años.

—¿Y el pueblo aprobaba que ellas gobernaran? ¿No pedían que fuera un hombre? —preguntó, Alan.

—Si, las querían —contestó, Amelia—. Cuando había épocas de crisis creían que ellas eran mejores que los hombres. Consideraban que protegían al pueblo, sobre todo en épocas complicadas, confiaban en su sabiduría, y pensaban que eran la opción menos riesgosa. Incluso solían dejar el reino mejor de lo que lo habían recibido. Decían que se conectaban más con sus emociones y por ello eran menos belicosas, no iniciaban guerras y tenían formas de gobernar más graduales y diplomáticas. Fueron, en más de una ocasión, la salvación del pueblo porque tenían más conexión con la gente. De hecho, según lo que leí, Cleopatra fue una de las mejores defensoras de la igualdad femenina —bebió lo que quedaba de su café y dejó la taza en la mesa—. Igualmente, cuando finalizaban su mandato los hombres volvían al gobierno y ellas, prácticamente, desaparecían. Era como si nunca hubieran existido ¿verdad?

—Si, pero tampoco eran santas margaritas, *dear*. Los libros dicen que no eran belicosas, pero más de una recurrió a sus artilugios para deshacerse de los que podían sacarlas del poder o iniciaban campañas militares, como Hatshepsut o Cleopatra —agregó, Jonas haciéndolos reír a todos—. Lo que no puedo negarles es que tenían agallas. Hubo varias, además de las que son más conocidas: Merytneit, Neferusobek, Tiy.

—Mas o menos como ahora —dijo, Alan—, parecen dulces gatitas y de pronto...—Acarició la mejilla de Amelia con el dorso de su mano mientras la miraba y se reía.

—...son fieras come hombres —respondió Jonas—. Parece que no importan los siglos que pasen, *women are women*. —Mujeres son mujeres—.

—Son unos exagerados, bien que no pueden vivir sin nosotras —dijo Alexandra mirando de reojo a Amelia que sonreía mientras observaba a Alan, sugiriéndole con su mirada intensa y la ceja levantada que le pagaría por esos comentarios.

—*Of course sweetheart*, estoy totalmente entregado —dijo, Jonas y todos rieron.

—Comparto el comentario Jonas, soy todo tuyo Amelia, haz de mi lo que quieras —dijo, Alan, siguiendo la broma mientras Alexandra le servía más café.

La velada estuvo muy entretenida y divertida con las ocurrencias de Jonas, pero en las caras de Amelia y Alan se empezaba a reflejar el cansancio del viaje, por lo que Alexandra les sugirió que fueran a descansar y al día siguiente seguirían organizando los pormenores de la exposición. Todavía debían hablar de las reinas que querían destacar y de un descubrimiento reciente: un papiro donde estaba dibujado un plano que mostraba un camino real que, si bien sabían que había existido, hasta el momento se lo había interpretado como un recorrido celestial o espiritual.

—Nosotros insistimos en que lo es, de hecho, estamos seguros, pero el director del museo y otros arqueólogos opinan que existe físicamente —le contó, Alexandra a Amelia, mientras salían del estudio y subían la escalera hacia los dormitorios.

Amelia quedó extasiada con los caireles de la araña que, con la luz, destellaban brillos multicolores en todas direcciones.

—Y ¿dónde está, supuestamente? —preguntó, Amelia.

—En Guiza. Es un camino subterráneo que va desde la esfinge hasta las pirámides —comentó, Jonas—. Para nosotros es uno de los tantos misterios que nunca se resolverán. Los escritos hablan de él, o en realidad de un portal, que no es lo mismo que una puerta, y menciona rituales y derechos exclusivos para algunas personas merecedoras de descubrirlo y transitarlo. Habla de seres con pureza de corazón y espíritu, defensores de la sociedad y el reino, ceremonias de protección para la familia y los hijos, en fin, mañana se lo mostraremos.

—Además Amelia, tenemos que organizar que nos pondremos para el evento, debemos lucir como auténticas reinas, tenemos que estar a la altura. —Alexandra la miró sonriendo y Amelia respondió a su sonrisa.

—Menos mal que lo tenía previsto en el presupuesto *girls*, sino gastaríamos más en vestidos que en todo el evento —afirmó, Jonas, por lo bajo, a Alan y ambos rieron.

Se despidieron en el pasillo del piso superior y cada pareja se retiró hacia sus respectivas habitaciones.

—Así que dulces gatitas... —Amelia tomó a Alan del brazo, acercándolo a ella, y le habló por lo bajo.

—Amelia no te enojes, fue una broma, amor mío —contestó, Alan, mirándola divertido tomando su mano.

—Ya me las vas a pagar. —Ella rio mientras entraban en la habitación, apoyaba su espalda contra la puerta y la cerraba con llave.

—Cuando tu digas mi reina, soy todo tuyo. —Le susurró, Alan, al oído, la envolvió en sus brazos y ella lo condujo hacia la cama.

Mas allá, en el otro extremo del pasillo, Jonas y Alexandra caminaban en silencio tomados de la mano.

—Así que fieras come hombres… —dijo, Alexandra a Jonas, seria.

—*My love* no te enojes, puedes comerme cuando quieras *darling* —contestó él sonriendo.

—Ya verás lo que te espera, ¡viejo feo! —exclamó, ella, mientras cerraba la puerta de la habitación con llave, también.

—Siempre dije que las mujeres tienen el poder *my queen*. —Jonas la miró a los ojos derritiéndola con la mirada.

—Obvio. —Lo besó con suavidad en los labios mientras lo llevaba a la cama.

Capítulo 7

"Si has de conocerte a ti mismo, ubícate en un punto inicial
y retorna a tus orígenes.
Tus inicios descubrirán tu final"

—¿Como durmieron? ¿Estuvieron cómodos? —preguntó, Alexandra, que los esperaba en la terraza con el desayuno servido.

—Si —contestó, Amelia, sentándose a la mesa—, comodísimos y la habitación es realmente increíble, uno se siente en otro mundo.

—Desayunemos y vayamos a ver lo del pasadizo que hablamos ayer —dijo, Jonas—, queremos mostrarles de que se trata, es muy interesante, y tenemos que ver cómo podemos incluirlo en la muestra. Al atardecer mi chofer los llevará a la terminal de trenes para que partan hacia Asuán, no tenemos mucho tiempo, y hay mucho que debemos contarles.

—Pero ¿no dijiste que el descubrimiento es algo reciente, que todavía no lo han encontrado? —preguntó, Alan.

—Claro, pero sería interesante darlo a conocer. Además, vamos a iniciar la excavación en poco tiempo.

Fueron nuevamente al estudio luego de desayunar, donde había desplegado un papiro sobre la mesa de reuniones, protegido con un vidrio.

—¡Es enorme! —exclamó, Amelia—, ¿dónde lo encontraron?

—En un lugar llamado Bab el-Gasus o Puerta de los sacerdotes, *honey*. Está al lado del templo de Hatshepsut en Deir el-Bahari. Bab el-Gasus es un descubrimiento de finales del siglo XIX, en realidad, pero era tanta la cantidad de información que había allí, que fue imposible guardar todo en los museos egipcios y decidieron enviar algunas cosas a otros museos del mundo, pero muchas de ellas, se han perdido. —Jonas hizo una mueca de tristeza—. Fue una pena porque había sarcófagos, papiros, estatuillas, amuletos, e incluso y tal vez lo más importante, es que muchas de esas cosas hablaban de lo cotidiano, como el papel de la mujer en la sociedad, como vivía la clase media, los trabajos que hacían, y como eran sus casas, en fin, quedó en el olvido. —Caminó alrededor de la mesa mientras lo miraba—.

De hecho, se le llama "el descubrimiento olvidado". Por eso te decía ayer Amelia que lo de las mujeres lo tomáramos con pinzas, porque recién se supo un poco más de ellas con este descubrimiento. Hasta ahora mucho se suponía.

—¡Qué lástima! ¿Y por qué apareció ahora? —Alan dio la vuelta a la mesa mirando extasiado el papiro desde todos los ángulos posibles.

Era imponente. Se veía como las hojas de la planta del papiro se iban entrelazando para formar el fondo, incluso algunas de ellas se notaban más amarronadas que otras. Estaba algo resquebrajado y seco, sobre todo las puntas que se veían deshilachadas y carcomidas por el paso del tiempo. Tenía marcados algunos dobleces y arrugas, en los cuales los colores se habían opacado o desaparecido por la humedad. Pero a pesar de las imperfecciones, era impactante la innumerable cantidad de detalles que contenía y que habían perdurado hasta ese momento.

—Porque los egiptólogos se decidieron a investigar todo lo que habían encontrado allí. Y apareció, entre otras cosas, este papiro, que llegó a nuestras manos porque hace tiempo que venimos investigando este lugar con Alexandra. Ya aparecía en algunos escritos o pinturas, pero no sabíamos muy bien su significado.

—Es increíble, los colores, los dibujos... —Amelia recorrió el papiro con sus dedos, suavemente, pero se detuvo al ser interrumpida.

—Las precisiones —continuó, Alexandra, señalando la parte superior—. Fíjense los detalles, las inscripciones son mensajes ocultos, y miren los colores. Aquí, por ejemplo, indica que el que ingresaba allí, supuestamente el faraón con su esposa, lo podía hacer únicamente a la noche, justo a la medianoche, durante la luna llena, y solo cuando estaba alineada con el lugar y, luego, el faraón salía por la pirámide a la mañana. ¿Ven? —Señaló otro sector.

—El camino tiene diferentes salas a las que van ingresando por diferentes motivos y luego continúa, miren —aclaró, Jonas, señalando otro punto—. El faraón sale por aquí, ¿pueden verlo?, pero la reina sigue el camino. Si se fijan, hay una especie de ritual de protección hacia su figura y su descendencia. Aquí se la ve rodeada por otras mujeres que la preservan, la protegen. Esa parte del camino la hace sola. Suponemos que, tal vez, sea para ratificar su función de madre y transmisora de la sangre real. Luego de cumplir ese ritual, sale por un pasadizo entre la Gran pirámide y las pirámides de las mujeres, exactamente al mediodía y directamente al desierto.

—Todavía no desciframos todo lo que está escrito, faltan muchísimos detalles, por eso no sabemos la historia completa —aclaró, Alexandra, hablando, pausadamente, mientras lo admiraba—. De todos modos, nosotros insistimos que no se trata solo de un túnel que transitaban sino de un viaje cuya finalidad era de crecimiento personal o espiritual. Esa puerta no existe a simple vista en la esfinge, ya lo comprobamos, ni tampoco la salida, ni la puerta de la pirámide, ni la del paso entre ellas, aunque tal vez con la excavación podamos encontrarla. —Negó con la cabeza apenada—. Era muy normal, en aquel entonces, que hubiera puertas secretas, pasadizos ocultos o lugares que solo unos pocos conocían. A lo mejor va más abajo y el papiro no lo indica con exactitud, pero es raro porque hay muchas otras precisiones.

—¿Cómo piensan que se podrá incorporar a la muestra? —preguntó, Alan, con las manos en los bolsillos del pantalón, mirando a Alexandra.

—La exhibición la haremos allí. —Alexandra caminó hasta el sillón y se sentó mientras explicaba—. A continuación del Desfile Dorado, la procesión seguirá hasta Guiza. Delante de la esfinge montaremos el escenario para el espectáculo de la muestra fotográfica, incluso pantallas con los videos como tú nos explicaste, Alan. Las fotos quedarán en un pabellón en uno de los edificios laterales del complejo que han sido reciclados. Nosotros pensamos que el papiro debería exhibirse allí en una vitrina, y que podríamos anunciar el inicio de las excavaciones, que serán por la mañana, al día siguiente.

—¡Eso sería maravilloso! —Amelia miró entusiasmada a Alan, que la abrazó con fuerza de los hombros atrayéndola hacia él.

Entretenidos como estaban hablando del papiro y escuchando las explicaciones de los Fraser, fueron pasando las horas. Cuando Akila entró para avisarles que el almuerzo estaba listo, eran las dos de la tarde. Pasaron al comedor esta vez. Un lugar suntuoso, pero moderno, con una pared revestida en piedra y las otras pintadas de gris sobre las que colgaban cuadros abstractos de dimensiones colosales. La mesa cuadrada, con tapa de vidrio de bordes biselados, estaba ubicada en el centro con doce sillas a su alrededor tapizadas en pana de color gris claro. Sobre el vidrio Akila había colocado individuales blancos de hilo sobre los que apoyó la vajilla. Iluminaba todo el lugar una lámpara colgante, de la que parecía desprenderse una lluvia de luces. Bajo la mesa una alfombra persa de seda en tonalidades de grises y celestes llegaba casi hasta las paredes.

—Chicos —Jonas los invitó a sentarse—, cualquier cosa que necesiten no duden en llamarnos. Una alumna mía los estará esperando en Asuán para guiarlos. Sabe mucho de Egipto y conoce todo muy bien, incluso nos ha acompañado en algunas expediciones, podrá asistirlos en lo que precisen. Una camioneta estará a su disposición también durante todo el tiempo del crucero. Los trasladará por tierra hacia los lugares que vayan a visitar. —Los mozos comenzaron a servirles la comida—. Me gustaría contarles que es probable que nos sumemos a ustedes en algún punto del viaje, aunque todavía no sabemos dónde, depende del tiempo que nos demande descifrar esto.

—¡Qué suerte, me alegro que podamos compartir parte del viaje! —Alan demostró una alegría sincera—. ¡Qué nos acompañen personas con tanta experiencia es todo un honor!

—Calculamos que será en Deir el-Bahari. Pero tenemos que ver si llegamos a tiempo. Sino será después. —Alexandra los miró resignada—. Para mí el templo de Hatshepsut siempre es un lugar al que me gusta volver. Creo que es uno de los que muestra mejor la fuerza de una mujer. Además, será una de las reinas que trasladarán en el Desfile Dorado. Vale la pena hacer hincapié en ese lugar.

A las siete de la tarde, el chofer de Jonas los llevó a la Terminal de trenes Ramsés en El Cairo, de donde partirían con destino a la ciudad de Asuán, a las diez de la noche. Mientras esperaban en el andén, acorralados por una multitud, pasaron varios trenes locales, algunos sin luz, donde las personas colgaban de los vagones atestados, volviendo de sus trabajos todos apiñados. Otras iban acostadas o sentadas sobre los techos, porque adentro ya no había lugar donde pudieran ubicarse. Era escalofriante el peligro de toda esa gente viajando en condiciones tan riesgosas. Cuando la formación se detenía en la estación, algunos no bajaban del tren por las puertas, se arrojaban directo desde los techos al piso o salían por las ventanillas, porque no podían llegar a la salida de tantas personas que la obstruían y, luego, cruzaban los andenes, bajando y caminando por las vías, para luego volver a subir al llegar al andén de enfrente. Ver todo eso le dejó en claro a Amelia que el mundo estaba cada vez más loco y descontrolado.

Cuando un tren partía, todo se calmaba durante un rato hasta que, poco a poco, volvía a llenarse. Al final llegó el de ellos, era otra historia, nada parecido a lo que habían visto minutos antes. Por fuera era completamente plateado y, aunque no se lo veía lujoso, por dentro era diferente. Subieron junto con otras personas, entregaron sus boletos, y el guarda los acompañó a su camarote. Caminaron por un pasillo angosto que recorría cada vagón sobre un lateral con ventanas cubiertas con cortinas azules. Adentro había dos cómodos asientos que, más tarde, se reclinarían para dar paso a la cama inferior, y una placa vertical a mitad de la pared se bajaba sobre ellos para armar la cama superior. Tenían un lavatorio pequeño, una mesita y una ventana. Se acomodaron y, abrazados, esperaron la partida que no tardó mucho en llegar. El viaje duraba unas diez horas, tal vez algo más, pero no les molestaba porque estaban juntos. Al rato de salir, les trajeron la cena.

—Cuéntame, ¿cómo te fue en Barcelona con tu hermana? Nunca hablamos en detalle de eso con todos los preparativos del viaje —preguntó, Alan, mientras abría la bandeja metálica de la comida.

—¡Genial! lo pasamos muy bien. Como te conté por teléfono, estuvimos poco tiempo juntas porque partieron hacia las islas griegas en un crucero a los dos días que llegué y luego me fui a los pocos de que regresen, pero fue suficiente. —Comió un bocado de su comida, pollo con papines y verduras salteadas—. La extrañaba un montón, charlamos muchísimo como lo hacíamos siempre, y hasta lloramos juntas por todo lo que nos pasó últimamente, que no fue poco. —Lo besó acariciándole el rostro con ternura—. Somos dos brujas trasnochadoras. —Sonrió con su propio cometario—. Y, con mis sobrinos recorrimos toda Barcelona, también las obras de Gaudí, que me apasionan, y nos divertimos muchísimo.

—¡Pobres chicos los llevaste a ver las obras de Gaudí! ¿No había algo más divertido? —Alan le sirvió vino en su vaso.

—Shhh ¡No seas malo, si son hermosas! Y a ellos les gusta ir, su tía siempre los premia con helado y golosinas por ello. Fuimos al Parque Güell, donde nos divertimos más de lo que esperábamos, la casa Batlló y, por supuesto, La Sagrada Familia. Es un lugar maravilloso y no puedo dejar de visitarlo. Siempre hay algo más que me emociona, su arquitectura, su clima tan especial. Siento que allí realmente está Dios, hay algo sobrenatural en ella. —Abrió el recipiente del postre y probó una cucharada descubriendo cuanto le gustaba—. Y, además, también salimos a pavear, aproveché a mal criarlos un poco. Fuimos al puerto, a comer afuera, al cine. La pasamos increíble.

—¿Tu hermana y su esposo volvieron mejor del viaje? —Alan todavía no había terminado su comida porque estaba atento a lo que Amelia le contaba. Estaba feliz de compartir ese viaje con ella, realmente, quería disfrutarlo. La miraba mientras hablaba sin poder quitarle los ojos de encima, poniendo atención a los detalles, porque la profundidad de sus ojos, cada gesto, cada sonrisa, cada movimiento de su boca al pronunciar las palabras, lo volvía loco. La quería para siempre a su lado, no quería volver a separarse de ella nunca más.

—Si, lo pasaron muy lindo. La verdad es que lo necesitaban, estaban contentísimos. Les hizo muy bien un poco de espacio para ellos. Estoy feliz de que pudieran volver a encontrarse, son una pareja muy hermosa y se aman mucho, era una pena que estuvieran tan mal. —Siguió comiendo entusiasmada.

—Me alegro, ¡qué suerte! —la abrazó por los hombros y la apretó contra su cuerpo—. Te extrañé. —La besó en la mejilla y la miró saboreándola con los ojos. Se sentía muy afortunado de tenerla a su lado.

—Y tú, ¿qué hiciste? —Ella apoyó la cabeza en su hombro.

—Yo estuve bastante atareado con la muestra itinerante y la foto de la leona, esa que casi te come en la selva. —La miró con una risa divertida y le dio un beso en la boca—. Daren estaba agobiado con eso, lo volvieron loco pidiéndole que la mandara para acá y para allá. También tuve que repartirme con otras muestras que son habituales del museo. Tú sabes que el edificio es muy grande y la demanda de espacios para diferentes eventos es permanente y, además, estuve armando una dedicada a nuevos artistas.

—¡Qué lindo! Se que es muy difícil para los jóvenes artistas o nuevos artistas darse a conocer y vender sus obras. Tengo una amiga en Argentina a la que le cuesta muchísimo y es muy talentosa.

—Los hay muy buenos y necesitan ayuda para exponer sus obras y, tanto a mí como a Daren, nos gusta colaborar con ellos. Lo más normal es que el público compre obras de artistas consagrados sin darles la oportunidad y es una pena. De esta forma los conocen. —Comió un bocado de su postre—. Quedó muy bien por suerte y ha tenido bastante éxito, fue muchísima gente. Además, usamos la idea de tu exposición, la de los videos, y gustó mucho porque se ve en todas partes.

—Qué bueno que ayudes a tu gente. —Lo miró con dulzura en los ojos.

—Si, me gusta hacerlo, me siento bien. —Bebió un poco de vino —. Cuando me fui con mis padres a Estados Unidos era chico y sentí un gran desarraigo, perdí los lugares a los que solía ir, a parte de la familia que no viajó con nosotros, abuelos, primos, tíos y perdí a mis amigos de la infancia, con los que había compartido gran parte de mi corta vida. —Miró por la ventana mientras hablaba con mucha tristeza—. Cuando regresamos con Jonathan, una de las cosas que me dolió fue que muchos de ellos se sentían frustrados porque no les había ido bien en sus vidas, estaban estancados o sin trabajo, por los problemas que hubo en Sudáfrica. Por eso me decidí a ayudarlos todo lo que pude, porque sentí que yo había tenido oportunidades y ellos no. —La tomó a Amelia por los hombros y la mantuvo cerca de él—. A algunos les conseguí trabajo en el museo o en empresas que trabajan con nosotros, a otros les presté dinero para que pudieran iniciar algún negocio, a otros les doy, cada vez que puedo, la oportunidad de exponer lo que hacen, conozco a varios que son artistas y fotógrafos, y les facilito la realización de alguna muestra en el museo, en fin, lo que puedo.

Amelia acarició su rostro admirando al hombre que tenía a su lado y que cada día le demostraba lo buena persona que era, que no solo pensaba en sí mismo, sino también en aquellos que apreciaba o por los que tenía algún afecto. A ese hombre que tanto amaba, a ese hombre que cada vez que la miraba le hacía sentir revoloteo en su estómago y le ponía la piel de gallina, a ese hombre que cuando la tocaba la hacía temblar y que cuando la besaba, su boca le provocaba deseos incontrolables.

—¿Cómo vas con esta exposición? —le preguntó, extasiada por su belleza, dichosa de estar a su lado disfrutando de su piel, de su perfume, de su abrazo.

—Bastante bien, pero al llegar a tantos países y otros continentes, no fue fácil decidir cómo hacerla. Pero ya tengo varios contactos para organizarla en cada país, incluso en Argentina. Así que prepárate porque, probablemente, viajemos.

Mientras hablaba, Amelia quería hacerle una pregunta que la atormentaba desde hacía días, pero temía que a él le molestara o se sintiera mal recordando lo que había vivido. Al final, tomó coraje, respiró hondo y se decidió a hacerla.

—¿Supiste algo de Niara? —Amelia lo miró angustiada—. La última vez que hablamos no sabías demasiado.

—Si. Quedó internada en el psiquiátrico. Le hicieron estudios, sesiones de terapia, y consideraron que deben tratarla. Una pena porque es una mujer joven y bonita, pero bueno... —Miró por la ventana algo abatido—. No pensemos más en ello. Disfrutemos de nosotros ahora.

—Te extrañé mucho Alan. —Hizo un silencio—. ¿Hay alguna otra cosa que deba saber? —le preguntó mirándolo fijo con una mirada que se notaba algo perturbada y lo abrazó por la cintura.

—Otra cosa ¿cómo qué? —preguntó, intuyendo a qué se refería.

—¿Alguna otra mujer? ¿Saliste con alguien? —Bajó la vista, compungida.

—Amelia ¿crees que te engañaría? —La separó un poco para mirarla a los ojos—. ¿Realmente, piensas que sería capaz? —La tomó fuerte contra él, pero Amelia se alejó deslizándose por el asiento y apoyó la cabeza contra la ventana del camarote—. ¿Qué pasa? ¿Por qué te alejas?

—Cuando comencé a salir con Sebastián y luego nos casamos me entregué a él por completo sin pensar que alguna vez podría engañarme. —Miraba por la ventana perdida en sus pensamientos, no quería verlo a los ojos—. Le di toda mi confianza, no sé si por tonta, ingenua o joven, pero jamás dudé de él porque, como yo jamás lo hubiera engañado, pensé que él tampoco lo haría. —No quería demostrarle su tristeza, trató de evitar que Alan viera sus ojos brillosos.

—Tú no eres tonta, en todo caso confiaste en él y te defraudó. —Corrió la mesa y se acercó a abrazarla.

—No tienes idea de cuanto duele, sobre todo cuando no lo esperas. —Cerró los ojos para contener las lágrimas—. Al principio no te entra en la cabeza que esa persona que dijo amarte te haga algo así y, cuando te das cuenta de que es verdad que pasó, el dolor te destruye o, por lo menos, así lo sentí yo. —Apoyó la cabeza en el hombro de Alan—. Lo peor es que te queda un miedo constante que no se va, que siempre está oculto, que aparece cuando menos lo esperas y te hace dudar de todo. Es una sensación que no te deja en paz, que siempre te persigue, y pone incertidumbre en tu camino. —Hizo una pausa al sentir sus dedos acariciándole la mejilla con suavidad—. Por favor nunca me mientas, nunca me engañes —susurró escondiendo la cabeza en su cuello.

Alan la tomó del mentón y levantó su cabeza para mirarla a los ojos, brillantes y tristes, la besó en la frente con ternura y fue bajando por su rostro hasta su boca.

—Nunca engañé a ninguna mujer ¿porque lo haría contigo? No soy esa clase de hombre.

—Bueno, es que fueron muchos meses, y nunca hablamos de… de esas cosas. La desconfianza es algo que me cuesta mucho controlar, sé que no está bien, pero no sé, no puedo. Eres tan apuesto y cuando veo a las mujeres que te miran o te sonríen embobadas, me agarran unos celos terribles y pienso que a lo mejor cuando yo no estoy… —Se abrazó fuerte a él y ocultó el rostro en su pecho.

—Te amo Amelia y cuando lo digo es en serio, no necesito a ninguna otra, ni cuando estás conmigo, ni cuando no lo estás. —La tomó de las mejillas con ambas manos y la besó con dulzura en los labios—. Tuve varias mujeres en mi vida, no lo voy a negar, nunca hablamos mucho de esto, nunca me preguntaste. —La miró, serio.

—Pensé que te molestaría. —Lo miró, también.

—Jamás me molestaría que me preguntes. Quiero que seamos sinceros el uno con el otro.

—Cuéntame entonces. ¿muchas, muchas? —Levantó las cejas y sonrió.

—Varias, aunque no tantas como insinúa Jonathan. —Su sonrisa la desarmó al igual que su mirada intensa—. Lo pasé muy bien con algunas y con otras no tanto, pero siempre fui fiel a todas. Creo que cuando uno está con una persona no es bueno engañarla, ni mentirle. Se le debe respeto porque existe un vínculo de amor o cariño. Y, cuando las cosas no funcionaron, lo conversamos y nos separamos. —La miró y la vio atenta a lo que le contaba—. Para mi funciona así, pero también me rompieron el corazón en algún momento y también, me engañaron, Niara fue una de ellas, y, si bien no estábamos casados, estábamos juntos de todos modos, así que me dolió y mucho. No fue como lo que te pasó a ti, pero sé lo que se siente—. Ella lo besó en los labios aferrándose a su cuello—. Además, a ti los hombres también te miran y no por eso pienso que me engañas.

—Jamás lo haría, te lo juro —aseguró, ella.

—Lo sé y yo tampoco, puedes quedarte tranquila. —El beso inició manso y luego de un rato comenzó a descontrolarse por completo, volviéndose febril, al igual que sus manos que se recorrían con desesperación.

Los interrumpió el guarda que golpeó la puerta y les pidió que salieran del camarote para poder preparar y acomodar las camas. Fueron hasta el bar a tomar un café, mientras dejaban que dispusieran todo y, cuando volvieron estaban listas.

—No voy a dormir sola allá arriba. Corrijo, no voy a dormir sola, ni arriba, ni abajo. —Lo miró con ojos caprichosos y los brazos cruzados en la cintura.

—Bueno, podría invitarte a dormir conmigo, aquí abajo, pero no sé. Es un poco pequeña para dos. —Simuló duda rascándose la nuca y sonriendo.

—¿No sabes? ¡No seas malo! Dormiré contigo, ni siquiera te lo estoy preguntando. Te lo estoy advirtiendo.

Se abalanzó sobre él y, ambos riendo, cayeron sobre la cama inferior besándose y acariciándose mientras se quitaban la ropa. El deseo de estar juntos, después de tanto tiempo separados era incontenible y aprovecharon el bamboleo del tren para amarse hasta que se quedaron dormidos abrazados.

Capítulo 8

"Hay que guardarse bien de un agua silenciosa,
de un perro silencioso…
y de un enemigo silencioso".

No bien amaneció, el sol comenzó a entrar por la ventana, despertándolos. Todo se teñía de azul por la tonalidad de las cortinas. Se vistieron entre arrumacos y se sentaron a esperar la llegada a Asuán, mirando el panorama que pasaba por la ventana. El tren andaba lento porque en la vía contigua a la que iban ellos se había detenido un tren descubierto, cargado con pajas, y algunos egipcios estaban sobre ellas, descargándolas. Algunos las bajaban por pequeñas escaleras, otros las ataban en grandes cantidades y luego cargaban esos paquetes sobre sus espaldas para subirlos a carretas tiradas por burros que los trasladarían vaya a saber dónde. Más allá, se veía el exuberante verde a los lados del río y más lejos la arena del desierto que subía y bajaba en suaves ondulaciones.

Pocos minutos después, llegaron. Al descender del tren los esperaba la camioneta que los trasladaría, primero al barco con el cual recorrerían el río Nilo de regreso a El Cairo para que dejaran sus equipajes y, luego, al aeropuerto donde tomarían el vuelo al templo de Abu Simbel, un poco más al sur.

—Amelia, Alan, soy Diana Holland. —Una mujer se acercó a ellos sonriente, tendiéndoles la mano, mirando fijo a Alan, sin sacarle los ojos de encima— Jonas me envió por ustedes. Los acompañaré en el crucero y los recorridos a los templos para asistirlos en lo que necesiten.

—Hola —Amelia, sonriente, tomó su mano—, encantada de conocerte, Jonas nos habló de ti. —Observó que Alan, a su lado, se tensaba y se ponía serio. Algo en ese cruce de miradas no le cayó bien.

Diana era rubia platinada de envase plástico con raíces castañas, ojos verdes, cabello corto y ondulado, buenas curvas en su cuerpo, algunas de las cuales no eran naturales, y altura media, pero se la veía muy provocativa y extravagante. Llevaba unos anteojos de sol, cual diva del espectáculo, cuyo marco blanco terminado en punta hacia arriba tenía brillos a su alrededor. A Amelia no le resultó agradable su presencia y, menos, al ver como la miraba Alan. *"Es una cuestión de piel"*, pensó. Diana, por su parte, se tomó un tiempo en recorrerla con una mirada socarrona que la hizo sentir incómoda.

Alan estaba conmocionado, no podía creer qué de todos los lugares y las personas del mundo, justo tenía que cruzarse con ella en ese lugar alejado de todo y en ese momento. *¿Qué mierda hace ella aquí?*, pensó.

Al no obtener respuesta de su parte, Diana los invitó a subir a la camioneta para llevarlos al puerto.

—Una vez en el crucero, podrán acomodarse en sus camarotes, tomar y comer algo, y, luego, partiremos para tomar el avión a Abu Simbel.

El recorrido no fue muy largo, pero si muy interesante. Asuán es la ciudad más al sur de Egipto, casi a mil kilómetros de El Cairo, donde el río Nilo tiene su primera catarata o, mejor dicho, donde se forman los primeros rápidos debido al angostamiento de su cauce entre las islas. Desde allí inicia su camino hacia el norte, ya más pausado y tranquilo, para terminar en el mar Mediterráneo.

—Es una ciudad muy importante. —Amelia iba mirando el panorama por la ventanilla —. Aunque la imaginaba diferente.

Las construcciones, la gente, los negocios, todo estaba amontonado, todo parecía a punto de caer, todos los carteles tenían símbolos ilegibles, y la sensación de abandono, inestabilidad, y fragilidad era desmedido.

—Si —contestó, Diana—. En la actualidad, Asuán es de suma importancia por la gran cantidad de turismo que la visita, sobre todo por los cruceros; antiguamente, lo era por ser frontera sur del imperio y centro religioso, incluso, era el lugar de residencia de los últimos descendientes de los antiguos egipcios, los nubios. —Hizo una pausa, le dio indicaciones al chofer y continuó—. Por el angostamiento del río se hacía imposible para los barcos navegarlo. Eso lo aprovechaban económicamente porque Asuán se convirtió en el paso obligado de las caravanas de elefantes que venían desde el sur, las cuales trasladaban desde perfumes hasta esclavos. Era una zona de gran valor comercial y a su puerto llegaban especias, oro, y madera durante el Antiguo Egipto y, sus piedras graníticas, de las canteras de sienita, fueron parte de la construcción de la mayoría de los monumentos, pirámides, y obeliscos.

—¿O sea que siempre fue importante económicamente hasta hoy, aunque por diferentes circunstancias? —preguntó, Amelia.

—En realidad fue variando —explicó, Diana, con desgano—. En el siglo VIII, cuando fue conquistada por los árabes, se convirtió en un punto estratégico para contener a los nubios que defendían el cristianismo, aunque poco a poco se impuso el islamismo. Y, posteriormente, en el siglo XIX, se popularizó entre los europeos y se convirtió en un destino turístico invernal por su clima cálido.

—Pensé que era más chica y ¿qué es ese olor tan intenso que se siente? —Amelia arrugó la nariz mientras miraba perpleja ese lugar tan ajeno y extraño que parecía perdido en el tiempo y lleno de misterios escondidos.

—Especias y esencias —respondió, Diana—. Es un olor muy característico en todo Egipto, ya se acostumbrarán. Las usan en todo, comidas, bebidas, perfumes.

No podía decir que era una ciudad linda, pero sus alrededores eran muy pintorescos. Una mezcla interesante de piedras gigantes, ríos que se entrelazaban entre ellas para formar laberintos intrincados, y palmeras agrupadas con sicomoros que, según había contado Diana, era un árbol sagrado que proporcionaba cobijo y alimento a los muertos, se usaba para hacer sarcófagos y elementos decorativos relacionados con la muerte. Todo ese panorama, al final, resultaba agradable a los ojos. Sin embargo, se producía una contradicción entre esas construcciones amontonadas y apiladas que eran las casas, casi precarias, en los colores que marcaba el desierto, arena, ocres, rojos, en contraste con los edificios modernos de los hoteles de lujo y la vegetación.

Los veleros en el río navegaban, pacíficamente, con sus velas desplegadas, de una orilla a la otra. La gente también ponía su cuota exótica: algunos hombres vestían túnicas largas hasta el piso y turbantes que cubrían sus cabezas con extensiones que se enroscaban en sus cuellos y las mujeres tapaban su cabello y parte del rostro con velos. Otras más osadas vestían jeans y camisas, pero su cabeza, igualmente, iba cubierta. No llevaban shorts, ni transparencias, ni ropas muy escotadas. Solo los turistas usaban todo tipo de prendas y de colores variados.

Pasaron por un lugar precioso llamado La Corniche, que era un paseo peatonal a orillas del Nilo y, ahí nomás, vieron el Hotel Old Cataract, donde Agatha Christie encontró inspiración para su libro Muerte en el Nilo. Luego de un rato, llegaron al puerto, desde donde salían los cruceros y donde se encontraba el barco que ellos tomarían, amarrado en el muelle. Hermoso, no como los cruceros enormes de ocho o diez pisos que cruzan los océanos, sino más pequeño, pero con todos los lujos. Después de atravesar el pórtico rosa con letras azules y doradas que les daba la bienvenida, pasaron una puerta giratoria y los recibió un aroma intenso a vainilla y el personal del barco que los invitó con jugos, toallas húmedas, y miles de atenciones. La recepción era de triple altura rematada con una cúpula con *vitreaux* en el último piso, por donde entraba la luz exterior. Los muebles eran de madera rojiza, las escaleras curvas, de mármol, y las barandas sinuosas, de bronce. Sus maletas desaparecieron en forma inmediata y, una vez que les dieron la bienvenida, una chica egipcia los condujo a sus camarotes.

—Por aquí, síganme. —Ambos subieron detrás de ella—. Señor Pears, espéreme aquí mientras la guío a la señorita Rull a su camarote. —Ordenó la chica.

—Un momento —Sorprendido, Alan miró Amelia que estaba en el mismo estado de conmoción— somos pareja, vamos al mismo camarote.

—Lo siento —dijo, la chica, perpleja—, pero fueron reservados dos camarotes individuales.

—¿Quién hizo esa reserva? —Amelia sacudió la cabeza y chasqueó la lengua—. De todas maneras, no importa, se puede solucionar. Queremos estar juntos.

—No sé quién hizo la reserva, pero el barco está completo. No hay más camarotes libres. Lo siento muchísimo, lo hablaré con el capitán —dijo, la egipcia, preocupada—, pero creo que será imposible solucionarlo.

Amelia la siguió desconcertada hacia la derecha, mirando de reojo a Alan con tristeza, que se quedó en el centro del hall amargado. Cuando la chica volvió lo guio a su habitación, exactamente, en el extremo opuesto. *Buen comienzo…* pensó.

Se pusieron ropa cómoda, más liviana debido al gran calor, y bajaron al primer subsuelo a desayunar en un lugar amplio, con sillones tapizados en color crema con pintitas azules, y un mostrador lleno de delicias. Estaban hambrientos después de tanto viaje y se sentaron en una mesa junto a una ventana ojo de buey desde donde se veía el río por el cual navegarían: el famoso Nilo.

—No puedo creer que estemos separados —Alan manifestó contrariado tomando café— tenía tantas ganas de estar contigo.

—Yo tampoco, pero podemos escabullirnos por la noche —dijo Amelia acariciando su mano con la mirada desvergonzada—, y hacer el amor mientras el barco se mece.

—Si, lo sé, pero no es lo mismo. —Sonrió llevándose la mano de Amelia a los labios. La acarició suavemente, antes de darle un beso en los nudillos.

—Estaremos juntos igual, no importa, ya lo solucionaremos, no te hagas problema. — Amelia untó dos tostadas con mermelada y le entregó una—. Disfrutaremos de todas maneras, ya verás.

—Me encanta que siempre seas optimista. Te amo por eso y... por todo lo demás también. —Sonrió levantando las cejas con picardía y la desarmó.

—Claro, estamos juntos, eso es lo que me importa. —Bebió su café sin despegar los ojos de él.

—Igual voy a quejarme —manifestó enojado haciéndola reír. Alan terminó su café y cuando acabaron el desayuno, salieron abrazados hacia su primer destino.

Diana los esperaba en la camioneta estacionada en el muelle junto con el conductor, un egipcio alto que vestía a la usanza tradicional con túnica marrón oscuro y turbante, y lucía una mirada ladina que la recorrió a Amelia con gran interés, poniéndole los pelos de punta a Alan. Subieron y se dirigieron hacia el aeropuerto para tomar el avión que los llevaría al templo de Abu Simbel, su primera visita. Era tan precario que inspiraba miedo, daba la sensación de que para sostenerse en el aire iba a tener que agitar las alas como un ave, y a pesar de qué durante el vuelo todas las mascarillas de oxígeno cayeron de su cubículo sin razón alguna y se dieron un susto de muerte que terminó en risas, bromas y aplausos por parte de los pasajeros, llegaron sanos y salvos. Cuando estaban llegando sobrevolaron el lugar para ver el lago Nasser, una mancha azul en el medio del desierto que parecía el estallido de una gota de acuarela celeste al caer de un pincel sobrecargado. Un poco más allá, el templo, imponente, surgía entre la arena como una aparición enigmática. Al descender del avión, el calor agobiante los golpeó como una bofetada, el sol los encandiló, y la sequedad del desierto les hizo arder la garganta al punto de que les costaba respirar porque el aire era caliente y seco, muy seco.

—El templo que vamos a ver —explicó, Diana, mientras caminaban hacia él—, es para mí el más hermoso de todos, el más imponente, y el más misterioso. Y doblemente importante, no solo por su construcción original sino, luego, por su traslado realizado gracias a la Unesco en 1964, cuando se decidió la realización de la represa de Asuán.

—Qué templo tan impresionante —dijo, Amelia caminando al lado de Diana—, estaba muy entusiasmada por conocer estos lugares. Pero no sabía lo del traslado hasta que lo leí hace poco. Por lo que vi fue muy complejo.

—¿Tú lo sabías Alan? —preguntó, Diana, sin darle ninguna importancia a su comentario.

—Si, lo sabía. —Alan caminaba unos pasos más atrás—. No en detalle, pero había escuchado que varios templos fueron trasladados cuando hicieron la represa de Asuán.

Amelia no dejaba de pensar que varios de esos templos habían estado enterrados durante miles de años escondidos entre las arenas del desierto sin que nadie supiera de su existencia. Estuvieron cubiertos por completo a pesar de ser tan enormes e imponentes. Eran obras que habían llevado muchísimo tiempo y trabajo construir y, si no los hubieran encontrado, se hubieran perdido para la humanidad.

—Son majestuosos ¿verdad? —Diana se calzó los anteojos de sol—. El conjunto consta de dos templos. El de Ramsés II, el más grande, construido en el siglo XIII, con motivo de la victoria en la batalla de Qadesh contra los hititas, una batalla que, en realidad no fue ganada, sino que se resolvió con un acuerdo, gracias a Nefertari, su esposa. Estaba dedicado al culto del mismo Ramsés y a los dioses Amón, Ra y Ptah —continuó, Diana—. Y el otro, más al norte y un poco más pequeño, dedicado a su primera esposa Nefertari y a la diosa del amor Hathor. En el frente, el de Ramsés tiene esos cuatro colosos gigantescos de Ramsés sentado —dijo, señalando—, y el de Nefertari tiene seis estatuas de pie, cuatro de su esposo y dos de ella, todo tallado en la roca.

Amelia no dejaba de avanzar quedándose sola de pronto, pero estaba tan entusiasmada fotografiando que no se dio cuenta. Tomó muchas fotos del exterior y de esas estatuas gigantes que imponían respeto a cualquiera que se acercara. Su tamaño era desmesurado, ella de pie no llegaba al tobillo de ninguna de las estatuas, se sentía diminuta ante ellos. Al entrar comprobó que los interiores no eran menos importantes y hermosos. Estaban conservados a la perfección: la entrada con pinturas y grabados de las batallas libradas, tanto en paredes como en techos; a continuación, se encontraba la primera gran sala hipóstila, un laberinto de columnas y estatuas que llegaban hasta el techo, cuyas hileras iban guiando el camino hacia el fondo, pasando por otros espacios cada vez más pequeños; a ambos lados, cámaras con el techo estrellado; y después, la segunda sala hipóstila; todo era grandioso, pero lo más impactante estaba al final, el pequeño recinto donde había cuatro estatuas sentadas que formaban el santuario. Allí, por una pequeña ventana en el frente del templo, ingresaba dos veces al año, el veintiuno de octubre y el veintiuno de febrero, sesenta y un días antes y sesenta y un días después del solsticio de invierno, un rayo del sol que iluminaba tres de esas estatuas: la de Ramsés, el faraón; la de Amón, el rey de los dioses; y la de Ra, el dios solar de la fertilidad y fecundidad, creador del mundo y todos los seres; eran los dioses más fuertes y poderosos del imperio; la cuarta estatua, la del dios Ptah, permanecía en la penumbra porque era considerado el dios del inframundo.

Amelia estaba asombrada por la sabiduría que tenía esa civilización siendo que había existido más de tres mil años atrás. Cuando terminó su recorrido, volvió a salir.

—Hola, tú eres Amelia ¿verdad? —La sorprendió un hombre alto de unos treinta años, muy simpático, y vestido informal, con una bermuda color caqui, una camisa de color blanco, y borceguíes.

—Si. —Amelia lo miró pensativa, su cara le resultaba familiar. Tenía el cabello castaño claro ondulado y algo despeinado, ojos celestes que pudo ver cuando se levantó sus anteojos negros, rostro anguloso, y una hermosa sonrisa—. ¿Nos conocemos?

—En realidad no, pero sí. —Comenzó a reír ante la cara de asombro de ella—. Soy Mark Fraser, hijo de Jonas y Alexandra. —Extendió su mano para saludarla.

—¡Si! claro, te veía cara conocida, pero no lograba saber por qué. —Le tendió la mano pensando que era tan simpático como su padre y el parecido era asombroso—. Tus padres nos dijeron que tal vez vendrían, pero no nos hablaron de ti.

—Claro, porque no lo sabían. Es una sorpresa, piensan que sigo en Marruecos donde nos vimos la última vez varios meses atrás —contestó él— Quería estar un poco con ellos y ayudarlos a armar todo este evento que es muy importante para ambos y algo complejo y, de paso, quería conocerte, me encantó el trabajo que hicieron en Sudáfrica.

—Se pondrán muy felices, mencionaron que los extrañan mucho a ti y a tu hermano —agregó, Amelia.

—Somos muy unidos y tratamos de vernos seguido a pesar de que nuestros trabajos, a veces, nos complican las cosas. ¿Te importa si te acompaño?

—No, no hay problema. —Amelia miró por los alrededores tratando de ubicar a Alan, pero no logró verlo, así que, continuó con él—. Ya que estás aquí ¿puedes contarme cómo fue el traslado de los templos?

—¡Ja! No pierdes el tiempo, vas a aprovecharte de mí. —Riendo, se detuvo con las manos en los bolsillos mirando hacia los templos y continuó—. Como puedes ver, nadie diría que no fueron construidos aquí. Desde afuera ambos templos son iguales a los originales, a simple vista nada ha cambiado con su traslado, pero el gran desafío fue como se desarmaron y volvieron a armarse. Los cortaron a ambos en pedazos que luego clasificaron y los trajeron aquí, para armarlos como un rompecabezas. —Volvió a bajarse los anteojos de sol—. Los montaron sobre domos de concreto que nadie puede ver, una estructura gigantesca de hormigón que fue luego cubierta de piedras y arena. Ese es el gran sostén de estos templos ahora. Incluso aquella cabeza se cayó durante el rearmado. —La señaló con el dedo—. Pero la dejaron como parte del traslado, como parte de su historia. Y a pesar de la gran tecnología que existe actualmente, no lograron que el sol, al entrar, ilumine el santuario el mismo día, sino un día después, el veintidós de octubre y el veintidós de febrero.

—¡Increíble! —contestó, Amelia asombrada. El calor la abrasaba y el exceso de sol no la dejaba ver a la distancia, así que, se tapó los ojos con la mano para mirar.

—Quería presentarte a Alan, pero no sé dónde se metió. —Intranquila, buscó por todos lados sin poder encontrarlo.

—No te hagas problema, capaz está en el otro templo, luego me lo presentas.

—¿Qué haces aquí Diana? —preguntó Alan serio, con los brazos cruzados sobre el pecho apoyado en la camioneta que había quedado alejada de los templos.

—Los acompaño en el viaje. Jonas me pidió que viniera por ustedes —contestó, ella.

—No mientas, te conozco. No haces nada sin una intención alocada que provoque una catástrofe. —Se paró firme, delante de ella.

—Vamos Alan, ya no somos adolescentes. Trabajo con Jonas hace tiempo y, cuando me enteré de que venías a hacer la muestra y necesitaban un guía experto, me ofrecí a acompañarlos, eso es todo. A él le pareció bien y aquí estoy. Además —hizo una pausa intencionada contoneando su cuerpo, con una sonrisa gatuna, y una mirada seductora mientras recorría su camisa con el dedo—, hace tiempo que no nos vemos y quería saludarte.

—No te metas con nosotros, aunque veo que ya lo hiciste contratando camarotes separados —dijo, él, enojado, quitando su mano de un sacudón.

—Fue un pequeño error, lo siento —contestó, altanera, haciendo un mohín de culpa —, solo por si estabas aburrido y querías cambiar de compañía o tal vez, recordar viejos tiempos.

—No te metas con ella, la amo y no pienso perderla. Déjanos en paz. Aquella vez éramos jovencitos con las hormonas todavía revueltas, pero esto es serio. Si algo pasa te destrozaré, peor que como aquella vez. ¿Lo recuerdas?

—Vamos, no seas tan temerario ¡no es para tanto! —Sonrió, socarronamente.

—Contigo, siempre es para tanto. Te lo advierto, no te metas. —Comenzó a caminar hacia Amelia que venía acompañada por un hombre.

Capítulo 9

"Mi amor es único, no puede tener rival.
Ella es la mujer más bella que ha vivido.
Cuando pasa roba mi corazón y se lo lleva". [4]

Mientras caminaban hacia el templo de Nefertari, la Gran Esposa Real, Amelia y Mark seguían conversando.

—Ella fue una de las mujeres más influyentes y poderosas que tuvo Egipto, —Mark se detuvo a admirar una de las estatuas del frente en el que se la veía de pie— y una de las pocas que tienen templo propio. Lo construyó Ramsés en su honor y en el de la diosa Hathor, que simbolizaba la belleza y el amor. También era la diosa de la maternidad, protectora de las embarazadas, y ayudaba a los niños a venir al mundo como diosa de la fertilidad y la vida. —Retomaron la caminata—. Cuentan que el faraón se volvió loco por Nefertari porque era hermosa, elegante, y enigmática, pero, sobre todo, porque tenía las mejores piernas del imperio. —Puntualizó haciendo curvas en el aire con sus manos.

—¿Y eso como lo saben? —preguntó, Amelia, riendo, festejando las caras que hacía Mark acompañando los comentarios, parecía que le narraba un cuento.

—Con los estudios que le hicieron cuando descubrieron su momia. —Levantó las cejas—. También habría que ver que consideraban ellos piernas lindas.

—Eran bastante obsesivos con la belleza. ¿verdad? —Entraron al templo y durante unos segundos tardaron en acostumbrar los ojos al cambio entre el brillante sol exterior y la oscuridad interior.

---

[4] *Poema de Ramsés II a Nefertari*

—Si. Así es. Muy obsesivos. Sabes, conocían elementos para corregir las imperfecciones de la piel ajada, que solían tenerla debido al sol y al clima tan seco, y se teñían el cabello para tapar las canas o se aplicaban pomadas para evitar la caída. ¡Eran increíbles! —afirmó, Mark—. Pero nos fuimos de tema. Volviendo a Nefertari, no solo era su belleza lo que le gustaba al faraón, sino que la amaba a tal punto, que la convirtió en su preferida y le inventó un título, entre otros muchos que tuvo, pero tal vez fue el más lindo que se ha conocido: "Por la que brilla el sol".

—¡Qué romántico! Debió amarla mucho. —Amelia acarició una de las estatuas del interior del templo.

—Sabes, ella murió antes de poder estrenar este templo, la inscripción está en la entrada junto con imágenes de ella y sus hijos. ¿La viste? —Amelia asintió—. Y su importancia no fue solo ser su esposa, sino que tenía una mente brillante para la política y la religión y, con sus cartas diplomáticas, puso fin a la lucha con los hititas y logró la firma del acuerdo de paz. Claro que luego Ramsés se llevó todo el crédito, pero eso es un pequeño detalle. —Sacudió la cabeza y largó una carcajada que contagió a Amelia.

—Una de las mujeres empoderadas que debemos destacar ¿verdad?

—Si, una de ellas. —Mark caminaba zigzagueando entre las columnas—. Y no solo tiene este templo, sino que, además, su tumba está en el Valle de las Reinas y es una de las más bonitas. ¡Mira si era importante!

Recorrieron el templo con tanto detenimiento como al anterior. Amelia no dejaba de sacar fotos, no solo generales de los diferentes espacios, sino, también de algunos detalles y pinturas que llamaron su atención. Caminaron entre los pilares con la imagen de la diosa Hathor grabada en la parte superior, luego por la sala hipóstila, pasaron por el vestíbulo y las cámaras, y al fondo llegaron al santuario con otras cámaras inconclusas.

—*"Tú eres su reina, nunca dejes de luchar por él, no permitas que nada te confunda y lo aleje de ti"*. —La frase llegó como un susurro a su oído.

—¿Qué dijiste Mark? —Se dio vuelta, extrañada por el comentario. Pensó que había escuchado mal, pero Mark estaba lejos, no había otra persona a su lado. Miró a su alrededor pensativa y sacudió la cabeza.

Siguió sacando fotos de las imágenes de la coronación de Nefertari por las diosas y otras con el faraón y sus hijos. Era obvia su importancia, como también su hermosura y esas fotos quedarían grandiosas en la exposición.

Al salir lo vio a Alan hablando con Diana o, más bien, parecían discutir a unos metros del templo, donde las camionetas esperaban. Supuso que se estaba quejando por las habitaciones separadas y pidiéndole que las cambiara. Se fue acercando y él, al verla, se subió los lentes de sol sobre la coronilla y fue a su encuentro, preguntándose quien sería el hombre que la acompañaba.

—¿Cómo te fue? —preguntó, besándola en la mejilla y tomándola por la cintura para dejar en claro la relación que tenían, ante su acompañante desconocido.

—Bien. —Lo miró, extrañada. Mark se mantuvo alejado—. ¿Por qué no viniste conmigo?

—Estuve recorriendo por aquí afuera y luego cuando entré no te encontré. —Pasó el brazo por sus hombros.

—¿Por qué discutían? —Se separó un poco y lo miró fijo, sintiéndose insegura.

—Por las habitaciones. Le dije que estábamos molestos por tener que estar separados.

—¿Y qué te dijo? —Siguió sospechando que algo raro había en su mirada ya que todo el tiempo trataba de esquivarla.

—Qué se confundió cuando hizo la reserva. Me pidió disculpas, pero dice que el barco está lleno y el capitán le confirmó que es imposible cambiarlas.

—Así que el barco está lleno, qué interesante —dijo, en un tono ingenuo y sarcástico que Alan interpretó, pero dejó pasar.

Era obvio que esa mujer lo había hecho en forma intencional. Estaba segura de que se conocían por la manera en que lo observaba, se le acercaba, y lo miraba. Nada de lo sucedido era un error, estaba segura. Lo que no llegaba a entender era que le pasaba a él, estaba raro desde que se encontró con Diana. La desconfianza le estaba haciendo sonar algunas alarmas y una tristeza y fuerte angustia comenzaron a apoderarse de ella.

—Alan, él es Mark, el hijo de Jonas y Alexandra. Nos acompañará en el viaje. —Los presentó tratando de calmarse. Ambos se saludaron y estrecharon las manos.

—Amelia necesito contarte algo importante, ¿vienes un momento? —Alan la tomó del brazo para alejarla.

—¡Hora de volver! —gritó, Diana, desde la camioneta y tuvieron que regresar dejando la conversación para más tarde. Alan maldijo.

Cuando llegaron al barco, los esperaba un almuerzo alucinante. Encontraron varias mesadas formando un ángulo, con bufet libre y las delicias más extravagantes, muchas de ellas imposible saber que contenían, pero había para todos los gustos. Los platos fríos estaban en bandejas o recipientes con hielo debajo y los calientes en ollas cubiertos con tapas en forma de cúpula y mecheros que mantenían la temperatura. Se sentaron en una mesa junto a la ventana, acompañados por Mark, y allí charlaron sobre lo que habían visto y lo que estaba por venir. Alan se veía un poco distraído, miraba al exterior con cara de preocupación, movía su pierna en forma constante, subiendo y bajando el pie sin cesar y a veces, tardaba en responder.

No bien terminaron, volvieron a salir y visitaron otros templos menores, que también habían sido rescatados. Luego, recorrieron algunas islas a bordo de una faluca, una embarcación con motor y velas que navegaba por el Nilo, como las que habían visto al llegar a Asuán. El egipcio que los llevaba era de piel oscura que contrastaba con su túnica blanca y turbante del mismo color. Conducía por el oleaje como si fuera una Ferrari, pero, de todas maneras, fue un paseo muy entretenido. Amelia mojó varias veces sus manos en ese río tranquilo, que atravesaba varios países, considerado el más largo del mundo. Se humedeció el rostro y el cuello, no solo por el gran calor, sino porque quería llevarlo en su piel. Sus orillas se veían verdes por la exuberante y tupida vegetación y, más allá, cuando adentraba la mirada en el territorio, solo veía arena, el desierto de El Sahara. Al regresar, el sol caía y los colores del atardecer se convirtieron en pinceladas en el cielo que se reflejaban en el agua. Un espectáculo deslumbrante.

Ya en el barco, Alan y Amelia fueron a una sala a seleccionar fotos para la exposición y las bajaron a la computadora para vaciar la cámara para el día siguiente. Las primeras que aparecieron eran muy buenas, geniales en realidad. Alan envió las seleccionadas a su contacto en El Cairo, Olabisi, una chica cairota, que se estaba ocupando del armado de los paneles y de la organización de los videos.

La cercanía de sus cuerpos, en ese simple momento de trabajo, los tentaba. Comenzaron a besarse, sus manos se volvieron impacientes, su respiración se tornó entrecortada.

—Te amo —le dijo, Alan, mientras recorría su cuello con los labios y ella se dejaba transportar al placer.

—¿Me vas a invitar a dormir contigo esta noche? —Susurró, Amelia, que lo miraba con esos ojos atrevidos, color miel, que lo hacían perder el juicio.

—No sé —dijo, él, sonriendo separándola—, estoy un poco cansado, fue un día agotador, me parece que me voy a ir a dormir directamente.

—¿En serio? ¿Y piensas que voy a dejarte? —Lo veía más tranquilo y estuvo tentada de preguntarle sobre Diana, pero desistió pensando que debía darle tiempo. Ya le contaría, no quería mostrarse tan insistente, quería confiar en él.

—¿No vas a hacerlo? —preguntó, él, fingiendo sorpresa, abriendo grandes los ojos.

—En absoluto. —Lo abrazó y se sentó sobre sus piernas—. ¿Por qué no vamos ahora a mi camarote, nos damos una ducha juntos y luego vamos a cenar? Y después, tú me invitas a dormir contigo.

—Porque si voy contigo a tu camarote ahora, no bajaremos a cenar y tengo hambre y, además, tengo la fantasía de hacerte el amor mientras el barco se bambolea.

—Bueno, entonces voy a ducharme para ponerme presentable y sexy. Además, voy a perfumarme con esa esencia exquisita que me regalaste hoy, Secretos del Desierto, así te vuelves loco durante la cena y más tarde también. Nos vemos en el comedor —le dijo al oído y lo besó en los labios.

—¿Me volverás loco solo a mí o a tu acompañante de esta tarde también? —preguntó, con mirada desafiante.

—¿Celoso? —Sonrió, ella, mientas se alejaba bamboleando el trasero.

—No te olvides del camisón. —Rio, pero en el fondo la cercanía de Mark no le gustaba ya que, por la forma en que la miraba, supo que estaba interesado en ella.

—Creo que no voy a necesitarlo. —Levantó una ceja y lo miró con lujuria.

—No, la verdad que no porque no pienso dejártelo puesto, voy desnudarte hasta con el pensamiento —contestó, mientras ella lo dejaba terminando con las fotos.

Diana desde la otra puerta de la sala, escondida, miraba la escena con una mueca en sus labios, acumulando rabia en su ser. La venganza necesitaba ira.

Capítulo 10

Mi corazón tiene una porción del tuyo.

Hago su voluntad para ti cuando estoy en tus brazos.

Tu oración es la pintura de mis ojos. La visión de ti los hace brillar.

Me aproximo y veo tu amor por mí.

¡Querido señor de mi corazón! ¡Qué encantadora mi hora contigo!

Fluye para siempre para mí desde la primera vez que me acosté contigo.

Sea en pena o alegría, tú has exaltado mi corazón.

Nunca me dejes, te lo ruego.

A pesar de que el barco no se había movido de Asuán, pasaron una noche hermosa y apasionada. Estar juntos se había convertido en una experiencia que siempre estaba cargada de magia. Amelia se encontraba envuelta en una serie de emociones y sensaciones mientras lo tenía a su lado. Sus cuerpos se necesitaban, sus corazones se sincronizaban latiendo a la par, sus manos querían estar en contacto con la piel del otro, sus bocas no podían dejar de encontrarse. *¿Esto es amar?*, se preguntó Amelia, apoyada en el hombro de Alan y rodeada por sus brazos. El oído apoyado sobre su pecho le permitía escuchar el latir de su corazón. Muchas veces lo había hecho, solo que ahora que había experimentado la posibilidad de perderlo, se daba cuenta que no era solo un latido. Le recordaba que estaban juntos compartiendo la vida, le mostraba lo importante de valorar y disfrutar cada momento. En general, trataba de no pensar en la muerte de los seres que amaba, pero la había vivido tan de cerca con él, que ahora le daba más valor a ese simple sonido, era el sonido del amor, de la pasión, del deseo, pero, fundamentalmente, era el sonido de su existencia y lo importante que era él en su vida. Lo quería vivo y con ella. Nunca había sentido nada igual, incluso una caricia, un beso o una mirada se sentía diferente con él.

Jamás, ni en sus mejores momentos con Sebastián, había vivido lo que vivía con Alan. Sebastián no era un hombre paciente, parecía solo satisfacerse a sí mismo. Nunca le había importado lo que ella quería o necesitaba para sentirse plena, ni en lo físico, ni en lo emocional. A ella le gustaba ir despacio, sintiendo cada caricia, cada beso, amaba el romanticismo y todo el juego previo, el cual le parecía tan importante como el final, pero a él no. Más de una vez quedaba insatisfecha, con ganas de algo más, que nunca llegaba. Poco a poco eso la fue llevando a no desearlo, a no sentir ganas de estar con él. Cuando intentaba hablar de sus emociones o sensaciones, a él tampoco parecía interesarle. No se dio cuenta al principio y, como en tantas otras cosas, intentó justificarlo. Hoy se daba cuenta de que él fue víctima de la propia insatisfacción que generaba en ella.

Con Alan disfrutaba cada minuto que estaban juntos, vivía pendiente de ella, de sus gustos, de lo que quería o no, de lo que la hacía sentir bien, la consentía en cada uno de sus deseos. La encendía y la aplacaba con la misma facilidad, la volvía una mujer insaciable, una romántica perdida, llevándola a estados que ella misma desconocía de sí. Al mirarlo dormir recordó la primera vez que se amaron en la reserva en Sudáfrica. Aquella noche también había sido plena e increíble. Se sentía afortunada al tenerlo en su vida. Entre ellos se iba acentuando una conexión profunda que iba mucho más allá de lo físico. Su cercanía le brindaba seguridad como si, constantemente, la tuviera envuelta en sus brazos protegiéndola, cuidándola, amándola, como nunca nadie lo había hecho. Lo amaba y no quería perderlo, pero, en el fondo, algo la perturbaba y, aunque no estaba segura, creía que Diana tenía algo que ver con esa sensación.

Le acarició la mejilla, lo besó con suavidad, y Alan comenzó a moverse en la cama apretando el abrazo para atraerla hacia él.

—Qué noche tuvimos, amor mío. —Susurró, somnoliento, sin abrir los ojos.

—Hermosa. —Las manos de Amelia recorrieron los costados de su cuerpo entre las sábanas, hasta abrazarlo por completo.

—Me encantó tu perfume, elegí bien ¿verdad? En tu piel huele riquísimo. —Deslizó su mano por debajo de las sábanas para acariciarla y la besó en los labios riendo—. ¿Nos quedamos?

—Ni lo sueñes, tenemos trabajo que hacer. —Le pegó en la mano para que la quitara, se levantó y comenzó a vestirse.

—¡Que mala! —gruñó, con los ojos cerrados—, pero tienes razón, como siempre.

Bajaron a desayunar, se encontraron con Mark y partieron. La camioneta los esperaba al igual que el día anterior. Diana estaba apoyada en el lateral, hablando con el chofer, mirando como avanzaban hacia ella.

Casi no los saludó, solo abrió la puerta y les indicó que subieran. Era obvio su mal humor.

—Hola, Didi. —La saludó, Mark.

—Hola, bebé —respondió, ella.

—¿A dónde vamos hoy? —preguntó, Amelia.

—A la represa de Asuán —contestó, seca—. Cuando estemos por llegar van a ver cinco pilares altísimos de hormigón, terminados en punta y unidos por un anillo en el punto de quiebre —explicó, Diana mientras la camioneta arrancaba—. Las aguas contenidas por ella formaron el lago Nasser que vimos ayer y, a pesar de que mucha gente tuvo que ser trasladada en su momento, con la represa se generó energía eléctrica que llegó hasta aldeas y pueblos que hasta ese entonces no tenían. Fue una mega obra que llevó a Egipto a la modernidad y al gobierno del presidente Nasser le dio mucha importancia, por eso el lago lleva su nombre. —Hizo una pausa, se colocó los anteojos de sol y puso un chicle en su boca que comenzó a mascar mientras siguieron andando en silencio.

—¿La construyeron solo por la electricidad? —preguntó, Amelia, para que ampliara información porque sabía que no había sido solo por eso que la habían hecho.

—No, en realidad no. —Diana resopló molesta, pero continuó—. Antiguamente, el Nilo desbordaba todos los años y se producían inundaciones que, si bien hacían de esta zona un área fértil, las diferencias de nivel también hacían estragos. Si la crecida era muy alta las casas podían disolverse porque eran de adobe, además de ahogarse animales y personas, pero si eran muy bajas, los terrenos no se irrigaban bien y se producían pocos alimentos, con lo cual pasaban hambre. Por eso a fines del siglo XIX hicieron la Presa Baja, pero no fue suficiente, y a mediados del siglo XX decidieron construir esta, la Presa Alta.

—Es inmensa —comentó, Amelia, cuando bajaron del vehículo. El viento allí arriba le volaba el cabello y tuvo que sujetarlo en un rodete para poder ver la grandiosidad de esa obra.

—Si. Está construida con un núcleo de arcilla, que no deja pasar el agua, y recubierta por la escollera de granito. —Comenzaron a caminar por la vereda que había paralela al murallón—. Tiene tres mil seiscientos metros de largo, novecientos ochenta de ancho en la base —se asomó y señaló hacia abajo—, que se va achicando hacia arriba hasta terminar en cuarenta —marcó la pendiente a la vista—, y ciento once de altura. Demoró diez años en construirse y gastos excesivos, pero aquí en Egipto todo es así, todo es sobredimensionado, hasta los gastos.

—Pero las mejoras ¿fueron importantes? —Amelia se ubicó a su lado, apoyada en la muralla, observando tranquila, el espejo de agua que se extendía a la distancia.

—Más o menos. —respondió, Diana, mascando chicle como un camello—. Fue muy polémica. La fisonomía de Asuán cambió por completo. Así como los templos tuvieron que ser trasladados, también los poblados nubios que se concentraron, posteriormente, en la isla de Elefantina, alrededor de cien mil personas. Provocó también grandes cambios en el medio ambiente, muchas especies de animales desaparecieron. Aumentó muchísimo el turismo, a raíz de ello comenzaron a llegar nuevos cruceros, tuvieron que ampliar el aeropuerto, y nacieron nuevos hoteles.

—¿Pero por lo menos dejó de inundarse? —Amelia vio que Alan caminaba alejándose de ellas y se quedó mirando hacia él.

—Si, y el Nilo se volvió más tranquilo para la navegación, pero también aparecieron otros problemas. Por un lado, se ampliaron los terrenos cultivables y debido a ello mejoró la producción agrícola, pero, por otro lado, los sedimentos que traían las crecidas dejaron de abonar los suelos con lo cual los agricultores tuvieron que recurrir a fertilizar las tierras de manera artificial.

Diana dio todas las explicaciones necesarias y respuesta a otras preguntas que hizo Amelia, pero Alan se mantenía alejado. Eso la tenía muy alterada y notaba como él trataba de evitar a esa mujer.

Cuando llegaron al barco de regreso era el mediodía, fueron a la cubierta exterior, ubicada en el último piso. Había una pileta, reposeras con colchonetas blancas en el solárium que la rodeaba, y un sector cubierto por una pérgola de madera para guarecerse del sol. Allí los esperaba el almuerzo que intentó ser una parrillada y, gracias a varios turistas argentinos que tomaron la posta del almuerzo, salvaron el honor del capitán y el cocinero. Mientras comían, el barco zarpó.

Después de un rato navegando por esas aguas apacibles, llegaron al lugar donde el río Nilo baja de nivel con motivo de la catarata. Los barcos entraban en unas pasarelas con compuertas, donde quedaban encerrados, y las turbinas bajaban el agua al nivel del río del otro lado de la represa. Luego las abrían y continuaban su recorrido, más abajo. En esas pasarelas y en los puentes que las cruzaban por arriba, a medida que el barco descendía, cientos de egipcios, comerciantes de los mercados locales, intentaban vender "algo" a los turistas que viajaban en ellos. Se acercaron todos a la baranda del barco a ver que vendían. Ofrecían, desde chucherías, hasta manteles, túnicas o alfombras. Uno de ellos le arrojó una túnica corta hasta la cadera, a una turista parada al lado de Amelia, que la desplegó en sus manos y le hizo señas al vendedor de que no le gustaba. Cuando estaba por arrojarla de nuevo, Amelia la tomó. Era blanca, de un algodón fresco y liviano, bordada con cordones blancos de seda formando varias filas alrededor del cuello y escote.

—¿Cuánto? —le preguntó, Amelia, gritando. El egipcio le hizo señas y le gritó el precio, Amelia regateó, luego tomó unas monedas y unos billetes, los envolvió en un papel que tenía y se lo arrojó desde el barco a la orilla. El comerciante se abalanzó y lo atrapó en el aire. Compró otra para Alan, un poco más larga en color azul con rayas blancas y el cordón en azul intenso. Mientras veía a los turistas sacar fotos, los escuchaba hablar de lo exótico de la situación y reírse del momento. Ella se detuvo, dejó de fotografiar mientras veía ese juego constante, que se repetía con cada barco que pasaba y que, en el fondo, era "exótico y divertido". Sin embargo, no entendía como nadie se daba cuenta de que esas personas vivían en la miseria, tal vez, ni siquiera les importaba, y estaban allí tratando de vender cualquier cosa que les permitiera subsistir. Eso no tenía nada de exótico, ni de divertido. Lamentó que la sociedad, en algún momento, hubiera dejado de horrorizarse del padecimiento humano. *¿De qué nos reímos?* se preguntó.

Se dio media vuelta, se alejó de la baranda y se fue a una reposera para tomar sol. El barco seguiría su recorrido todo el resto de la tarde.

—Estás muy alejado Alan, casi ni me hablas. —Diana se acercó desde atrás hasta la baranda y se instaló a su lado.

—Te dije que nos dejaras en paz, que no te acercaras y te limitaras a tu trabajo —dijo, enojado—. ¿Qué quieres ahora?

—Tu amiguita tiene intenciones de tomar sol toda la tarde. Y, además, está muy bien acompañada —comentó, mirando hacia donde estaba Amelia con Mark sentado a su lado en otra reposera, ambos riéndose. —Pensé que tal vez tú y yo podríamos ir a divertirnos mientras tanto. Ella parece no necesitarte tanto como tú piensas.

—No es mi amiguita Diana, es la mujer con la que quiero compartir mi vida de aquí en más. Ya deja de perseguirme y de molestarme con tus insinuaciones. No conseguirás nada. No quiero nada contigo como tampoco lo quise en su momento.

—Sin embargo, yo sí quiero algo contigo. —Intentó besarlo y apoyó la mano en su entrepierna.

—Ya lárgate y aléjate de nosotros —le dijo, ofuscado, tomándole la mano y quitándosela de encima. Salió con furia de entre la gente que todavía seguía comprando artículos de todo tipo a los egipcios que se iban alejando a medida que el barco avanzaba.

La vio a Amelia y maldijo, temiendo que se hubiera dado cuenta lo que había sucedido. Un malestar en la boca del estómago le empezó a brotar y se le partía la cabeza de dolor. Sin embargo, se acercó a ella. Mark se había zambullido en la pileta.

—¿Tomando sol? Ese bikini es muy provocativo, me voy a poner celoso porque todos los hombres te miran. —La besó en la mejilla cuando estuvo a su lado.

—¡Al fin! ¿Dónde estabas? Mira, te compré una túnica y yo me compré otra.

—Se la dio, pero él casi ni reaccionó.

—Mirando el paso del barco por las compuertas. —Tomó la túnica en las manos, la extendió para darle una mirada, y se sentó a su lado sin hacer comentarios.

—Qué increíble todo esto ¿verdad? La represa, los templos trasladados, todo lo que contaron Diana y Mark. Hubiera sido lamentable que un templo como Abu Simbel quedara bajo el agua, ¿no te parece? —Amelia observó que estaba distraído. —Alan ¿me escuchaste?

—¿Qué? Perdón, no. —Sacudió la cabeza—. No estaba escuchando. Lo siento.

—¿Qué te pasa? ¿te sientes bien? —Lo tomó de la mano y frunció el ceño—. Te ves mal. Estás pálido y ojeroso.

—Solo algo sofocado y me duele un poco la cabeza. —Cerró los ojos y apoyó la cabeza contra la reposera—. Debe ser el calor y la comida. Me parece que me hizo mal con el movimiento del barco.

—¿No escuchaste lo que contó Diana? —se incorporó en la silla y se sentó de lado, mirándolo.

—No, la verdad que no. No presté mucha atención, cuéntame.

—Contó que, cuando se construyó la Presa Alta, mejoraron muchas cosas, pero también se complicaron otras. Los templos iban a quedar tapados por la inundación.

—Algunos lo hicieron, lamentablemente. —Mark había regresado de la pileta y se secaba con la toalla parado a su lado. —Pero gracias a Dios, la Unesco organizó un plan para rescatar el Patrimonio de la Humanidad, logrando salvar a la mayoría de ellos. Todos los países del mundo colaboraron con dinero y expertos, ingenieros, arquitectos, arqueólogos. ¿No es maravilloso? Lo que se hubiera perdido el mundo si hubieran quedado bajo el agua, ¿verdad? —Sin embargo, Alan no registró una palabra de lo que dijo.

—Alan ¿estás bien? —le preguntó, Amelia, inquieta al verlo tan mal.

—Lo siento Amelia. Necesito acostarme un rato —dijo, refregándose los ojos con los dedos y levantándose de la reposera para irse.

—Te acompaño, me preocupas. ¿Quieres que te pida algo para tomar? ¿quieres un analgésico? —Desconcertada por su actitud, acarició su mejilla.

—No te hagas problema, no hace falta, sigue disfrutando del día y de la pileta. No te lo pierdas, estaré bien. Solo me acostaré un rato, necesito dormir un poco. Cualquier cosa te llamo. —La besó en los labios. Se alejó escaleras abajo hacia su camarote dejándola a Amelia muy intranquila.

—En un rato bajo a verte.

Una vez en su habitación se arrojó sobre la cama boca abajo, agotado, sin desvestirse. Realmente, se sentía mal, todo le daba vueltas. Debía mantenerse alejado de esa mujer, la recordaba bien. Sabía que su presencia traería problemas, como tanto tiempo atrás, y eso no lo dejaba tranquilo. Tenía que contarle a Amelia.

«Eran muy jóvenes, un poco más que adolescentes, pero todavía eufóricos y con cierta falta de control. Visto a la distancia había sido una estupidez, pero en aquel momento, él se sintió pésimo porque todo había sido muy desagradable. Estaba en el tercer año de la facultad, salía con una chica desde hacía un año, que había conocido en una de las materias que cursaba, y se había enamorado. Ada era buena, dulce, sincera, y la pasaban bien. Seguramente, no habrían llegado a nada con el tiempo, pero en ese momento era su novia y estaba feliz.

Diana apareció en su vida una tarde mientras escuchaban una clase teórica. Se sentó a su lado en el aula y, con su figura de formas contundentes, sus maneras seductoras y su desparpajo, había dejado a más de uno de sus compañeros loco por ella. Con el correr de los días, esos chicos fueron cayendo en su red, uno por uno, y se aprovechó de la situación. Se posaban todos como moscas a sus pies, embelesados. Los hombres la llenaban tanto de halagos como de regalos con tal de conseguir una noche de pasión desenfrenada en su cama y las mujeres solo hablaban de ella con odio. Se convirtió en el tema de conversación más importante de esos tiempos de estudio durante ese año. Sin embargo, para Diana había uno que no había caído y, eso, no la dejaba vivir: Alan. Allá había ido tras él, una y otra vez, pero él la esquivaba, la ignoraba, y eso la ponía furiosa. Parecía tener ojos solo para esa chica tonta y de formas y rostro poco agraciados, así que atacó por allí para llamar su atención. Comenzó a perseguirla cuando la veía en los pasillos, diciéndole todo tipo de groserías: sobre su falta de belleza, su cuerpo no muy esbelto, sus pechos pequeños, su trasero grande. Se burlaba de su relación con él, diciéndole que, tarde o temprano, también Alan caería en su cama porque ella no le daba sexo. Ada no le decía nada a él para no preocuparlo, pero la situación se le hacía insostenible, lloraba todo el tiempo y sus amigas ya no sabían cómo consolarla, así que hablaron con él para que interviniera. El enfrentamiento que tuvieron Alan y Diana fue en muy malos términos, se gritaron todo tipo de improperios e insultos y el escándalo fue de tal magnitud que llegó hasta los profesores. Discutieron durante un buen rato sin importar quienes escuchaban. Alan no escatimó en demostrar que clase de mujer era Diana, desnudó su personalidad frente a todos e, incluso, se descubrió que su relación resultó no ser la única perjudicada.

—¡Eres una cualquiera y me tienes harto! —gritó, Alan, gesticulando con las manos sobre la cabeza.

—¡¿Como me dices eso?! ¡No te atrevas! —refutó, Diana.

—¿Qué no me atreva? No solo no dejas de perseguirme, sino que insultas a mi novia, la persigues todo el tiempo y la hostigas diciéndole barbaridades. La lastimas y con eso me lastimas a mí y no voy a permitirlo.

—¡Solo le digo la verdad! Es tonta, fea e ingenua —gritó, desencajada.

—Eso no es cierto y tampoco te incumbe. Yo la amo así y eso es suficiente. Es mejor que tú que andas de cama en cama de hombres con pareja, destrozando vidas, y no te importa nada más que lo que tú quieres o necesitas, ni siquiera te importa a cuantos lastimas con tu actitud o cuantos noviazgos destruyes.

—A mí no me tienen que importar sus parejas. Les tienen que importar a ellos. —En su tono demostraba que se sentía superior a todos y orgullosa del desastre que había causado.

—Pero habiendo tantos hombres, ¿por qué buscas los que tienen novia? ¿por qué no vas con los que están solos?

—Porque yo soy así, me gusta divertirme y me da igual con quien. Ellos son los que quieren estar conmigo.

—Pero tú no dejas de perseguirlos tampoco. ¡Los acosas hasta que te dicen que sí!

—¡Eso es problema mío! —gritó, Diana

—¡Eres deplorable! —Alan terminó dándose vuelta para irse.

—Pero los demás no me importan de verdad —dijo, ella, tomándolo del brazo—, en cambio tu sí, solo quiero estar contigo. Solo dame una noche y no te molestaré más.

—Solo me das asco, jamás podría estar contigo, no me interesa —le contestó, él, se soltó de un sacudón y se fue.

Se armó un revuelo tal que todo el curso quedó perturbado, peleado, devastado, e incluso muchas amistades y parejas destruidas. Después de todo el desastre que había causado, Diana abandonó la materia y no la vieron más. Con respecto a Alan, algunos de sus amigos no volvieron a hablarle porque había dejado en evidencia a varios que habían caído en sus sábanas engañando a sus novias y, la suya, Ada, terminó dejándolo porque no soportó el escándalo y, sumado a la depresión que sufría, decidió a abandonar la carrera. Tal vez con el tiempo todo iba a resultar de la misma forma, pero él nunca dejó de culpar a Diana de todos esos sucesos.

Alan jamás entendió la razón que la llevaba a Diana a ser esa clase de persona, ni que sacaba en concreto con sus actitudes. Mucho tiempo después se enteró que se había mudado a Londres, donde siguió estudiando y, al tiempo, se casó con un empresario a quien engañaba de una manera descarada. Claro, que él hacía lo mismo con ella. No terminaba de comprender cómo podía tolerar esas acciones o ser feliz llevando esa vida. Su único objetivo parecía ser arruinar la de los otros, sobre todo si los veía felices.»

Se quedó dormido con esos recuerdos y se despertó por los golpes en la puerta, pero tardó en levantarse y contestar, estaba aturdido todavía. Cuando Alan abrió la puerta, allí estaba Diana.

—¿Y ahora qué pasa? ¿qué quieres? —preguntó, confundido, medio dormido, apretándose los ojos con los dedos.

—A ti —le dijo, ella. Se abalanzó sobre él y lo arrinconó contra la pared, lo tomo del rostro con ambas manos y lo besó con desesperación mientras un jadeo ficticio salía de su boca. Luego bajó sus manos furiosas para tomarlo del trasero empujándolo hacia ella.

Él la tomó de los brazos para separarla y cuando se dio cuenta del objetivo final era demasiado tarde.

Amelia, que había ido a buscarlo para ver cómo se sentía, estaba parada en el umbral de la puerta del camarote sin poder creer lo que sus ojos veían. Quedó paralizada por un instante sin reaccionar, solo mirando aturdida esa impensada escena. Retrocedió sin emitir palabra, ni esperar ninguna explicación y salió por el pasillo corriendo desconcertada. Lo que pasaba allí era muy simple, no hacían falta comentarios. Se dirigió a su camarote mientras él, luego de empujar a Diana, salía detrás de ella desesperado por alcanzarla.

—Amelia espera, no es lo que parece.

—Nunca es lo que parece. ¡No quiero escucharte! —Se tapó los oídos con las manos y su voz se ahogó por el llanto que comenzaba a invadirla—. Ahórrate tus explicaciones, no las necesito. Ya las conozco. Ya me las dijeron antes. Para mí está todo muy claro. Parece que tan mal no te sentías. —Ella no se detuvo—. Y yo tan preocupada por ti, porque te sentías tan mal, ¡que idiota soy!

—Si, claro que hacen falta explicaciones porque no es lo que crees, ¡espera! —La tomó del brazo para detenerla.

—¡No me toques! —Quitó el brazo de su mano que intentaba agarrarla. —¡Déjame en paz! ¡No vuelvas a ponerme una mano encima! —Lo miró furiosa, con lágrimas que se deslizaban por sus mejillas, y él no se atrevió a contradecir esa mirada implacable, quedó atónito por su actitud—. Son todos iguales. ¡Aléjate de mí! —Entró en su camarote y cerró dando un portazo.

Se quedó apoyada de espaldas contra la puerta, sus piernas flaqueaban, pensó que iba a desmayarse por la angustia que sentía, pero llegó hasta la cama, donde se echó a llorar como si allí fuera a dejar toda su cordura, junto con su desilusión y su amargura. *¿por qué otra vez? ¿por qué otra vez?*, se preguntó y su llanto se descontroló.

Amelia se había quedado dormida y no había ido a cenar, pero cerca de la medianoche, cuando todos descansaban en sus camarotes decidió subir a la terraza. En el barco solo reinaba el silencio y se escuchaba nada más que el susurro de los motores. La noche estaba hermosa, estrellada, y le daba una paz increíble, pero estaba fresco por la brisa suave que provocaba el andar del barco, así que se envolvió en una chalina.

Se sentó en una de las reposeras donde, más temprano, había estado tomando sol. Recogió las piernas, las abrazó y se quedó allí, procesando lo que había visto, pensativa, triste, agobiada por el dolor, e hipnotizada observando el suave oleaje ondulante del río contra la costa a medida que el barco avanzaba. El azul del cielo era intenso, casi negro y la luna, de un blanco inmaculado, reflejaba sus destellos en el agua. Se colocó los auriculares de su teléfono y comenzó a sonar *"The winner takes it all"* de Abba (*El ganador se lleva todo*). Dejó que la música la sumergiera en la tristeza y se apoderara de ella. No quería llorar más, pero no pudo evitarlo. El dolor la atravesaba como una daga.

"I was in your arms, thinking I belong there" (*Estuve en tus brazos, pensando que allí pertenecía*). Apoyó la cabeza en sus rodillas, las lágrimas solo se deslizaban.

"Tell me, does she kiss, like I used to kiss you? (Dime ¿ella te besa como yo solía besarte?). Temblaba por el llanto que era cada vez más intenso. *"Does it feel the same, when she calls your name? (¿Sientes lo mismo cuando ella dice tu nombre?*). Sostuvo la cabeza entre sus manos, pensando lo ingenua que había sido.

"The winner takes it all" (*El ganador se lleva todo*). *"And the loser has to fall"* (*El perdedor debe caer*). Así se sentía, había caído otra vez.

Se dejó aturdir por la letra, la música, y las imágenes de la escena que había presenciado, que volvían una y otra vez a su cabeza. Los celos le invadían el corazón, reconocía esa sensación intensa en el medio del pecho, tantas veces la había experimentado. *¡Cómo duele!*, dijo para sí. Se imaginó el momento previo a que los viera: las manos de Alan sobre el cuerpo voluptuoso de Diana, impetuosas, atrevidas, como tantas veces la habían tocado a ella; el beso, desbocado, apasionado, desesperado, como cuando la besaba haciéndola enloquecer de deseo. Había sido una tonta al creer que él era diferente. *¿Por qué lo sería?, apuesto, joven, con mucho dinero, puede tener a todas las que quiere. ¿Qué me hizo pensar que conmigo sería diferente?*, se dijo mientras no podía contener el llanto. Ahora entendía por qué la había dejado sola en Abu Simbel y por qué le había dicho que se sentía mal y se había ido a su camarote solo, esa tarde. Había sido una excusa, solo una excusa para estar con ella.

«Volvió a recordar su matrimonio con Sebastián, parecía que nunca lo olvidaría del todo, y recordó su comienzo tan perfecto; un tiempo intermedio tan doloroso, cuando descubrió sus engaños que tanto daño le habían causado; y su desenlace tan cruel. Sin querer encontró muchas situaciones parecidas que, otra vez, no había sido capaz de ver, pequeñas señales que estaban allí, pero que las había dejado pasar. No le enseñó nada aquel fracaso, la historia volvía a repetirse. Entendió que solo en las novelas de amor, que tanto le gustaba leer, las parejas eran perfectas. Los hombres adoraban a sus mujeres, eran incapaces de engañarlas, las idolatraban y morían por ellas, eran amantes perfectos, y vivían solo para amarlas. Pero esa no era la vida real. Tal vez en la actualidad la infidelidad entre parejas era algo normal, que sucedía habitualmente, pero no era lo que ella quería para su vida. *¿Cuándo te vas a convencer de que esas historias no existen, Amelia? Solo están en los libros*».

Alan estaba preocupado, no había vuelto a ver a Amelia ya que no había bajado a cenar. Subió a la cubierta del barco después de buscarla en su cuarto, sin respuesta, y allí la encontró. Estaba sentada sola, con una chalina sobre los hombros para abrigarse del viento. La noche estrellada era su única compañía, estaba absorta en su mundo, el cual él sabía a la perfección que acababa de derrumbarse y él había sido el culpable. Su mirada de decepción, tristeza, impotencia, y desconcierto al verlo besándose con Diana, se lo había dejado muy claro. Luego, su furia cuando intentó acercarse y explicarle, lo destruyó. No la podía ver de frente desde donde estaba parado, pero sus hombros se sacudían, estaba llorando con un desconsuelo incontenible.

La amaba. ¿Por qué había sido tan idiota? ¿Por qué no le había contado antes quien era Diana y la breve y tonta historia que habían compartido? Se agarró la cabeza con la mano llevando su cabello hacia atrás, recostándose amargado contra la pared de la escalera. Sabía que algo se traía entre manos. ¿Por qué no lo había evitado antes?

Como explicarle que nada relevante había pasado, solo un beso producto de un artilugio de Diana. No le creería. Sabía que, para ella, algo así le traería viejos recuerdos y que la mentira era algo que no toleraba, se lo había dejado en claro muchas veces. Se había entregado a él, ante sus promesas de amor, con dudas y miedos producto de ese pasado doloroso que la atormentaba, y él la había traicionado, defraudado, justo lo que tantas veces le pidió que no hiciera. Hubiera corrido a abrazarla y besarla, jurándole que la amaba y que no podía vivir sin ella, a decirle que era todo mentira, que mal interpretó lo que había visto, pero ¿cómo hacer para que le creyera si las imágenes habían sido tan contundentes? *Maldita Diana*, pensó, *¡Cuánto te odio!*

Decidió bajar y dejarla sola, darle espacio, darle tiempo. Cualquier cosa que intentara decirle, empeoraría la situación. Entró en su cuarto enojado consigo mismo, se desvistió, se metió en la cama y, con su brazo cruzado sobre la frente, en algún momento de la noche se quedó dormido.

Capítulo 11

"Oír es precioso para el que escucha."

Mientras se acercaba a la mesa le pareció verla más hermosa que nunca. Una luz suave entraba por la ventana y la dejaba en contraluz, otorgándole un brillo especial a su silueta como un aura dorada. Llevaba un short color natural, una remera ajustada al cuerpo color chocolate con breteles, y zapatillas blancas. El bronceado le hacía brillar la piel, en contraste con la tristeza de sus ojos, que no le pasaron desapercibidos, los cuales se veían hinchados de tanto llorar. Delante de ella había solo una taza de café, no estaba comiendo.

—Amelia. —La llamó acercándose para besarla en la mejilla, pero ella retiró el rostro.

—Siéntate. —Le ordenó sin dirigirle la mirada—. Solo un momento. —Lo detuvo levantando la mano—. Estuve pensando y quiero decirte que tenemos un trabajo que hacer y que no puede arruinarse por lo que pase entre nosotros. Debemos ser profesionales, trabajar como estaba previsto y terminarlo como corresponde. Hay mucho en juego y todo depende de nosotros, de ambos.

—Déjame explicarte lo que pasó, por favor. —Insistió, Alan, sentándose frente a ella. —No es lo que crees.

—No. No quiero explicaciones porque cualquier cosa que digas sabré que no son verdad.

—¡No! Jamás te mentiría. —Levantó el tono de voz.

—¡Basta! no insistas, eso lo dicen todos. —Le arrojó una mirada afligida que dejaba en claro su enojo—. Solo terminemos el trabajo y volvamos cada uno a su vida.

—No puedes decir eso. Amelia por favor, quiero que mi vida sea contigo a mi lado. —Intentó tomar su mano, pero ella la retiró.

—Pero yo —Respiró profundo con un nudo en la garanta para contener el llanto—, ya no quiero que tu estés en la mía. —Lo miró tratando de contener la angustia.

—¿Sabes? —contestó, perplejo y furioso, con los ojos vidriosos, mientras se levantaba. —Sé que si te pierdo será por mi culpa. Cometí un error al no contarte lo que pasaba, quien era ella, como nos conocimos, ¡nuestra ridícula y tonta historia! —Gesticulaba con las manos demostrando su enojo, pero intentando controlar su voz para no provocar un escándalo. —En realidad, lo hice para evitar esto, justamente, aunque veo que fue peor. Pero tú... creo que *tú* deberías replantearte si alguna vez quisiste estar conmigo, si realmente me amas.

—¿Cómo? ¿Qué estás diciendo? —Ella entrecerró los ojos, mirándolo fijo.

—Que terminas huyendo, no quieres escuchar lo que tengo para decirte, es más fácil. No escuchas nada excepto lo que quieres. Te vas, así no sufres, no te importa nada, solo te cierras en lo que alguna vez viviste con alguien más y supones que así será siempre. Tu opinión es la única que cuenta, certera o no. ¿No piensas acaso que podrías estar equivocándote?

—¡No quiero sufrir! Me cuido, ¡duele mucho! —contestó, bajando la mirada con tristeza—. No quiero en mi vida otro hombre que me mienta. Te lo pedí tantas veces... e igual lo hiciste, no confiaste en mí para contármelo antes.

—¡Nunca te mentí! —Apoyó su puño sobre la mesa ofuscado y, haciendo tintinear la vajilla, acercó su rostro al de ella. —Desde que nos conocemos pasamos momentos imperdibles llenos de felicidad y pasión. Nunca me sentí tan bien con alguien a mi lado, te lo dije muchas veces. —Ella lo miraba absorta. —Te he demostrado cuanto te amo, me pediste tiempo y paciencia y te los di. ¡Te di todo lo que me pediste, hice todo lo que quisiste, acepté todas tus exigencias, aún, estando en desacuerdo con algunas de ellas! ¡¿Qué más quieres?! —Frunció el ceño e iba a irse, pero regresó y continuó.

—Solo sé que te amo y no quiero perderte. Sueño cada día con el momento de vivir juntos y donde lo haremos, porque solo quiero estar contigo. Te amo Amelia, te amo. ¿Por qué no lo entiendes? ¿Por qué eres tan cerrada? ¿Por qué haces esto? ¿Por qué no dejas que te dé mi versión?

—Ya ves, ya no tienes que hacerte tanto problema, se resolvió solo. Cada uno volverá a su vida y... no soy cerrada. Sé lo que vi, sé lo que sentí en ese momento, y esta vez no permitiré que me lastimen —contestó, seca.

—¿En serio dejarás que todo termine por no escucharme? —La miró entrecerrando los ojos sin poder creer lo que respondía.

—Aunque te escuche no voy a creerte. Nunca debiste mentirme.

—Claro, es verdad. Todos mentimos. —La miró con pena y cansancio en sus ojos—. Está bien, todo acabó entonces, me cansé, ya no sé más que hacer para que me creas y para complacerte, no tengo idea. Hasta acá llegué. Si es lo que quieres, para mi está terminado, ya no voy a molestarte más. —Giró sobre sí y se marchó.

La angustia la sobrepasó. Se dio cuenta que lo perdía, definitivamente. Observó cómo se alejaba y, luego de unos minutos, se levantó para salir al nuevo destino.

Visitar el templo de Luxor fue la siguiente parada. Estaba ubicado sobre la antigua ciudad de Tebas, capital del Imperio Egipcio durante el Reino Nuevo. Fue construido por dos faraones, Amenhotep III, quien realizó, más que nada su interior y Ramsés II que se ocupó del exterior. En la entrada se encontraba parte de la gran muralla que lo rodeaba, con un coloso a cada lado, ambas estatuas de Ramsés II, y un obelisco de veinticinco metros de altura. Pero lo más importante era el camino de las esfinges, del que hoy queda poco. Solo con mirarlo imponía respeto.

—Hola, ¿estás mejor? —preguntó, Mark, avanzando hacia ella—. Me contó Alan que no te sentías bien anoche.

—Si, me siento mejor, seguro que algo de lo que comí me sentó mal —mintió, Amelia, sonriendo.

—¿Viste lo que es este templo? Esos paredones gigantescos frenaban la intención de ingresar a cualquier mortal. Por aquí solo podían hacerlo faraones o sacerdotes, el pueblo no lo tenía permitido. —Amelia lo escuchaba mientras sacaba fotos—. Y, en la antigüedad, este camino de esfinges con cuerpo de león y cabeza de hombre tenía tres kilómetros de largo y lo unía con el Templo de Karnak. A diferencia de este templo, el de Karnak tenía esfinges con cuerpo de león y cabeza de carnero, sus guardianes y protectores, que lo unían con el muelle.

—Impone miedo —aseveró, ella—. Me siento pequeña, me imagino lo que sentirían en aquella época, cuando el faraón era como un dios y la gente pertenecía a otra casta.

—Era una manera de generar respeto a las autoridades, al faraón, a los sacerdotes, y a los dioses. Querían demostrar el poderío del reino y de esa época que, si bien no fue el mejor momento del imperio, a los ojos de los fieles eso se ocultaba —aclaró, Mark, mientras caminaba hacia adentro—. Ya sabes cómo son los políticos.

—Si, ya lo creo. Los políticos son iguales en cualquier parte del planeta y en cualquier época. —Amelia contestó, resignada, mientras lo seguía.

Trató de imaginar lo que había leído, el momento de las crecidas del Nilo, cuando escaseaba el trabajo y se conmemoraban numerosas fiestas en ese lugar sagrado. Grandes procesiones de sacerdotes que caminaban por ese camino de mil cuatrocientas esfinges, llevando la barca con la tríada tebana: el dios Amón, su esposa y su hijo, con rumbo a Luxor desde Karnak y, luego, su regreso por el río. Decían que estaba trabajada en oro y plata. Debió haber sido algo imponente, todo tan alejado de la escala humana, tan exagerado. Se imaginó los colores del desierto mezclados con los azules del lapislázuli, los dorados y los rojos, las luces en las antorchas de aceite, los trajes, las tiaras, las coronas, las multitudes festejando y bailando.

Siguió hacia el patio interior, donde tenían acceso los fieles. Caminó sola entre las columnas. Allí había otros colosos que simbolizaban a Ramsés junto a otras estatuas menores de Nefertari.

—*"Escucha el latido del corazón que habla* —oyó un susurro a su espalda que le erizó la piel—, *las emociones que se expresan en cada palabra, en el arte de escuchar el mundo se revela, porque Oír es precioso para el que escucha"*. —Se dio vuelta esperando encontrar quien le hablaba, aunque no había nadie.

Inspeccionó la estatua de Nefertari que tenía detrás. Estaba de pie, con su corona de reina y en sus manos sostenía el cetro real. La miraba fijo.

—No serás tú ¿verdad? —Sacudió la cabeza—. Dios, me volví loca si estoy hablando con una estatua. —No le dio más importancia.

Continuó caminando entre las columnas con capiteles en forma de flor cerrada, del papiro, intercaladas con estatuas igual de altas; sobre ellas y en los muros había grabados que mostraban batallas, triunfos, momentos de la vida cotidiana del reino y las fiestas. Luego siguió con la sala hipóstila, la de las ofrendas, la de la barca, todas soberbias, plagadas de imágenes coloridas, cuyos techos ya no existían, pero que podía verse que eran de una altura inconmensurable. Se paró al lado de una columna mirando hacia el cielo, se sentía tan pequeña, tan insignificante ante semejante grandeza.

Bajó la cabeza pensativa, cerró los ojos, suspiró agobiada por la pena. Todo era muy hermoso, pero sin Alan no tenía sentido. Lo buscó por todas partes, con los ojos vidriosos y aguantando el dolor que crecía en su pecho, sin poder encontrarlo.

Él, por su parte, estaba tan perdido como ella, caminando en un solitario deambular entre las columnas, los muros, y sus propios lamentos, sumergido en pensamientos que distaban mucho de la historia de Egipto y el trabajo por el cual estaban allí. Se lo veía abatido y triste. En un momento la vio caminando con Mark, conversaban y se reían sobre algo relacionado con los capiteles porque señalaban hacia arriba. Había decidido alejarse y no meterse entre ellos, aunque los celos lo estaban consumiendo.

Amelia, luego de fotografiar dentro del templo, se dirigió a la salida y caminó sola hasta el muelle a esperar la camioneta que los llevaría de regreso al barco. Necesitaba ese momento de soledad. Se sentó en una muralla baja, mirando el templo desde lejos, cuando un egipcio comenzó a acercarse. Era alto, de piel morena, y ojos color café. Vestía una túnica marrón oscuro, larga hasta el piso, sandalias, y un turbante en la cabeza de la misma tela y color que también envolvía su cuello. Su piel estaba tan arrugada que parecía un pergamino y no pudo calcular su edad. Entre sus blancos dientes, uno de oro brillaba. Lo fotografió, con el zoom hizo varios acercamientos de su rostro, luego volvió a sus pensamientos mientras contemplaba el templo.

El hombre primero se dirigió hacia donde estaban otros turistas que, como ella, aguardaban el retorno a sus barcos. Trató de venderles monedas de plata que llevaba envueltas en un lienzo oscuro que desplegaba a su paso para mostrarles, pero solo unos pocos se interesaron en comprar. Cuando llegó a ella, solo la miró y le habló.

—Tus pensamientos te atormentan porque sabes qué podrías estar equivocada —dijo, con suavidad.

—¿Cómo? —Lo miró a los ojos de inmediato, asombrada.

—No debes negarte a eso que quieres —afirmó, el hombre.

—¿Y usted como sabe lo que estoy pensando? —preguntó Amelia desconcertada.

—Solo con verte puedo sentir el peso de la amargura que cargas. Te abraza la duda, tienes miedo, pero sabes, incluso, estás segura, de qué esta vez no es igual. Temes perder y temes tener. —El egipcio solo la miraba con sus ojos oscuros, penetrantes, y le hablaba con mucha tranquilidad, pero con firmeza.

—Yo... no quiero sufrir. —Sus ojos se llenaron de lágrimas.

—Solo escucha a tu corazón, él es sabio. No se equivoca esta vez, no tengas miedo.

Amelia se quedó mirándolo sin articular palabra y el egipcio hizo lo mismo. En esos ojos vio una luz que la colmó de paz y confianza. Se hizo mil preguntas sobre la conversación que mantenían que ni siquiera intentó responder. Lo que había expresado ese hombre ingresó en su corazón, en su alma, y en su mente como una suave caricia. *¿Estoy entendiendo bien lo que me dice? ¿Quién es? ¿Es un ángel?*, se preguntó.

—¿Qué pasa? —preguntó, Alan, mirando al hombre con desconfianza mientras se acercaba caminado despacio por el mismo sendero paralelo al murallón.

—Dame tu mano —dijo, el egipcio, acercándose a él.

—¿Para qué? —preguntó, serio, mientras se la extendía.

—Solo dámela, nada voy a hacerte. Solo te diré tu fortuna. —El hombre la tomó en su mano poniendo la palma hacia arriba. Se detuvo a mirarla un momento antes de hablar y la recorrió con su dedo.

—Es ella —le dijo, mirándolo a los ojos y señalando a Amelia con la cabeza— elegiste bien.

—No entiendo, ¿de qué hablas? —Alan dudaba de lo que ese hombre desconocido decía, pero siguió escuchando.

—Sí entiendes, claro que entiendes. No pierdan este amor tan hermoso que hay entre ustedes, algunos nunca logran encontrarlo —dijo, mirándolos a ambos.

—Pero… —Alan intentó hablar. El egipcio le indicó que hiciera silencio con la mano.

—Ustedes han sido bendecidos con un amor eterno. No lo dejen ir. De Egipto se llevarán un hijo y, en un tiempo no tan lejano, nos volveremos a encontrar. —Soltó la mano de Alan y se despidió. Los saludó bajando su cabeza en señal de respeto y llevando la mano al corazón, luego a la boca, siguió con la frente y, finalmente, la extendió al aire —*Barak Allah fik (Qué Allah te bendiga)*

Siguió su camino por el muelle intentando vender sus monedas. Nadie le compró. Ya no se detuvo mientras subía la pendiente de la calle de tierra y desapareció entre la multitud que bajaba.

Quedaron perplejos con sus palabras, observando cómo se alejaba. Sus miradas se cruzaron solo un instante, atónitos por el momento inexplicable que acababan de experimentar.

—¡¿Nos vamos?! —los interrumpió, Diana, llamándolos desde lejos.

Se subieron a la camioneta y regresaron al barco, sentados uno al lado del otro, pero sin hablarse, con una tensión permanente entre ellos. Cuando llegaron al barco Alan fue a almorzar al comedor, pero Amelia pidió un sándwich y subió a disfrutar de la pileta y el sol el resto de la tarde. Él había decidido dejarla, no molestarla, ni intentar hablarle.

A la mañana siguiente visitaron el templo de Karnak, tan o más imponente que el anterior. Diana comenzó con sus explicaciones mientras iban en el auto:

—El solar donde se construían los templos era muy pensado antes de decidir su ubicación, sobre todo para atraer el favor de los dioses. Había todo un proceso de varios pasos antes de empezar la construcción: trazaban la planta en el solar donde se iba a levantar, se purificaba con yeso, luego se cavaban los pozos donde iban a hacer las fundaciones, moldeaban los ladrillos y recién entonces comenzaban a levantarlo. Una vez terminado lo purificaban, se leían textos sagrados, se hacían sacrificios y quedaba listo para ser consagrado al dios que habitaría ese espacio. —Miraba hacia adelante, casi sin darse vuelta para hablarles en ningún momento—. Karnak era un templo dedicado al dios Amón, el gran dios del Imperio Nuevo, al que llamaban "el oculto". Fue modificado por varios faraones a lo largo de mil años y, al igual que Luxor, era centro del culto a los dioses. Su orientación tenía que ver con la salida del sol en el solsticio de invierno, entre el veinte y el veintitrés de diciembre. En esos días se podía ver la salida del sol, justo en la puerta oriental, desde el muelle. —El silencio se sentía tenso y pesado.

Amelia bajó de la camioneta y comenzó a caminar sola hacia el templo, allí estaba el camino de las esfinges del que había hablado Mark con anterioridad. Lo rodeaba un muro de doce metros de altura, en el interior tenía un espacio donde alguna vez hubo un lago sagrado que servía de escenario para celebrar algunas festividades. Su disposición era similar al del otro templo, con columnatas, salas hipóstilas, santuarios y cámaras que alguna vez tuvieron techos estrellados. Los obeliscos que encontró a su paso también eran símbolos solares, tenían entre veinte y treinta metros de altura. Había leído que uno de ellos había sido realizado por la reina Hatshepsut, cuyo traslado desde el lugar de su construcción hasta Karnak, había sido toda una proeza.

Se quedó en su camarote cuando regresaron y, más tarde, se juntó con Alan a elegir las fotos para la exposición en la misma sala del primer día, ya que el barco había zarpado y navegaría hasta el día siguiente.

—Qué hermosas las fotos del camino de las esfinges. Están todas excelentes. —Alan sentía su cercanía y su perfume lo envolvía sin dejarlo pensar. Solo quería abrazarla, tenerla pegada a su cuerpo, decirle que la amaba, pero había decidido no insistir en acercarse, aunque se le hiciera imposible.

—Si. La de la columnata del patio, la que solo muestra los capiteles a contraluz, me encanta —contestó, ella, extrañando su contacto también, el cual evitaba, enojada todavía sobre todo después de la discusión que habían tenido la mañana anterior.

—Amelia lo que dijo el egipcio ayer a la mañana en el muelle... —Empezó a decir él, tratando de revertir las cosas entre ellos.

—Por favor, no seas ridículo, no creerás lo que dijo. Solo buscaba una propina —dijo, ella, firme, ofuscada e incorporándose.

—Habló de nosotros sin conocernos, del verdadero amor que tenemos. —Intentó convencerla.

—¡Basta Alan! No insistas con eso. Siempre nos cuidamos, no habrá ningún hijo y nuestro amor terminó ayer —aseguró, contrariada.

Se levantó antes de que él pudiera responder y se marchó. Alan se quedó sentado, mirándola desaparecer por la puerta, con el corazón destrozado. *Tengo que olvidarla, tengo que olvidarla*, se dijo. Suspiró, cerró los ojos, esperó a que la computadora enviara a Olabisi las fotos, se levantó, y salió hacia su camarote.

Capítulo 12

"El reino del cielo está dentro de ti
y el que se conozca a sí mismo lo encontrará"

Amelia bajó temprano con toda la intención de evitar a Alan en el desayuno, pero no tuvo suerte. Ya estaba allí, junto con Mark, en una mesa contra las ventanas. Conversaban y, en cuanto la vieron aparecer, le hicieron señas para que se acercara. Pasó antes por una de las mesas del *buffet* en busca de un café y fue hacia ellos.

—Buen día —dijo, a ambos, sentándose, evitando la mirada de Alan.

—Buen día, ¿no comes nada? —preguntó, Mark, al verla solo con la taza de café—, el día será largo.

—Es verdad Amelia, ¿quieres que te busque algunas tostadas? —sugirió Alan.

—No hace falta, no te molestes —contestó, seria—, no tengo hambre.

—Pero... —Intentó hablar él.

—Pero nada, creo que sé muy bien si tengo hambre o no ¿no te parece? —habló de mala manera. Mark los miró a ambos, que se perforaban con la mirada, y se dio cuenta de lo que estaba pasando desde el día anterior, ambos se veían raros, habían peleado.

—El lugar al que vamos es uno de los más importantes para visitar —continuó como si nada pasara para aliviar la tensión. —El Valle de los Reyes y las Reinas del Imperio Nuevo. Está aquí, en Luxor, y cerca del templo de la Reina Hatshepsut.

—¿Por qué dejaron de sepultar a los faraones en pirámides? —Alan preguntó, intrigado.

—No. Nunca renunciaron a la forma piramidal como medio de acceso al firmamento. Pero debieron cambiar de lugar porque las pirámides eran saqueadas con frecuencia. El valle al que vamos se extiende a los pies de el-Qurn, uno de los picos de las montañas tebanas que tiene forma piramidal. Eligieron ese lugar justamente por eso.

—Dicen que hay muchas tumbas y muy bonitas ¿no? —preguntó, Amelia.

—La más conocida es la de Tutankamón, aunque también hay tumbas de varios Ramsés y Tutmosis, la mayoría muy bien conservadas. Y de las mujeres, la más hermosa es la de Nefertari —afirmó mientras tomaba café y masticaba una medialuna.

—Los espero afuera, tengo que hacer unos llamados —Alan terminó su café de un sorbo y salió contrariado, dejándolos solos.

En la camioneta Alan y Amelia hicieron todo el recorrido en silencio mientras Diana sonreía sin que la vieran. Su plan había surtido efecto.

—Este lugar es una necrópolis que fue construida por obreros que vivían en la ciudad de Deir-el-Medina. El objetivo de esa gente era terminar la tumba del faraón reinante a tiempo. Para mantener oculta la localización de las tumbas reales y evitar los saqueos, decidieron aislar a los trabajadores en este poblado que se ubicaba atrás de una colina. Estaba dentro de una muralla que se amplió en dos oportunidades. —Diana explicaba mientras viajaban—. Sin embargo, a medida que la ciudad crecía y se extendía fuera de los límites de las murallas, comenzó la decadencia, el secreto duró poco, y muchas fueron saqueadas.

—¿Era un barrio de esclavos? —preguntó, Alan.

—No. No eran esclavos, al contrario. Eran artesanos altamente calificados —aclaró, Diana, dándose vuelta para mirarlo con una amplia sonrisa—. De hecho, tenían muchos privilegios, además de recibir salarios y bienes. También, una alta alfabetización. Sabían leer y escribir, muchos eran artesanos que escribían los jeroglíficos, dibujaban, y pintaban las tumbas. Por eso quedó mucha documentación de este lugar. Encontraron papiros, tratados de diferentes especialidades, poemas y *ostracones*, que eran trozos de piedra donde solían escribir o dibujar los planos de lo que iban a construir.

—¿Qué les daban por su trabajo, además del salario? —Amelia se interesó en ello.

—Les daban un lote con una casa hecha de adobe, con techo plano sostenido por vigas de madera y cáñamo, una tumba en el poblado, una choza en el valle, vacas, burro, cabras y ovejas. Podían labrar la tierra en su tiempo libre, pero ni las tierras, ni la casa podían ser heredados, ni vendidos. —Le indicó al conductor por donde seguir ante un cierre del camino y continuó— Si querían tener una casa de su propiedad tenían que construirla en otra parte, en su tiempo libre, y a su costo.

—Además ¿recibían un sueldo? —Alan preguntó otra vez.

—Si. Pero no era una sociedad dineraria. Los salarios se pagaban en pan y cerveza, de acuerdo a unidades diarias. A veces tenían algunos premios como aceite de sésamo, bloques de sal, y carne de buey. Claro que a veces la distribución de los pagos demoraba en llegar y comenzaron a surgir las huelgas.

—¡Pan y cerveza! ¿Eso es todo? ¿Qué hacían solo con eso? —Amelia estaba horrorizada.

—El pan y la cerveza eran la alimentación básica para ellos, por eso el trigo, la cebada y el lino era la materia prima indispensable en su vida, todos la cultivaban. —Estaban por llegar por lo que comenzaron a andar más despacio ya que había algunos micros turísticos que entorpecían el paso—. Pocos comían carne, solo los privilegiados, la dieta era mayormente vegetariana, salvo unos pocos que, de vez en cuando, incluían pescado. Y el único endulzante era la miel que era monopolio del estado. Incluso se cree que gran parte de las enfermedades y la baja perspectiva de vida que tenían se debía a la dieta que era escasa de proteínas además del bajo consumo calórico.

—¿Cuántas tumbas se descubrieron aquí? —preguntó, Amelia, juntando sus cosas para bajar.

—Se descubrieron alrededor de sesenta, pero hay pocas para visitar. Algunas están en mal estado y otras, todo el tiempo en restauración —aclaró, Diana, señalando hacia donde debían ir—. Vamos a ver la de Tutankamón —sugirió, mientras el chofer se detenía en un playón para que bajaran.

Ingresaron en la tumba de Tutankamón por una amplia rampa, luego comenzaron a bajar las escaleras y el recorrido fue alucinante. Los interiores tenían pinturas en paredes y techos que hablaban de la vida del faraón: batallas, familia, eventos religiosos, escenas del faraón con los dioses que lo guiaban en su camino al más allá. Los colores, a pesar de los años, eran espléndidos. Predominaban los azules y turquesas, pero también había rojos oscuros, dorados y negros. Tenía varias cámaras y el lugar donde habían estado los sarcófagos era imponente.

—Mágica ¿verdad? —comentó, Mark, mientras recorrían—. Fue increíble lo que encontraron aquí dentro. Nadie podía creer la cantidad de cosas que había y fue llevado todo al museo. Fue la tumba donde hallaron lo necesario que un faraón se llevaba para transcurrir su vida en el más allá.

—Si, la verdad que es hermosa. —Amelia miraba todo a su alrededor deslumbrada.

—¿Por qué la piel de las mujeres está pintada de un color más claro que la de los hombres? —preguntó, Alan, señalando unas pinturas en las paredes.

—Porque querían demostrar que los hombres pasaban más tiempo al aire libre, al sol. —explicó, Mark, indicando las diferencias—. Como puedes ver la de los hombres es rojo oscuro y la de las mujeres es rosa o amarillo.

—¿Son así todas las tumbas? ¿Tan imponentes? —preguntó, Amelia, encantada con lo que veían.

—Similares —afirmó, Mark, que caminaba a su lado—, pero la particularidad de esta es que la descubrieron casi intacta.

Alan, al ver a Amelia tan cerca de Mark, tenía celos porque ahora casi no le hablaba y sentía que se interponía entre ellos.

—Leí en algunos artículos que creían que la madre de Tutankamón era Nefertiti. Era la esposa de su padre, ¿no? —insistió Alan para llamar la atención.

—Si, pero no fue así —Mark se dio vuelta para responder—. De todas maneras, la momia de Nefertiti está perdida, pero se pudo determinar que no era su madre. Sin embargo, ella lo preparó para gobernar. Su madre era una de las hermanas de su padre, Akenatón, el faraón que gobernó en la dinastía XVIII desde el 1353 al 34 antes de Cristo. ¿Te ayudo a bajar Amelia? —le preguntó extendiéndole la mano, que Amelia tomó, ya que había un escalón muy alto. Amelia trastabilló al caer y Mark la atajó, tomándola de la cintura, ante la mirada atónita de Alan.

—Eran adictos a la unión entre familiares —aseveró, Amelia, sonriéndole, abiertamente, a Mark, a modo de agradecimiento, lo que sacó de quicio a Alan.

—Así es y se supone que es una de las causas de sus deformaciones y problemas físicos, hasta se sabe que usaba bastones o muletas que fueron encontrados en la tumba. —Mark la miraba con admiración, parecía que le hablaba solo a ella—. Incluso murió joven, a los diecinueve años y dicen que fue por la gran cantidad de dolencias que lo afectaban, ya no se cree que lo hayan asesinado como se pensaba al principio.

—¿Por qué fue tan importante Nefertiti? —volvió a preguntar, Alan. La situación lo estaba poniendo nervioso.

—Nefertiti era hermosa a tal punto que se decía de ella *"la bella ha llegado"* —comenzó a explicarle, Mark—. Pero no solo fue importante por eso sino porque lo ayudó a Akenatón a armar una revolución y a cambiar los conceptos más antiguos de la sociedad egipcia —Se interrumpió para mostrarles una de las escenas donde aparecía—. Su revolución fue religiosa, principalmente. Los egipcios eran politeístas y Akenatón tomó a Atón, que era un dios menor y el preferido de Nefertiti, y lo convirtió en el único dios desplazando a Amón que había sido el dios principal de los egipcios hasta ese momento. De esa manera desbancaban a los sacerdotes, les quitaban poder, y cambiaban, completamente, la política. Todo esto causó mucho revuelo en la sociedad y encima, abandonaron Tebas, que era la capital, hoy Luxor, y fundaron Tel el Amarna.

—Y Nefertiti ¿por qué adquirió tanto poder? —Amelia no dejaba de sacar fotos.

—Para que te des una idea, ella decía que *"Lo imposible es el único oponente digno de un hombre"*, era poderosa, astuta, muy inteligente y también celosa. Ella no solo se convirtió en Gran Esposa Real, o sea en Reina Faraón al lado de su marido, sino en su corregente, algo único en la historia de Egipto —continuó, Mark—. Fue una mujer amada por su belleza y gracia y odiada al mismo tiempo por su liderazgo, sobre todo en lo religioso. Además, tuvo seis hijas mujeres, por eso cuando apareció Tutankamón lo casó con una de ellas y así se aseguró su reinado y el de sus herederos. Ella gobernó desde las sombras, Tutankamón era muy chico en ese momento, y lo hizo desde que murió su padre hasta la muerte del joven faraón en el año 1325 a. C. Usó la corona a rayas en azul y dorado, fue exclusiva de ella, y su importancia nunca fue alcanzada por otra reina.

—Su historia parece un culebrón, como algunos romances actuales ¿no Amelia? —preguntó, Alan, molesto. Amelia se dio vuelta y lo ignoró por completo.

—Totalmente —aclaró, Mark, sin darse cuenta de la indirecta—. Es más, la historia no termina allí. La verdadera madre de Tutankamón desapareció misteriosamente y, cuando muere Akenatón, Nefertiti apareció, nuevamente en Tebas, con su hijastro y yerno al mismo tiempo, a reconciliarse con los sacerdotes de Amón, que había desbancado su esposo. Tutankamón restauró el politeísmo e incluso se cambió el nombre. Él se llamaba Tutankatón y se lo cambió por Tutankamón y así —gesticuló subiendo sus manos al cielo—, vivieron todos felices para siempre.

—¿Cuándo muere Nefertiti? —Amelia rio por sus comentarios y gestos. —Porque parece que no está muy claro ¿no?

—No se sabe muy bien. Hay muchas dudas sobre lo que pasó con ella. Incluso se piensa que se cambió el nombre para seguir gobernando como faraón hombre y no perder el poder. Pero no está muy claro. Aparece y desaparece. —Mark se colocó delante de la cámara en el momento que Amelia sacaba una foto y le hizo una monería que ella festejó, dándole un golpe con la mano en su brazo para que se corriera.

—¿Las tumbas de las Reinas están cerca? —preguntó, Alan, cansado de la situación que se daba entre ellos dos.

—Más o menos. Están en *Ta set Neferu*, *"el lugar de los más bellos"*, o el Valle de las Reinas para nosotros. —Tomaron el camino hacia la salida de la tumba volviendo sobre sus pasos.

La pendiente de la salida, con el calor que hacía afuera, se hacía imposible de subir, y la sequedad del desierto era agobiante, así que Mark tomó a Amelia de la mano para ayudarla, tirando de ella como si fuera un carro, desatando la risa de ambos.

Cuando llegaron al Valle de las Reinas visitaron la tumba de Nefertari, la esposa de Ramsés, que era de una belleza indescriptible. La escalera bajaba hacia una antecámara y luego otra llegaba hasta el sepulcro, propiamente dicho. Las paredes tenían pinturas de diferentes divinidades y su colorido era extremo. El sarcófago había estado en el centro y toda la estructura era soportada por cuatro pilares con pinturas a su alrededor con los mismos motivos que las paredes. Tenían una base cuadrada de color negro, seguida por una franja amarilla o dorada y otra roja, el resto hasta el techo era blanco, lo que hacía resaltar los colores que había sobre ellas. Y las imágenes eran de las distintas etapas del paso de Nefertari hacia el más allá.

—¡Hay relieves en las columnas! —Amelia posó su mano sobre ella, maravillada, tomando la cámara para sacarle foto a esos detalles—, y en todas las imágenes la pintan como una mujer bellísima.

—Si, fue la primera vez que se encontraron relieves en las pinturas. Las anteriores siempre eran planas —contestó, Mark, mientras recorrían—. Fíjense, todas las pinturas están relacionadas con el Libro de los Muertos que indica como va siendo el camino hacia la eternidad. Cada escena tiene que ver con un capítulo.

—¡Miren el cielo estrellado! Es precioso —Alan miró hacia arriba, deslumbrado por el color azul oscuro del techo con estrellas doradas de cinco puntas.

—Cuando se descubrió esta tumba estaban todos tan sorprendidos con el hallazgo que el Diario El País sacó un artículo sobre ella titulado *"No hay lugar más bello para pasar la eternidad"* —contó, Mark, emocionado—. Tuvimos suerte de que nos permitieran ingresar porque está en constante restauración por el deterioro que está sufriendo, casi nunca está abierta al público. Algo habrá hecho mi papá para que nos lo permitan.

Alan y Mark quedaron solos, sumidos en un silencio incómodo, mientras Amelia seguía caminando, entrando y saliendo de algunas salas anexas para sacar fotos de los detalles de las paredes y las columnas. Se detuvo frente a una imagen de Nefertari que parecía que la miraba. *¡Qué hermosa!*, reflexionó fascinada. La mostraba vestida de fiesta, toda de blanco, con la corona dorada del buitre en su cabeza. La diosa buitre era la madre y protectora del soberano, por ello la Gran Esposa Real usaba esa corona. En otra escena, la diosa Isis la tomaba de la mano ofreciéndole el símbolo de la eternidad. La miró detenidamente, durante un rato, la fotografió enfocando varios detalles y siguió caminando.

—*"Te estás equivocando, no lo dejes ir, no dejes escapar lo que el destino te ha hecho sentir"* —un nuevo susurro la alcanzó poniéndole la piel de gallina y la perturbó. Quedó de piedra. Se dio la vuelta, buscando a alguien que le hablara, otra vez, sabiendo que no encontraría a nadie.

—¿Qué está pasando? ¿Tan loca estoy? —retrocedió, lentamente, y se dirigió a donde estaban los demás.

Salieron de la tumba de Nefertari y recorrieron otras, pero ninguna era tan bella. Estaban cansados de tanto caminar, subir y bajar escaleras. El sol era abrasador, soplaba una lánguida brisa y el calor era implacable, casi letal. Las montañas que los rodeaban parecían contener la temperatura y se hacía imposible hasta respirar, no había ni una pizca de aire. El aroma a especias, siempre presente en todas partes, se mezclaba con el aire caliente que soplaba. Les dolía la garganta, áspera por la sequedad del aire, así que, se detuvieron y tomaron unas bebidas frescas que compró Mark mientras esperaban para irse y seguir el recorrido hacia el Templo de la Reina Hatshepsut. A Mark le sonó el celular y se alejó.

—Hablemos por favor —pidió, Alan, acercándose.

—No hay nada de qué hablar —contestó, ella, alejándose de él.

—Por favor... espera. —La tomó del brazo, suavemente. A ella le provocó un escalofrío, fue como un choque eléctrico e hizo que se soltara con violencia. —¡No me toques! —dijo, enojada, y se fue a la camioneta, mientras Alan se quedaba aturdido por su respuesta.

—¿Es por él no? Tu nuevo amigo te resulta muy interesante. —Alan caminó detrás de ella, alcanzándola—. Me reemplazaste rápido, es obvio que lo que sentías por mí no era tan fuerte como decías.

—¡¿Cómo te atreves a sugerir algo así?! —Furiosa se dio vuelta hacia él y lo enfrentó.

—Es solo lo que veo. —La miró serio y ofuscado. —Ni me diriges la palabra, parece que no estuviera aquí, ambos me ignoran, no soy tonto. —Se apoyó el pico de la botella en la boca y bebió—. Es obvio lo que sucede ¿Acaso piensas que no me doy cuenta?

—¡Es mentira lo que dices! ¡¿De dónde sacaste semejante cosa?! —Destellos de furia salían de sus ojos. Lo miró fijo y vio en los de él muchas emociones acumuladas.

—Ah, ¿es mentira? —dijo, sarcástico, amargado, con su mirada opaca y apagada por el sufrimiento. —Sin embargo, es lo que veo. Qué casualidad, lo que pasó con Diana tampoco fue cierto y sin embargo tu no me crees, ¿por qué habría de creerte yo? Dime... o ¿solo lo que tú ves es verdad? —Vació un poco más de la botella de agua en su garganta, se la dejó para que ella tomara, y luego se fue caminando a recorrer la feria que se extendía sobre la pendiente, dejándola sola parada a mitad de camino.

Ella regresó sobre sus pasos echando chispas, caminando rumbo a la camioneta en la que habían llegado.

—*"En una mirada un mundo se revela. Quien no comprende una mirada, tampoco comprenderá una larga explicación"*. —Se dio vuelta alterada para contestarle, pensando que era Alan, pero no había nadie. Se tomó la cabeza con las manos.

—Papá luego hablamos, surgió algo, tengo que dejarte —le dijo, Mark a Jonas, cortando la llamada—. ¡Amelia! ¡Amelia espera! —Corrió hacia ella— ¿Qué pasa, por qué te vas?

—No es nada. Déjame, me voy al auto.

—No quiero inmiscuirme porque no es mi asunto, pero tengo que preguntar ¿Esto que sucede entre ustedes tiene que ver con Diana? —preguntó, Mark, levantando la ceja—. No soy tonto, puedo ver que algo pasa con Alan desde ayer que bajó a su camarote sintiéndose mal. —Amelia lo miró con los ojos llenos de lágrimas. Dudó unos segundos si contarle o no, pero estaba surgiendo entre ellos una buena amistad y, finalmente, se decidió a hacerlo.

—Discutimos, y si, fue por ella —habló en voz baja, resoplando, y miró hacia abajo con un nudo contenido en su garganta—. ¿Cómo lo sabes?

—Porque casi pierdo mi matrimonio por ella. —La tomó del brazo, conteniéndola, y se acercó—. ¿Quieres contarme qué pasó?

—¡Fue horrible!

Mientras relataba lo sucedido aquella tarde, su angustia la ahogaba. Gesticulaba, miraba a la distancia, perdida, su llanto se hizo más intenso y sus hombros comenzaron a sacudirse. No le daban abasto las manos para secar sus lágrimas y Mark le extendió su pañuelo para que se limpiara la cara y se sonara la nariz.

—Nunca pensé que Alan fuera capaz, me dijo tantas veces cuanto me amaba —dijo, entre sollozos y palabras entrecortadas.

—Amelia ¿estás segura qué eso fue lo que pasó o fue lo que Diana te hizo creer que pasó? —preguntó, Mark, sin dejar de acariciarle el brazo, subiendo su mano y masajeando su hombro y su espalda.

—No entiendo, ¿qué quieres decir? Claro que lo vi. —Amelia lo miró aturdida.

—Lamentablemente, Diana es un *As* creando escenas que no suceden y haciéndole creer a los demás que de verdad están pasando. Si fuera actriz sería millonaria. Casi pierdo a mi esposa de esa manera Amelia. —Negó con la cabeza mientras recordaba—. La conocí en una expedición porque solía trabajar con mi padre. Me seguía por todos lados, me buscaba, me volvía loco, pero yo no quería saber nada con ella y la mantenía alejada. Un día estábamos en un bar con Lindsay, mi novia, y unos amigos. Diana era parte del grupo. Armó una escena, no puedo explicar cómo porque no lo vi venir, que le hizo creer a Lindsay que habíamos tenido sexo en el baño de ese bar. ¡Una locura! Me costó meses convencerla de que entre ella y yo no había sucedido nada. Lo pasamos muy mal —aseveró, muy triste—. Creí que la perdía, jamás se lo voy a perdonar.

—Pero se los ve muy amigos.

—No. Solo finjo que la tolero para no armar escándalo —le dijo, sonriendo—. Pero le tengo prohibido que se me acerque y, por lo que veo, Alan está haciendo lo mismo. Seguramente, tuvo algún problema parecido con ella hace algún tiempo.

—No lo sé. Nunca me contó nada —afirmó, seria.

—Acaso después de lo que viste... ¿le permitiste que te contara algo? —La miró, cuestionándola, con el ceño fruncido.

—No, nunca lo dejé, pero me lo podría haber contado antes si sabía que ella es así —manifestó, segura.

—Tal vez pensó que era mejor evitar decirte algo para que no te pusieras mal. Yo hice lo mismo con Lindsay y fue un desastre. No la quise preocupar y al final fue peor.

—¿Por qué es así? ¿qué gana? ¿por qué hace esas cosas? —Amelia negaba con la cabeza, no lo lograba entender.

—No lo sé, nunca lo entendí tampoco —dijo, Mark, encogiéndose de hombros—. Solo sé que no soporta ver a nadie feliz. Y cuando lo ve trata de destruirlo. Se mete con todos, arruina lo hermoso que puede tener una pareja de verdad, algo sincero, todo lo bueno que puede haber entre dos personas. Tal vez porque ella nunca lo tuvo, ni lo tiene.

—No lo sé, estoy tan angustiada. No sé qué decisión tomar. —Amelia expresó con tristeza bajando la cara.

—¿Por qué primero no hablas con Alan y lo dejas que te explique? —Tomó su barbilla con sus dedos y la levantó hacia él mirándola a los ojos. —Y luego decides que hacer.

—Lo pensaré. —Bajó la vista y retomó el camino, sola, hacia el auto que estaba estacionado un poco más lejos.

—Hola cariño —la voz seductora de Diana lo alertó. Caminaba hacia él. Vestía con un short blanco ajustado que dejaba ver la parte inferior de sus nalgas y una musculosa que marcaba y mostraba su busto, muy provocativa—. ¿Amelia se enojó contigo? Pobrecito, que pena ¿no?

—¿Qué quieres? —preguntó, Alan, malhumorado, deteniéndose ante un puesto de artesanías—. ¿Estás contenta con lo que lograste?

—Parece que tu noviecita está muy entretenida con Mark. Se nota que se gustan —dijo, con una sonrisa provocativa pegada en la cara y un tono bajo y rítmico como el ronroneo de un gato—, mira como la toca, como le masajea el hombro y como le levanta la cara. Parece que va a besarla ¿no?

Alan miró la escena a la distancia y los comentarios de Diana aumentaron la ira latente en su pecho.

—¡Lárgate! —contestó, furioso, mirando desde lejos, como Mark le hacía todas esas cosas a Amelia. Apretó los dientes y, también entre sus dedos, un collar que había pensado comprarle a Amelia en cuanto lo vio.

—Señor ¿va a comprarlo? —preguntó, el egipcio del puesto, enojado—, si rompe, paga.

—No, no voy a llevarlo, lo siento —le contestó, Alan, soltó el collar y comenzó a bajar la cuesta rumbo a la camioneta.

Amelia había caminado hasta el vehículo, ubicándose en la parte de atrás, apoyada contra las puertas. Quería estar sola. Estaba aturdida y confundida por la conversación que había tenido con Mark, lloriqueaba y no lograba acomodar las ideas en su cabeza.

—¿Por qué lloras? —preguntó, el chofer, acercándose sigiloso por un costado, escudriñando a su alrededor. Alan hablaba con Diana cerca de la feria y Mark atendía una llamada telefónica alejado de ellos.

—¿Qué quiere? —preguntó, Amelia, de mala manera porque no le gustó como la miraba, se le acercaba demasiado.

—¿Te dejaron sola? Tal vez podría ayudarte a levantar el ánimo, te vez muy triste. —Con un dedo acarició su brazo que ella quitó de inmediato.

Amelia se dio vuelta para irse por el otro costado de la camioneta, pero él le obstruyó el paso con la otra mano, apoyándola sobre la puerta trasera justo frente a su cara, arrinconándola contra el vehículo.

—Se me ocurren muchas maneras de hacerte olvidar —le habló, demasiado cerca de la cara, sintió su aliento desagradable en la nariz y su respiración entrecortada.

—Déjeme en paz. Déjeme ir. —Lo empujó, pero no pudo moverlo y comenzó a asustarse.

—Vamos no seas arisca. —Él se acercó más sin dejarla salir—. Podemos encontrarnos más tarde en otro lugar.

—¡Te dijo que la dejaras! —Alan, que había escuchado parte de la conversación, lo tomó de un brazo y lo alejó de Amelia. Lo hizo girar hasta enfrentarlo con él y le dio una trompada, desquitando todo el enojo que sentía en el medio de su cara.

Amelia quedó pasmada. La mano de Alan sangraba, al igual que la nariz del egipcio que cayó al suelo, agarrándosela con las manos. Alan la tomó a Amelia de un brazo y la alejó del lugar, acompañándola hasta la puerta lateral de la camioneta para que subiera, sin decir ni una palabra.

—Alan, tu mano —Amelia se la tocó, preocupada—. Está sangrando.

—Está bien, no es nada, no te preocupes —dijo él, tomando un pañuelo y envolviéndola—. Este tipo es un...

—¿Qué pasó? —preguntó, Diana, cuando vio a su chofer lastimado—. ¿Por qué lo golpeaste? ¿Te volviste loco?

—Dile a tu chofer —La tomó fuerte del brazo y la acercó a él—, qué si vuelve a acercarse a Amelia, la próxima vez la cara le quedará mucho peor. —La soltó de golpe, haciéndola perder el equilibrio y ella lo fulminó con la mirada.

Entró colérico a la camioneta, detrás de Amelia, se colocó los anteojos de sol y se sentó solo en el último asiento, apretando el pañuelo que rodeaba su mano adolorida. Amelia lo vio pasar con la cara desencajada, pero no le dijo nada, ni siquiera la miró.

Cuando Mark llegó, comenzaron el regreso al barco en un silencio sepulcral. La montaña de fondo rodeaba ese terreno inhóspito del desierto, que subía y bajaba en ondulaciones, perdido en la nada, y bajo el cual yacía lo que los egipcios creían, en la antigüedad, que era el camino al más allá. Pasaban una vida allí, construyendo un lugar para pasar la eternidad. Habían vivido preparándose para la muerte. Era imposible imaginar como habría sido esa época con ese calor, el trabajo pesado, la escasez, la pobreza, y las vicisitudes de una vida tan precaria. Incluso, teniendo en cuenta las condiciones de higiene, dado que no tenían sistema sanitario y dependían de las crecidas del Nilo para que se llevaran las aguas servidas y la basura. Amelia, aunque estaba aturdida y preocupada por lo que había pasado, se dedicó a observar por la ventanilla el paisaje de ese lugar tan particular. Para eso estaba allí y, entre peleas y amargura, no estaba valorando lo que veía. Sacaba fotos como un autómata y, si bien le salían hermosas, sabía que debía ponerles más atención a algunas cosas, sobre todo a los detalles. En realidad, a todos los detalles debía ponerles más atención, sobre todo a los de su vida.

Mientras tanto, trataba de decidir qué hacer con Alan, pensar en lo que le había dicho Mark, discernir si lo que había visto era cierto o solo teatro. Nada la convencía, ni uno, ni lo otro. Sin embargo, podía verlo contrariado y amargado, nunca lo había visto de esa manera. Era obvio que él tampoco la estaba pasando bien. Le gustó que la defendiera y se preocupara por ella, pero la enojaba lo que había pasado y las dudas la estaba matando *¿Por qué el amor es tan complicado?*, pensó. Y siguió absorta en el camino de regreso.

SANDRA MACHADO

matando *¿Por qué el amor es tan complicado?*, pensó. Y siguió absorta en el camino de regreso.

Capítulo 13

"Nuestras expresiones, a veces,
hablan más claro que nuestras palabras"

Llegaron al barco a las dos de la tarde donde los esperaba un suculento almuerzo. Cada uno se fue a su camarote y, luego de refrescarse un poco y cambiarse, volvieron al comedor. Amelia se dio una ducha rápida y se puso la malla, para luego ir a la terraza a disfrutar de la pileta y el sol, y sobre ella una solera.

Abrió la puerta de su camarote para salir y retrocedió en busca de su cámara, que había dejado sobre la cómoda, cuando escuchó unas risas. Se asomó sin que la vieran. Reconoció la voz de Diana que abandonaba la habitación del capitán, ubicada en el extremo del pasillo. Se acomodaba la ropa, mientras él la besaba en los labios y le daba un pellizco en su trasero. *No deja títere con cabeza*, pensó negando con la cabeza.

Bajó por esas escaleras lujosas y curvadas que rodeaban el hall de recepción del barco, deslumbrada por la araña de finos tubos de luz que colgaba en el centro y caía hasta el suelo dos pisos más abajo. Cuando entró al comedor vio que Alan estaba sentado con Mark en una mesa. Conversaban bastante serios. Se acercó y se sentó con ellos, pero Alan, a su lado, ni la miró.

—¿Hubo cambio de planes? —preguntó, Amelia— ¿no íbamos a ir al Templo de Hatshepsut hoy, después del Valle de los Reyes?

—Si —dijo, Mark, probando la ensalada que se había servido—, pero mañana por la mañana llegan mis viejos e iremos con ellos. Hablamos hoy más temprano y lo confirmaron. Claro que ni se imaginan que estaré aquí. —Sonrió.

—¡Qué bueno, me alegra que vengan con nosotros! —Amelia estaba contenta por ello, ya que tendría alguien más con quien hablar, porque hasta ese momento solo lo hacía con Mark, a Diana no quería ni verla, y Alan estaba enojado.

—Les encanta este lugar —agregó, Mark—. Y más después que encontraron ese papiro que tienen en su casa, el que van a exhibir en la exposición. Lo están descifrando símbolo por símbolo. Fue hallado aquí, cerca del Templo. Todavía no lo he visto, pero por lo que me contaron, es maravilloso todo lo que explica y los detalles que tiene. Están fascinados.

—Nos lo mostraron cuando estuvimos en su casa, es increíble —comentó, Alan, apagado, comiendo unos pinchos de pollo.

—Cuando encuentran cosas de ese estilo, se quedan días y días encerrados buscando cada significado. —Mark se quedó pensativo mientras tomaba de su bebida—. Hoy el barco a la tarde estará tranquilo, aprovechemos ya que todos los turistas van al templo. Tendremos la pileta y el solárium para nosotros solos —agregó.

—Primero tendríamos bajar las fotos a la computadora y elegir las que hay que imprimir y las que van a los videos. ¿No Alan? —preguntó Amelia tratando de aflojar la tensión mientras probaba un budín de verduras.

—Claro —respondió, él, seco. Siguió comiendo sin mirarla.

—Bueno, pero luego los espero en la cubierta, es un día espléndido. Además, hay que broncearse para la fiesta de esta noche. Hay fiesta de disfraces. —Sonrió, Mark, acabando su gaseosa—. Me voy a disfrazar de Anubis y ¿ustedes?

—Ni sabía que había una fiesta. No traje nada. —Amelia hizo un puchero con los labios.

—¡Si! es la última noche que el barco navega. Mañana por la tarde noche ya llegamos a El Cairo. —Mark se levantó para buscar el postre, *backlava*, como buen goloso que era, igual que su padre—. Y si no tienen disfraz hay un negocio arriba que los alquila.

—Voy a buscar la computadora y luego a la sala. —Alan se levantó, repentinamente, sin terminar la comida en su plato—. Me voy a comunicar con todos los del equipo del armado de la exposición, trabajaré toda la tarde así que disfruten del día.

—Te veo en la sala —afirmó, ella, mirando a Mark mientras Alan los dejaba solos. Mark le devolvió la mirada levantando sus cejas inquisitivo. —Amelia se dejó caer contra el respaldo de la silla con un suspiro.

Se juntaron en la sala de reuniones donde estuvieron seleccionando las fotos casi en silencio, sin tocarse, ni mirarse. Todas habían salido hermosas y fue muy difícil decidir cuales iban a colgarse en paneles y cuáles serían parte del video, pero, después de mucho intercambiar opiniones, lograron armarlo.

—¿Cómo está tu mano? —preguntó, ella, preocupada, porque si bien no la llevaba vendada se la veía hinchada y roja.

—Bien, no es nada. —La movió, abriéndola y cerrándola.

—¿Te pusiste hielo?

—No, no hace falta. —contestó, él, sin darle mayor importancia—. Ya casi no me duele.

—Gracias por defenderme, me estaba poniendo muy mal, me dio miedo porque no me dejaba salir y...

—Si, nunca me gustó ese tipo —comentó, serio, sin mirarla—. Ahora se va a calmar y no te va a molestar más.

Hablaron solo de trabajo y la frialdad de Alan comenzó a trastornarla. Había estado pensando seriamente, en lo que le había contado Mark y, viendo las actitudes de Diana, creía que tenía razón. No sabía que hacer o que decir para distender la tirantez que había entre ellos. El momento propicio no se daba, su relación estaba peor que nunca, cada vez más tensa. Había decidido preguntarle lo que había sucedido aquella tarde en el camarote y dejar que explicara, también, de donde se conocían. Quería perdonarlo y estar bien con él, lo amaba y él también lo hacía, podía verlo. Se daba cuenta de que los dos sufrían, pero ninguno quería dar su brazo a torcer. Ella lo extrañaba en todos los sentidos, su perfume la envolvía en oleadas que le traían gratos recuerdos y buenos momentos, pero también dudaba. Tenía el dolor que provoca la mentira y el engaño clavado en su corazón, algo que nunca lograba olvidar del todo y siempre la volvía a confundir. Era como un susurro permanente en su oído que la alertaba. Pero quería superar eso, dejarlo atrás.

—Terminamos —dijo, Amelia—. ¿Por qué no vamos a la pileta y descansamos un rato?

—No. Tengo cosas que hacer aquí todavía y quiero terminar. Debo incluir algunas imágenes y textos para los videos y hacer algunos llamados. —Sin mirarla siquiera siguió trabajando con la computadora y tomó su teléfono para buscar un contacto.

Cuando Amelia salió Alan aflojó la tensión e indiferencia que había mantenido en su presencia. Se relajó en la silla, apoyó los codos sobre la mesa y su cabeza en las manos, agotado y deprimido. No sabía qué pensar, ni que hacer. La amaba y eso no había cambiado, pero no le gustaba su actitud, ni como lo estaba haciendo sufrir. Se sentía desplazado como si ya otro hubiera ocupado su lugar, estaba indiferente y fría con él como si su cercanía le molestara o no le gustara, no aceptaba sus argumentos, ni sus disculpas, y su trato era distante, aunque por momentos, lo confundía su cambio de comportamiento. Había luchado por ella desde que la había conocido, le había demostrado cuanto la quería, pero, en ese momento, se sentía poco valorado y cansado de luchar solo. Siempre era él el que aceptaba sus condiciones y ella siempre se escabullía con excusas. Tal vez todo era una ilusión y ella no sentía por él un amor tan profundo como él sentía por ella. Comenzaba a cuestionarse si valía la pena seguir peleando por su amor. Además, la presencia de Mark complicaba todo. Él admiraba su trabajo y se notaba que se sentía a gusto con ella, no faltaba mucho para que fuera también por su amor. Estaba seguro de ello a pesar de la conversación que habían mantenido al mediodía.

«—¿Amelia no viene? —preguntó, Mark, sentado a la mesa mientras esperaban a Amelia.

—No lo sé, supongo que sí. —Alan se sentó frente a él.

—Tuvieron problemas con Diana ¿verdad? —Lo miró con cierta complicidad, pero Alan no contestó, solo asintió con la cabeza. —Es una mujer complicada.

—Si ¿cómo lo sabes? —Alan lo miró fijo a los ojos—. ¿La conoces?

—¡Claro! Nos conocimos hace mucho y fue la experiencia más traumática de mi vida — contestó, Mark, sin entrar en detalles.

—Es la mejor actriz que conozco y, lo peor, es que no es la primera vez que irrumpe en mi vida, exactamente, con el mismo resultado. Me siento un idiota, traté de proteger a Amelia y al final fue peor. —Alan jugaba con una cuchara de la mesa mientras hablaban.

—Conozco el sentimiento —afirmó, Mark—, pero creo que si hablas con ella podrás explicarle y lo solucionarán.

—¡Claro! —rio, socarronamente—, si ella quisiera hablar conmigo. Desde un comienzo no dejó que le explicara, solo se guio por lo que vio, algo, totalmente fuera de la realidad. —Alan confesó. —Viene de un matrimonio y un divorcio controvertidos, su marido la engañó y no le resulta fácil confiar. —Suspiró, abatido, dejó la cuchara y se recostó en el respaldo de la silla. —Después de mucho luchar por ella, cuando nos conocimos en

Sudáfrica, logré que confiara en mí y ahora, pasó esto. —Alan golpeó un puño sobre la mesa en señal de bronca. —Todo se derrumbó, pensó que todo era mentira.

—No desesperes. Es una mujer inteligente y te ama, lo sé. —Eso le había dado esperanza. —Tienen que seguir trabajando juntos, eso los mantendrá unidos y al final cederá, se dará cuenta, ya verás. Lo que hacen juntos es muy bueno y lo que sienten el uno por el otro es muy fuerte, se nota. ¡Vamos, no aflojes! —Mark había puesto énfasis en su respuesta, extendió el brazo a través de la mesa y lo golpeó, amistosamente, en su brazo —Además, Diana en algún momento meterá la pata, siempre lo hace. —Cuando vieron que Amelia se acercaba, la conversación terminó.»

El tiempo había pasado, el atardecer había invadido la sala y sus pensamientos, el café que había pedido estaba frío a su lado en la mesa y Alan ya no tenía más ganas de trabajar. Se levantó y decidió irse a su camarote a darse una ducha para luego cenar. No bajaría a la fiesta, ya no tenía ninguna importancia para él disfrutar de esos momentos como lo había soñado, Amelia ya no estaría con él.

Ella, cuando terminó su trabajo con Alan, subió directo a la terraza a disfrutar del sol, la pileta, y de la hermosa vista. Era increíble ver las orillas del Nilo tan verdes sobre la costa, tan exuberantes y tupidas, y tanto desierto unos kilómetros más allá, solo arena y desolación. El contraste era espectacular.

Pasaron la tarde con Mark, conversando de todo lo que habían visto y un poco de sus vidas. Él le contó sobre Lindsay, su esposa, que solía acompañarlo en sus expediciones para estar juntos, pero desde que había tenido a su bebé se quedaba en Londres. Así que, a partir de entonces, él trataba de pasar el mayor tiempo posible con ellos, aunque no podía evitar viajar por trabajo cada tanto. También hablaron de su hermano menor que estaba casado y tenía dos hijos. Y ella le contó de su trabajo, de sus padres y su hermana, de su divorcio, y de cómo había llegado a dedicarse a la fotografía. Su amistad aumentaba y disfrutaban estar juntos. Sus charlas eran muy entretenidas, pero su corazón estaba vacío.

Luego de algunas horas volvió a su camarote. No pensaba ir a cenar al comedor, la fiesta no le resultaba interesante si Alan y ella estaban enojados. Sin embargo, cuando entró en su habitación, sobre la cama se encontró un disfraz de Cleopatra con una nota. Se alegró pensando que era de Alan, pidiéndole que fueran juntos y así poder comenzar a arreglar las cosas, pero no fue así, era del capitán del barco.

"Los espero a usted, a Alan y a Mark a cenar en mi mesa junto con la tripulación. Le dejo un disfraz a la altura de su belleza, igual a la de una reina", decía la tarjeta.

No podía dejar de ir porque quedaría mal con el capitán del barco. Así que comenzó a acicalarse para el evento. Se duchó, se puso crema en su cuerpo vapuleado por el sol y el aire tan seco, se vistió, y después de un rato, golpeó a la puerta una empleada del barco que iba a maquillarla y a peinarla. Se sentó frente al espejo muy tiesa y la dejó trabajar. En su cabello, que caía lacio, recto, y brillante, armó trencitas y colocó pequeñas cuentas de colores en las puntas a modo de terminación. Sobre su cabeza, la tiara clásica de Cleopatra, con la serpiente en colores dorados y azules, que se elevaba sobre su frente, apuntando la cabeza hacia adelante, desafiante. Brazaletes en los antebrazos, sobre los codos, y pulseras en sus muñecas, completaban el atuendo. El vestido era de color natural, largo hasta el piso con tajos a ambos lados de las piernas, sin hombros, ajustado al cuello con un collar ancho y radial en los mismos colores de la tiara, y con un cinturón dorado en la cintura. El bronceado resaltaba su piel, que brillaba. Sus ojos fueron bordeados con *kohl*, un maquillaje muy común en Egipto, parecido a un delineador, para acentuar los rasgos egipcios. La maquilladora hizo líneas negras sobre y debajo de ellos que se extendían hacia las sienes y se enrulaban en firuletes, enmarcando el color miel de su mirada, volviéndolos más sensuales. Un turquesa fuerte sobre sus párpados resaltaba el maquillaje. Cuando estuvo lista, la chica se fue. Ella se dio una última mirada en el espejo y le gustó lo que vio.

—¡Guau! Pareces una reina Amelia. —Sonrió, mirándose y dando la vuelta—. ¡No! No pareces. ¡Eres una reina Amelia! —le dijo a la mujer del espejo y se quedó admirándose en él unos minutos.

Alan había salido de su cuarto rumbo a la terraza cuando se cruzaron. Al verla, pensó que estaba hermosísima con ese traje, ese peinado, y el maquillaje tan sensual. Cualquier hombre enloquecería por ella.

—No te cambiaste todavía —dijo, ella, retándolo—. El capitán nos invitó a cenar con él y la tripulación.

—No, no iré a la fiesta. —La expresión de su rostro era de agotamiento.

—¿Por qué? Sería un desprecio si no asistimos —insistió, Amelia.

—Irás tú. Es suficiente. Estoy muy cansado, prefiero irme a dormir. —Avanzó rumbo a la escalera sin decir nada más.

—Pero ¡Alan! —exclamó, ella, enojada.

—No iré Amelia, no tengo ánimo para fiesta —siguió hablando sin dejar de subir la escalera. Cuando llegó arriba se detuvo, aflojó la tensión de su cuerpo, se dio vuelta mirándola con tristeza en los ojos, recorriéndola con la mirada como solía hacerlo—. Por cierto, estás muy hermosa, los conquistarás a todos allí. —Bajó la cabeza, se dio vuelta y salió a la cubierta donde el aire tibio le golpeó la cara y el pecho, sumergiéndolo en una angustia imposible de controlar. Se tomó fuerte de la baranda, apretó los dedos alrededor de ella hasta que sus nudillos se pusieron blancos por la presión, sus ojos se colmaron de lágrimas de impotencia, de dolor y frustración, e infinidad de insultos contra Diana llenaron sus pensamientos.

Dejarla ir es lo mejor que puedo hacer por ambos, pensó. *Ya no aguanto más.*

Amelia subió detrás de él, pero no salió a la cubierta. Lo vio mal y, aun así, no se animó a acercarse. Solo se quedó mirándolo desde la entrada, donde escuchó que Diana le hablaba mientras caminaba hacia él desde la otra punta de la cubierta.

—¿Solito? —Alan oyó la voz de Diana que provenía desde atrás. Trató de controlar su angustia para que no lo viera desencajado como estaba. Lucía un vestido transparente bastante sugerente.

—Te lo voy a repetir por última vez —Alan acentuó cada una de sus palabras, pero sin levantar la voz, ni mirarla—. No te me acerques. ¡Lárgate de nuestras vidas! Ya hiciste bastante daño, espero que estés feliz.

—¡Vamos! ¡Vayamos a divertirnos! —Su voz sensual y suave resonaba en los oídos de él provocando rencor como nunca antes había sentido por alguien—. Amelia está muy entretenida allá abajo con Mark, el capitán, y toda la tripulación bailando con ella. Ni se acuerda de ti, ya la perdiste. ¿Qué importa ya?

—No lo entiendes, ¿verdad? —La miró sonriendo, levantando la comisura de sus labios— Nunca es suficiente para ti. Ya nos separaste, lograste tu objetivo. Acaso ¿eso no te conforma? —preguntó.

—Solo quiero estar contigo. Cuando te tenga en mi cama, estaré conforme y será suficiente —contestó, ella, cerca de su rostro, pasándole la lengua por la mejilla ante lo que él la separó con violencia y se limpió con la manga de la camisa.

—Aunque Amelia y yo no volvamos a estar juntos, ¡jamás estaré contigo, nunca me tuviste, jamás me tendrás! —contestó, con dureza, mirando como sus ojos se agrandaban y su cara se desfiguraba por el odio. La corrió con su mano, pasó por su lado y bajó a su camarote. Cerró con un portazo que nadie escuchó por la música que salía de la fiesta y se metió en la cama donde se quedó dormido casi de inmediato. Estaba tan consumido por los nervios de esos días, que hasta le pesaba el cuerpo.

Amelia salió de su escondite en el pasillo desde donde había oído toda la conversación. ¿Cómo había podido ser tan tonta? Se lamentó por no haberlo escuchado. Estaba arrepentida de haber dudado de él.

Cuando Amelia entró en el salón el silencio reinó durante unos segundos. La puso muy incómoda cuando todos los ojos apuntaron a ella. El capitán, alto y muy elegante, con su disfraz de árabe de túnica negra hasta el piso y turbante blanco, fue a su encuentro y, muy solemne, la tomó de la mano y la condujo hasta su mesa.

—Está bellísima Amelia, es un honor que haya aceptado mi invitación. —Besó su mano y le corrió la silla para que se sentara, ante las miradas atentas de toda la tripulación que lucía disfraces idénticos como si fueran un ejército.

Se habían puesto todos de pie ante su llegada y pudo ver las túnicas blancas por encima de la rodilla ajustadas a la cintura con cinturones gruesos y dorados, collares anchos que les rodeaban el cuello, cubiertos de piedras de colores, coronas rayadas sobre sus cabezas en azul y dorado con laterales que caían contra sus caras, y sandalias con cintas trenzadas alrededor de sus pantorrillas. Brazaletes y espadas en los cintos eran también parte del traje.

—Amelia, ¡Qué hermosa estás! —afirmó, Mark, que se levantó cuando la vio, luciendo su disfraz de Anubis, el guardián de las tumbas—, o ¿te llamo Cleo? —Todos rieron y volvieron a sentarse.

—Amelia está bien —dijo, ella, tratando de parecer simpática, aunque la situación no le agradaba.

Solo quería que unos ojos la observaran y la sedujeran como siempre lo habían hecho y no estaban allí. Se sintió sola y perdida, comprendió que nada era igual si Alan no lo compartía con ella. Se sintió una tonta por todo lo que había provocado, por sus dudas y sus temores, sus pensamientos la torturaban. ¿Sería demasiado tarde? ¿Se habría hartado de ella? Eso, por lo menos, fue lo que había sentido un rato antes cuando se encontraron. *Ya ni sus ojos me miraron igual*, pensó sintiendo unas terribles ganas de llorar.

—¿Y Alan? —preguntó, el capitán—, contábamos con él.

—Estaba cansado, estuvo trabajando toda la tarde y se fue a dormir. —Mintió, Amelia, mirando a Mark con complicidad.

—¡Qué pena! Quería hacer un brindis por ambos por el maravilloso trabajo que están haciendo aquí.

Sirvieron la cena, una variedad de platos típicos egipcios, algunos de los cuales ya había probado en la casa de Jonas y otros, de características europeas, para aquellos que preferían no aventurarse a nuevos sabores. Después del primer plato llegó el momento del baile que inició el capitán, con ella, por supuesto. Era lo que le faltaba. La música árabe comenzó a sonar, rítmica y alegre. Formaron una ronda guiados por la tripulación, tomados de la mano. Todos daban un paso hacia un lado y otro y otro más, para luego volver al mismo compás, un giro, elevaban y bajaban los brazos, y volvían a comenzar. Después de un rato retornó cada uno a su mesa y cuatro miembros de la tripulación se levantaron para irse. Entonces, Diana hizo su entrada triunfal. Los cuatro hombres ingresaron marchando por la puerta, al ritmo de la música, con Diana disfrazada de momia, completamente vendada de pies a cabeza, cargándola sobre sus hombros donde ella se sostenía rígida. La apoyaron sobre un sillón y allí se quedó todo el resto de la noche, inmóvil. *"Es una bruja, pero hay que reconocer que sabe cómo llamar la atención"*, se dijo observando la actuación. Recibió varios aplausos y la fiesta continuó.

Sirvieron el segundo plato y volvieron a bailar. Los disfraces del resto de los turistas eran de lo más variados y coloridos, algunos alquilados, otros improvisados con lo que tenían en sus maletas y algunos accesorios que habían comprado en las ferias. Luego llegaron los postres y el café. Poco tiempo después de la medianoche, la gente comenzó a retirarse a sus camarotes y la fiesta llegó a su fin.

Amelia subió a su cuarto y, antes de entrar, decidió caminar hasta el de Alan con toda la intención de hablar con él. Al llegar apoyó la mano en su puerta, pero no se atrevió a golpear, solo escuchó silencio del otro lado. *Te extraño, te amo y... lo lamento tanto.*

Capítulo 14

"¡Escuchen todas las personas! Ustedes tantos como son.
He hecho las cosas según el diseño de mi corazón"
(Hatshepsut)

Todos viajaban en la camioneta en silencio esperando llegar a ese mágico lugar. Estaban inmersos en un cálido letargo, medio dormidos y cansados por la fiesta de la noche anterior algunos, por el desconsuelo otros. Diana ni hablaba, solo miraba hacia adelante el camino y se notaba su enojo porque hasta contestaba mal cuando le preguntaban algo, sin dar demasiadas explicaciones. Alan estaba escondido tras sus anteojos de sol perdido en sus cavilaciones, mirando por la ventanilla. Mark, dormido, con una gorra caída sobre sus ojos y acostado contra el asiento. Amelia iba distraída, pensando y tratando de disfrutar un poco de ese paisaje extravagante.

A medida que se acercaban, el templo de la Reina Hatshepsut aparecía en el desierto custodiado por las altas montañas. Una parte de él había sido cavada en los acantilados de piedra caliza que se elevaban sobre el desierto, en el valle de Deir el-Bahari, y el resto avanzaba hacia el exterior, hacia adelante, emergiendo como una manifestación espectral entre la arena. El poderío que demostraba era inusitado para pertenecer a una mujer, una que, obviamente, había sido muy astuta y se había sabido dar su lugar.

Estaba formado por largas y anchas rampas que subían, con una suave pendiente, a terrazas sostenidas por pórticos de columnas cuadradas realizadas en piedra caliza de ese mismo lugar y estatuas de la misma altura adosadas por delante. A diferencia de los otros templos que habían recorrido, éste no tenía muros perimetrales, no estaba cerrado al pueblo, sino que invitaba a entrar. La Reina Hatshepsut había sido muy hábil en su relación con la gente a la que gobernaba.

Amelia caminaba sola hacia la rampa central, no sabía hacia donde se habían dirigido los demás, que habían desaparecido de su vista. Iba abstraída, sacando una foto tras otra desde diferentes ángulos, porque la estructura del templo era divina, cuando alguien la tomó del brazo.

—¿Anda sola señorita? —dijo, la voz de un hombre.

Amelia se dio vuelta asustada, pero se emocionó al reconocer de quién se trataba.

—¡Qué alegría que ya estén aquí! —la voz de Amelia sonó animada mientras Jonas le daba un beso en cada mejilla.

—Lo prometimos y cumplimos *honey* —contestó, sonriente, quitándose su sombrero panamá blanco con una cinta negra que lo rodeaba—. No iban a librarse de nosotros.

—¿Dónde está Alexandra? —preguntó, Amelia.

—¡Besuqueando a su bebé! Extrañaba horrores a Mark. No nos dijo que vendría, fue una muy linda sorpresa y ahora su *mother* no lo dejará, ni a sol, ni a sombra, tú sabes cómo son, aprovechará cada minuto que lo tenga con ella para besarlo, abrazarlo, y engordarlo —contestó, Jonas, risueño y celoso.

—Es muy simpático, nos acompañó todo el viaje. ¡Fue un placer escucharlo! —Amelia lo tomó del brazo para seguir el paseo, evitando arrugar la manga de su impecable saco de lino de color manteca que hacía juego con su pantalón—. Nos ha explicado con mucho detalle lo que vimos y me ha ayudado mucho a decidir algunas tomas. Y es tan divertido y loco como tú.

—Es otro fanático como sus padres, lo lleva en la sangre, *crazy, crazy*. —Sonrió mientras giraba un dedo apoyado en su sien—. ¿Cómo anduvo todo? ¿cómo vas con las fotos? Algunas ya las vimos porque Alan nos las envió. ¡Están espectaculares, *darling*! Serán todo un éxito, nos has sorprendido con muchas de ellas.

—Es que estoy tan maravillada con lo que veo y es todo tan mágico y misterioso que es imposible sacar malas fotos —contestó y se detuvo.

—¿Dónde está Alan? —Jonas miró hacia atrás buscándolo— ¡Ah! allí viene con Alexandra y Mark. —Señaló y los esperó.

—¡Amelia! Qué alegría verte de nuevo y que hermosas las fotos que mandaron. ¡Están excelentes! —expresó, Alexandra, abrazándola con felicidad, mientras Jonas estrechaba la mano de Alan—. También le comentaba a Alan que los videos me parecieron magníficos. Están haciendo un trabajo excelente. —Se la veía feliz y deslumbrante con una solera sencilla y fresca de color celeste y la clásica vincha que siempre usaba, del mismo color del vestido—. ¡Hacen muy buen equipo!

—¿Por qué no recorremos el templo? —sugirió, Mark, mientras tomaba a su madre del brazo.

Subieron por la rampa central todos juntos y Alexandra comenzó a hablarles de la Reina Hatshepsut y su templo funerario, al que llamaban "El sublime entre los sublimes".

—Hatshepsut significa "La más importante de las damas nobles" —dijo, Alexandra, con admiración—. Y fue una mujer fuera de serie para la época, mi ídola absoluta. —Todos rieron por su expresión.

—Es verdad. Su historia es grandiosa —afirmó, Amelia, convencida por lo que había leído—, fue una de las que más me impresionó.

—Y su templo, aunque no es muy grande, es increíble. ¿Se imaginan esta rampa, flanqueada por jardines y fuentes con plantas exóticas? Debe haber sido todo un espectáculo —Alexandra hablaba con pasión y emoción, señalando hacia un lado y hacia el otro mientras subían—, incluso, una de las imágenes en el interior del templo demuestra que lo que quiso exaltar de su reinado no fue ninguna batalla, como hacían los faraones hombres, sino una expedición comercial que envió a la tierra de Oponente a través del mar Rojo. De allí trajeron artículos de lujo: piedras preciosas, panteras y otros animales exóticos, pieles de leopardo, plumas de avestruz, marfil, oro, y árboles de mirra e incienso, principalmente, ambos necesarios para el culto a los dioses en los templos. —Alexandra se detuvo a esperar a Jonas que estaba más atrás —. El incienso quemado era muy importante en los rituales o ceremonias. No debemos olvidar que la religión era como la vida misma, nunca se separaba de ellos.

—Lo mismo pasaba con la magia o *heka*, como ellos la llamaban. —Jonas continuó hablando, tomó a Alexandra de la mano y siguieron caminando juntos—. No la consideraban superstición, sino parte de la vida diaria y estaba regida por seres sobrenaturales, es decir por los dioses. La aplicaban en todo, en rituales o encantamientos, contra los enemigos a través de ceremonias, en amuletos. Incluso la medicina y la magia iban juntas, no concebían la una sin la otra. Curarse de una dolencia no era una cuestión solo médica, también dependía de la magia. Era muy importante en nacimientos, embarazos, curaciones. ¡Va! En todo.

—¿Quiénes aplicaban la magia? —preguntó, Alan.

—Los sacerdotes interpretaban los sueños del faraón, lo aconsejaban y lo ayudaban con sus rituales. Para ellos la magia tenía un papel fundamental, no solo para el buen funcionamiento del estado, sino para el universo. Pero formaba parte de todos los ámbitos de la vida y en todas las clases sociales. —Jonas hizo una pausa para señalar hacia donde se encontraba la ciudad de los obreros—. Entre el pueblo había gente que se dedicaba a la sanación, a la adivinación y a la protección con hechizos para todo lo que necesitaran. Era parte del reino de los vivos.

—Trato de imaginarme estos lugares en aquella época, como ustedes los cuentan, aunque con tanta arena es casi imposible pensar que aquí había un jardín —comentó, Alan, admirado por lo que decían—. Las construcciones, además, son impresionantes.

—Justamente, la idea de estos templos, tan grandes y fuertes, era que fueran eternos, al igual que el faraón —aclaró, Alexandra.

—Saben, les voy a contar un chimento, *my friends* —Jonas bajó la voz como si fuera a contar un secreto que nadie más debía escuchar—: el constructor de este templo fue el arquitecto real, Senenmut, y parece que él y la reina, *ejem...* fueron amantes. —Levantó las cejas y se retorció los blancos bigotes—. Una de las pinturas en el interior los muestra en una posición amatoria bastante bochornosa. Y, además, como pertenecían a clases sociales diferentes, lo mantuvieron oculto, era un amor *phohibited*. —Jonas puso cara de loco y todos largaron la carcajada—. ¡Se divertían de lo lindo en esa época, así era como daban el ejemplo! *¡Very Funny!*

—¿Una de las dulces gatitas? —Rio, Alan.

—*Exactly*, una de ellas —dijo, Jonas, palmeando el hombro de Alan.

—¡Jonas!, mira lo que dices —lo retó, Alexandra, pegándole en la mano—. ¿Cómo te atreves?

—Alexandra, *my love*, como si no supieras que lo que digo es cierto. No eran, precisamente, angelicales. —Ella sacudió la cabeza sonriendo y continuó hablando.

—Fue una de las reinas más poderosa que hubo, descendiente de grandes faraones, hija de Tutmosis I. Gobernó durante la dinastía XVIII desde el año 1513 al 1490 a C. Era inteligente, astuta, hábil para ejercer el poder, y fue una de las pocas que alcanzó el rango de faraón en contra de toda ley y costumbres del pueblo egipcio. —Llegaron a la primera terraza y se detuvo mientras terminaba la explicación—. Se casó con su hermanastro Tutmosis II, que murió pronto, y su hijo Tutmosis III, que en realidad no era su hijo sino de una esclava, era pequeño, por lo que asumió la regencia hasta que tuviera la mayoría de edad. —Alexandra avanzó hacia el interior del templo.

—Pero cuando su hijastro alcanzó la mayoría de edad, ella… —Jonas carraspeó con cara de picardía y sonrió—, siguió en el poder llevando el reino y allí se sostuvo por veintidós años. Adoptó los atributos de un faraón, la barba postiza y el tocado. Se rodeó de funcionarios como el visir, el superintendente, el arquitecto real, y sacerdotes afines a ella para ejercer los altos cargos de su gobierno y para que la protegieran de los que querían sacarla del poder. También se autoproclamó descendiente directa del dios Amón y se decía su esposa y su representante en la tierra, con lo cual su figura se convirtió en sagrada. Como pueden ver era tremenda.

—Y aquí también hay una alineación astronómica —habló, Mark, por primera vez—. Para el veintiuno o el veintidós de diciembre el sol se alinea de tal manera que sus rayos ingresan hasta las cámaras cavadas en la montaña y se produce un fenómeno similar al de Abu Simbel. Se ilumina cámara por cámara—. ¡Eran unos genios!

—Cómo podían saber tanto de astronomía ¿no? —dijo, Alan, a nadie en particular, caminando con las manos en los bolsillos, solo como algo al pasar—, hace tantos siglos atrás.

—Según lo que leí se la consideraba una reina pacífica, ¿verdad?, por lo menos en comparación con los hombres —preguntó, Amelia.

—Inició algunas campañas militares, pero, en realidad, su fuerte fue la diplomacia, las estrategias y el comercio internacional y dedicó gran parte de su reinado a borrar los desastres que dejaron las guerras. Fue un reinado próspero, en general. Embelleció el país, amplió sus límites, restauró sus templos, sobre todo en Tebas, su ciudad y capital y construyó mucho en Karnak, los obeliscos son una muestra de ello. Dejó Egipto mejor de lo que lo encontró —contestó, Jonas.

—Pero al morir, se olvidaron de ella —afirmó, Amelia.

—Como pasó en todos los casos de las reinas o faraonas. No nos olvidemos que, por más modernos que fueran, eran una sociedad patriarcal. Al morir, un manto de silencio cayó sobre su persona y su reinado como si nunca hubiera existido. Su hijastro, cuando asumió el poder, se ocupó de hacer desaparecer las imágenes más importantes de ella y se adjudicó sus obras. Hasta creyeron, en un comienzo, que la había matado, pero luego se descubrió que estaba enferma. —Alexandra los invitó a entrar a una de las salas.

—La escritura —Jonas empezó a explicar—,   consideraban   que también tenía magia porque podía cobrar vida. Por eso escribían sus nombres en las tumbas, templos o sarcófagos, porque perduraban eternamente. Entonces cuando querían que alguien desapareciera de la memoria colectiva borraban su nombre de todos los lugares donde estaba escrito y eso significaba para ellos que no había existido. Así pasó con Hatshepsut y con otras tantas.

Las pinturas que iban viendo mostraban barcazas que trasladaban los obeliscos a Karnak, una tarea que había sido muy complicada, como también escenas de caza y pesca. En la pared norte estaba pintada la historia del nacimiento divino de la reina, directamente del dios Amón y, a medida que avanzaban, cada terraza era una etapa diferente de su vida y sus obras. Recorrieron los patios, las diversas cámaras, la sala hipóstila, las capillas. Luego, Amelia ingresó a una de las cámaras dedicada a la diosa Hathor, la diosa del amor, de la sexualidad y la maternidad. Protectora de los nacimientos y de las mujeres en los partos. Era sublime, su belleza la dejó deslumbrada por los diseños y los colores. Se agachó para ver unos detalles y tomarles una foto y luego se levantó y fotografió hacia arriba el techo de la sala, cuando una brisa rozó su cara.

—"*El que se deje llevar por su corazón...* —una voz femenina la envolvió—, *nunca se perderá*". —Amelia cayó débil contra la pared. No sabía que había sido eso. Estaba sola en ese lugar. No estaba loca, alguien había hablado. ¿De dónde salían esas voces que la perseguían?

—Amelia, ¿estás bien? —preguntó, Alexandra, que entró a buscarla. La encontró respirando agitada y algo pálida, apoyada en la pared.

—Si, si, solo me levanté muy de golpe y me dio un mareo, eso es todo. —No quiso contarle lo que le venía pasando hacía varios días. Si iba por ahí contando que estaba escuchando voces, pensarían que se había vuelto loca. Intentó recomponerse, rápidamente.

Fueron caminando hacia la salida mientras seguían conversando de esas mujeres poderosas que, a pesar de lo mucho que habían hecho por sus reinos, habían pasado a la historia casi en las tinieblas.

—Lástima que pasaban al olvido tan fácil, porque fueron muy sabias. —Alexandra caminaba señalando imágenes de las paredes.

—Igual que pasa hoy en muchos lugares, no nos debería extrañar que las hicieran pasar desapercibidas —comentó, Amelia.

—Así es, para la gran mayoría de las mujeres es muy difícil ser valoradas como les corresponde, en el país que sea. Incluso aquí y ahora pasan cosas terribles. La violencia de género es habitual, el acoso, la discriminación en muchos ámbitos. Y si bien hubo avances a lo largo de la historia falta mucho por hacer. Es lamentable. —Alexandra comentó con tristeza—. Mira Amelia, allá. —Le mostró señalando con su dedo hacia la izquierda no bien salieron—. Es el lugar donde se encontró el papiro que vieron en casa.

—Estuvimos analizándolo, exhaustivamente, y descubrimos cosas maravillosas— contó, Jonas, eufórico, acercándose a ambas, tomándolas de los hombros al mismo tiempo—. Cuando lleguen a El Cairo y nos encontremos en casa les contaremos todo lo que desciframos. Es un descubrimiento prodigioso. *¡Really fabulous, fantastic!*

—Estoy ansiosa por saber, pero ahora estoy hambrienta —dijo, Amelia, contenta— ¿Por qué no vamos a almorzar y nos dan algún anticipo?

—Si, por favor, cuéntennos —dijo, Alan, que se había mantenido bastante callado durante toda la visita.

Capítulo 15

"Con una mentira suele irse muy lejos,
pero sin la esperanza de volver"

Llegaron al barco pasado el mediodía. Estaba por zarpar. Jonas y Alexandra regresarían por su cuenta a El Cairo ya que visitarían otros lugares en el camino de vuelta. Amelia se había adelantado a Alan y a Mark, que venían un trecho más atrás conversando, porque estaba muy cansada y se sentía sucia por tanta arena que volaba en el aire y se le pegaba al cuerpo. Quería ducharse, armar la valija y recostarse un rato. Mientras subía por la escalera para ir a su camarote, la vio a Diana. Se cruzaron en el pasillo del primer piso que iba hacia los cuartos, en silencio, como en cámara lenta, y sus miradas demostraban la tensión que había entre ellas. Una iba hacia un lado y la otra, hacia el opuesto.

—Deberías darme las gracias al menos. —Diana sonrió al pasar a su lado, se le acercó, mirándola desafiante, vestida con un bikini diminuto que dejaba ver sus voluptuosas formas apenas cubiertas por una bata transparente.

—¿Las gracias? ¿Por qué debería hacerlo? —Amelia se dio vuelta y la miró con una sonrisa sarcástica.

—Por mostrarte que tu noviecito es como todos, una sola mujer nunca les basta. Es muy apuesto y muy buen amante, irresistible. —Susurró sonriente y bien cerca de su oído.

—Ya lárgate. ¡Eres una imbécil y una mentirosa! —contestó con indignación—. No entiendo cómo puedes vivir así. ¡Me das lástima! —Y siguió su camino.

Casi estaba llegando a su camarote, enojada por el comentario que le había hecho, cuando Alan la llamó y se detuvo.

—Amelia, se te cayó esto del bolso de la cámara —le dijo mientras miraba el papel que levantó del piso y lo leía. *"Amelia. Anoche pasé una noche maravillosa contigo. Me gustaría repetirla, cuando tú digas, donde tú quieras. Con amor, Mark".* Se puso pálido, levantó la cabeza con el ceño fruncido, sin poder creer lo que decía. Sus ojos le demostraron un dolor tan profundo al mirarla que la conmovió.

—¿Qué es? —preguntó, Amelia, preocupada.

—¡¿Qué es?! —Alan sonrió sarcástico, sintiéndose un idiota—. ¡¿Cómo pudiste?! —le preguntó entrecerrando sus ojos. —Así que ¿yo soy el que miente?

—¿De qué estás hablando? —Amelia se acercó, le arrancó la nota de entre las manos y la leyó dándose cuenta, en ese momento, de que el encuentro en el pasillo con Diana no había sido casual, sino para empeorar las cosas entre ellos. —Yo no... —balbuceó.

Entonces levantó la cabeza y la vio escondida en el pasillo. Como una tromba enfurecida avanzó hacia ella que, al verla venir, se quiso escapar hacia el fondo donde había una puerta que comunicaba con la parte de servicio del barco.

—¡No te vayas hija de puta! —le gritó, Amelia— ¡Zorra cobarde! ¡Mal nacida!

—Tengo cosas que hacer, cariño —dijo, Diana, dándose vuelta, sin darle importancia.

Pero Amelia se abalanzó sobre ella, la tomó del brazo haciéndola girar, arrinconándola contra la pared.

Alan y Mark, que acababa de entrar, se miraron preocupados y amagaron a avanzar hacia Amelia ante semejante despliegue de furia, que nunca habían visto en ella.

—¡No me llames cariño, bruja psicótica! —gritó en su cara—. ¡Eres una puta cualquiera que lo único que hace es destruir vidas ajenas! ¡Nunca serás feliz, porque no vives ni dejas vivir! —Con un golpe fuerte de su mano estampó la nota en su pecho— ¡¡Toma tu nota, métetela por donde te quepa y lárgate de nuestras vidas!! ¡¡No queremos volver a verte!! —Se dio la vuelta y comenzó a volver sobre sus pasos con zancadas largas y ruidosas—. Y ustedes dos... ¡¿que miran?! —les gritó a Alan y a Mark al pasar, que cruzaron miradas, pasmados, mientras pasaba por delante de ellos como un disparo.

Ambos observaron a Diana serios, mientras sus pensamientos decían en silencio... *acabas de tener tu merecido*. Ella se separó de la pared a donde la había arrinconado Amelia, observándolos altanera, y bajó, rápidamente, por la escalera a su cuarto. Un rato después salió con las valijas, sin que nadie la viera, dejó el barco y nunca más volvieron a saber de ella.

—Amelia ¿estas bien? —preguntó, Mark, al ver que estaba agarrada de la baranda del hall central del barco, con los ojos cerrados presa de la locura.

—Amelia ¿qué te sucede? —preguntó, Alan, acercándose, tomándola del brazo con suavidad. Pensó que iba a desmayarse porque su piel brillaba de sudor, estaba pálida, temblaba, y respiraba agitada.

—Si... Estoy bien —dijo, con la voz entrecortada—. ¡Suéltame! Déjame ir. —Se soltó de la mano que la sostenía.

Trató de regresar a su camarote caminando en línea recta, lo cual se le hizo bastante complicado porque las piernas se le estremecían por los nervios y el barco había comenzado a moverse. Se tomó de las paredes y cuando logró entrar, lloraba, amargamente. Dejó caer su cámara al piso, cruzó los brazos sobre su estómago, se arrojó sobre la cama, y se quedó dormida entre lágrimas.

Durmió entre pesadillas hasta que unos golpes en la puerta la sobresaltaron. Buscó su celular, en el que vio que eran las seis de la tarde. Ya deberían estar llegando a la ciudad de El Cairo y ella todavía estaba en veremos.

—¡Amelia! —la voz de Alan sonaba desde la puerta—. ¡Amelia! ¿Estás bien? —Escuchó golpecitos en la puerta que él daba con los nudillos.

—Ya voy. —Se levantó tambaleándose, confundida, y tropezando con los pocos muebles que había en el camarote.

—Hola —La vio asomarse somnolienta y con el pelo alborotado—. ¿Te quedaste dormida? Ya estamos llegando. ¿Preparaste el equipaje? —preguntó preocupado por su estado.

—Si... no... bueno, más o menos. —Con sus manos trató de acomodarse el pelo tras esconder un bostezo. —. No me faltan muchas cosas, ahora lo terminaré.

—¿Quieres que te ayude?

—No, no hace falta. Ya lo hago. —Cerró la puerta sin esperar respuesta.

El barco atracó en el puerto de El Cairo y todo el pasaje descendió y se distribuyó en las diferentes camionetas que los esperaban para llevarlos a sus hoteles. Ellos tres, luego de saludar al capitán, agradecidos por sus especiales atenciones, se dirigieron a la limusina de los Fraser que los esperaba en el muelle. Fueron andando por esa ciudad controvertida, de tráfico endemoniado, y extraña, con una belleza fuera de lo común. Amelia se mantuvo en silencio, la conversación entre Mark y Alan no despertó su interés, así que no escuchó casi nada de lo que hablaban. Solo iba mirando por la ventana, pensando en el giro que habían dado sus vidas en tan poco tiempo. No la había vuelto a ver a Diana, no sabía que había pasado con ella, ni tampoco le importaba.

La limusina hizo la primera parada en uno de los hoteles de lujo más importantes de la ciudad, ubicado en el centro, a pocos metros de la Plaza Tahrir, y en él se quedaron Alan y Amelia. Tenían que fotografiar El Cairo y trabajar en sus alrededores con el tema del montaje y el armado de la exposición, también visitar el museo ubicado a pocos metros de allí, por lo cual les resultaba más cómodo que la casa de los Fraser. Mark siguió hacia la residencia de sus padres y quedaron en encontrarse en los próximos días para nuevos recorridos.

Entraron y una mezcla de aromas los invadió: incienso, especias y tabaco. No les resultó muy agradable porque era bastante fuerte y, a pesar de que era un olor que los había acompañado desde que llegaron a ese país, dentro del hotel se hacía más intenso. Amelia comenzó a dar una pequeña recorrida mientras Alan hacía el *check-in* en un mostrador kilométrico, abarrotado de empleados. La decoración era extravagante y recargada. El hall central estaba rodeado de columnas altísimas rematadas con capiteles que simulaban ser hojas de palmeras. En algunos sectores había alfombras de arabescos multicolores, almohadones rojos, dorados, y azules de seda se apoyaban sobre ellas con bordados diversos en hilos dorados o plateados. Iluminaban el lugar farolas de vidrio que colgaban con cadenas desde los altos techos. En otra parte había un baldaquino con columnas de madera oscura y torneada, por el cual caían ondulantes telas en color blanco y dorado, que se unían en el centro en un aro sujeto del techo. Debajo de él se ubicaban sillones con formas alargadas y respaldos sinuosos donde hombres egipcios, algunos vestidos con túnicas y turbantes, estaban sentados o semi acostados fumando con los narguiles: unas pipas altas, de vidrio o doradas, panzonas abajo, que se afinaban hacia arriba donde tenían un recipiente para colocar el tabaco encendido y, por una manguera con boquilla, aspiraban el humo que se filtraba a través del agua perfumada colocada en la parte más gruesa. Al acercarse la miraron con recelo, como si se estuviera entrometiendo en una fiesta a la cual no había sido invitada. El olor a tabaco era tan intenso como las miradas de esos hombres, ¿sería opio?

Decidió volver donde se encontraba Alan, no le había gustado como la escudriñaron de pies a cabeza con ojos lujuriosos, la habían hecho sentir insegura e incómoda.

Se encontraron en el mostrador, subieron por un ascensor lujoso, rodeado de espejos, al piso dieciséis y siguieron al maletero hacia su habitación que dejó las valijas delante de la puerta y, luego de recibir su propina, se fue. Alan puso la tarjeta en la ranura para abrir, le cedió el paso a Amelia, encendió la luz con la misma tarjeta, pero no entró.

—¿Qué pasa? —preguntó, ella, dándose vuelta al ver que él se quedaba afuera.

—Cambié la reserva —le dijo, serio— Estoy en la habitación de al lado. No tiene sentido que estemos juntos —agregó y tomó su valija para irse.

—Claro, me parece bien —contestó, ella, molesta, mostrándose indiferente, cerrando la puerta.

"Maldición, maldición, maldición", pensó zapateando en el piso de la bronca. Dio un grito de furia contenida y se arrojó de un salto en la cama doble *king size* que la esperaba, boca arriba, con los brazos extendidos y los ojos cerrados, exhausta de ánimo, de amargura, y de dolor, arrepentida de sus dudas y desplantes.

Angustiada como se sentía, decidió hablar con quien más la entendía, Susana.

—Hola Amelia. ¡cuántos días sin hablarnos! —Susana sostenía el teléfono entre su hombro y su oreja ya que estaba preparando la cena.

—Hola Su, ¿cómo estás? —preguntó, sin mucho ánimo, sentada en la cama apoyada contra el respaldo, con las piernas recogidas.

—Se nota que estás muy entretenida. —Susana notó su tristeza, pero lo dejó pasar—. ¡Qué alegría que llames! Se te escucha cansada. ¿Cómo va todo?

—¡Ay hermana! Va de mal en peor. —Comenzó a lloriquear y a morderse el labio inferior. —No me vas a creer cuando te cuente.

—Pero... ¿qué pasó? ¿por qué? ¿no lo estás pasando bien? ¿no te gusta? ¿algo salió mal? —preguntó Susana ansiosa y dejó de cocinar.

—Si, claro que me gusta, el lugar es maravilloso, pero... Alan y yo... —se hizo un ovillo y su llanto se acentuó, no pudo continuar—, terminamos —dijo, en apenas un susurro tembloroso.

—¡¿Cómo?! —gritó, Susana— ¿Cómo es posible Amelia? No puede ser.

—¡No sabes todo lo que pasó! —balbuceó ya que lloraba tanto que apenas podía hablar—. Estoy tan mal, tan triste que no puedo conmigo misma. Me tomaría un avión y me volvería a casa. Siento tanta amargura.

—Pero ¿fue para tanto? —preguntó, Susana, preocupada y se sentó en una silla para seguir conversando.

—En gran parte sé que fue por mi culpa. Se hartó de mi por mis miedos y dudas, pero... —se sonó la nariz para poder continuar— él no entiende que para mí la mentira es tan difícil de manejar. —Comenzó a explicarle lo que había sucedido con Diana.

—Y, ¿estás segura de lo que viste Amelia? ¿Le diste la oportunidad de explicarte o solo te encerraste en lo que te pareció que pasó y ya está? —Susana, que conocía bien a su hermana y sus miedos extremos, revoleó los ojos hacia arriba y se mordió el labio.

—Cuando me di cuenta de que Alan no mentía y que esa mujer era... —suspiró— una harpía, fue demasiado tarde, ya todo era un desastre y ahora Alan casi no me habla. De hecho, estamos en habitaciones separadas, cambió la reserva. Y ¡es tan linda! ¡tenía tantas ganas de disfrutarla con él! —su voz se afinó por el llanto.

—Pero... ¿por qué no lo buscas tú? Háblale, acércate de alguna forma, con cualquier excusa, tú sabes cómo hacerlo Amelia. ¡No seas orgullosa como eres siempre! ¡alguna vez da tu brazo a torcer y pídele perdón! —sugirió Susana que caminaba de un lado a otro por la cocina tomándose la cabeza.

—Ya lo intenté, pero se mantiene alejado de mí y ya no me trata como antes. No me trata mal, no quiero decir eso, pero está distante, anda solo para todos lados, me habla lo mínimo indispensable y solo por trabajo. —Amelia le contó los detalles de esos días.

—¡Vamos Amelia! Y ¿lo vas a dejar ir, así como así, solo porque está distante? ¡Tú no eres mi hermana! —dijo, impetuosa para hacerla reaccionar—. ¡Despierta! ¡haz algo! Si te interesa... por supuesto.

—¡Claro que me interesa! —confesó—. Te dije que lo amaba, pero ...

—¡Pero nada, mierda! Si te interesa, entonces ve y búscalo, discúlpate ¡Maldición! —exclamó, furiosa—. No puedo creer que me estés diciendo esto Amelia. ¡Siempre haces lo mismo! te escapas para no sufrir y terminas sufriendo el triple ¡Cansas, Amelia! ¡Cansas con tantas dudas! ¡Eres tan cerrada a veces y tan orgullosa! ¡Ve y haz algo! ¡Y no vuelvas a llamarme hasta que tengas buenas noticias! —gritó—. ¡¿Entendiste?!

—Si... claro que entendí, pero ...

—¡Pero nada! ¡Deja de buscar excusas de una buena vez! Adiós. —Cortó el llamado con toda la intención de que viera que estaba equivocada, aunque en el fondo se quedó mal por tratarla así. Tenía que entender, de una vez por todas, que no todos los hombres eran iguales. ¡Que cabeza dura que era! ¡Agotaba!

Amelia se quedó perpleja, lagrimeando, mirando el teléfono en su mano. No podía creer la reacción de Susana, pero tenía razón, de eso estaba segura. Hasta ella se había cansado de sus lamentos. ¡Qué estúpida que era!, se enojó con ella misma.

Después de un rato se levantó, se acercó a la ventana para mirar la ciudad, que desde esa altura se veía maravillosa. Abrió la ventana y salió al balcón, pero el ruido constante de las bocinas de los coches que iban por la autopista, no cesaba ni siquiera a esa altura. Permaneció allí unos minutos, y luego, volvió a entrar, se dio un baño bien largo y bien caliente, y se desparramó en esa cama enorme en la que hubieran podido acomodarse seis personas sin tocarse, hasta que se durmió.

A la mañana siguiente, famélica porque no había cenado, se vistió para bajar a desayunar. Habló primero con sus padres, a los que siempre les gustaba escuchar sus anécdotas, y salió en busca de Alan. Le haría caso a su hermana, trataría de arreglar las cosas y pedirle perdón, no lo iba a perder. Golpeó su puerta, pero él no salió; bajó a la cafetería, pero tampoco lo vio allí, así que se sentó en una mesa, le mandó un mensaje y se quedó esperando la respuesta, que nunca llegó. El lugar era amplio con una vista hermosa por encontrarse en un piso alto. Su decoración era como el resto del hotel, sobrecargada y con materiales variados que nadie se atrevería a juntar en un mismo espacio. Las mesas estaban abarrotadas de comidas diferentes y los aromas eran diversos. Mientras tomaba un café y comía unas medialunas, le escribió a Mark para saber si se encontrarían, pero le dijo que no podría acompañarla por la mañana y que los buscaría por la tarde para ir al Museo de El Cairo. Le sugirió algunos lugares para visitar y le hizo hincapié en que tomara un taxi. Tratando de no amargarse por esa mañana frustrante, terminó de desayunar y salió a caminar con la intención de recorrer sola esa enorme y loca ciudad. Sin embargo, luego de dar un corto paseo, apenas se había alejado unas cuadras del hotel, comprobó que no era exagerado lo que había leído: era una ciudad caótica, construida sin planificación y con nada de criterio, un amontonamiento de cosas diversas, sucia y precaria, abarrotada de gente, tráfico, pobreza, contaminación, y una mezcla de olores, desde perfumes y especias hasta basura, que le provocaban una sensación desagradable en su nariz. Pero, a pesar de todo, tenía cierto atractivo, tal vez porque todo era extraño. De todos modos, no se animó a seguir sola con su cámara al cuello y volvió al hotel a pedir un taxi.

Mientras esperaba, recibió un mensaje de Alan que le decía que estaba con los armadores del evento y que la vería a la tarde. Se acercó al mostrador y junto a ella lo hizo también una pareja. Él de traje oscuro y turbante, ella, su esposa supuso, se detuvo unos pasos más atrás, con la cabeza gacha, vestida con una túnica negra de pies a cabeza, y la cara, completamente cubierta, excepto sus ojos que se veían a través de una red. Se quedó mirándola, vio su actitud sumisa, percibió sus ojos tristes, y se quedó pensando como en el siglo XXI todavía se veían esas cosas.

Capítulo 16

"¡Oh profeta! Di a tus esposas, a tus hijas y a las demás mujeres creyentes que deben echarse por encima sus vestiduras externas cuando estén en público: esto ayudará a que sean reconocidas como mujeres decentes y no sean importunadas.

(Corán 33:59)

"Diles a los hombres creyentes que restrinjan sus ojos y guarden sus partes privadas. Eso es más puro para ellos. Y di a los/las creyentes que bajen sus miradas y guarden sus prendas y no muestren más adornos que los que están a la vista"

(Corán 24:31)

Su taxi llegó, un auto gris con ploteos de color rosa en las puertas, un *Pink Taxi*. Una mujer iba al volante, más o menos de su altura, esbelta, vestida con jean y una remera rosa, pero con un velo que cubría su cabeza y cuello de color gris, tal cual el coche. Estupefacta, allí fue.

—Buen día ¿A dónde la llevo? —preguntó, la chica, en español, mirándola con enormes ojos color café de largas pestañas, mientras le abría la puerta del coche.

—Hola, buen día, no puedo creer esto, no me lo esperaba ¿y encima hablas español? —Amelia abrió grandes los ojos— ¡Increíble! Y muy bien, además.

—¿El taxi rosa o que yo sea mujer?

—Ambas, estoy asombrada. No sabía de su existencia.

—Es un servicio bastante nuevo, especial para mujeres. —La chica dio la vuelta y se subió al volante—. Y por lo del idioma, aquí vivimos del turismo señorita, la mayoría de nosotros habla varios. Yo hablo cinco: español, inglés, francés, italiano, portugués, además de nuestro idioma por supuesto. ¿A dónde quiere ir?

—Bueno, no lo sé muy bien, quiero recorrer la ciudad. Quiero ver todo, lo bueno y lo malo, muéstramela como a ti te parezca, quiero conocerla de verdad, vivirla, pero no como turista sino como la viven ustedes —dijo, dándole la posibilidad de que la llevara a lugares diferentes de un tour normal—. ¿Cómo es tu nombre?

—Me llamo Fatma y usted señorita, ¿cómo se llama?

—Amelia. Vine por trabajo, soy fotógrafa, y si me gusta lo que me muestras, te volveré a llamar para que me lleves a algún otro sitio otro día. No me trates de usted, por favor. —Ambas rieron.

—Empecemos por la isla de Gezira ¿te parece? —Amelia asintió.

—Cuéntame cómo es lo de los taxis para mujeres.

—Es una línea que se creó para evitar que las mujeres sufran abusos, acá es muy común, aunque muy triste. Esta es una manera de andar más tranquilas.

—Realmente, es terrible la permanente falta de derechos que enfrentan a día a día. Por lo menos es lo que sabemos.

—Si. A lo largo de los años, desde que Egipto se convirtió en estado moderno en 1922, ha habido algunos logros con respecto a las mujeres: podemos trabajar, estudiar, votar, incluso tener cargos públicos, pero en lo que se refiere a lo personal siempre dependemos de un hombre, de las leyes más viejas. No tenemos derechos sobre nosotras mismas o custodia sobre nuestros hijos, es tristísimo. Hasta en las cosas más básicas dependemos de un hombre, nuestro padre, hermanos o marido.

—Y hay mucha violencia por lo que he leído ¿verdad?

—La gran mayoría de las mujeres sufren algún tipo de acoso sexual en su vida y, alrededor de la mitad, algún tipo de violencia, por eso los taxis, para ir un poco más seguras, incluso nos dan instrucciones para saber actuar ante algún loco y también nos protegen legalmente. Las luchas siguen todos los días, pero son muy difíciles y lentas, tenemos que ir buscando elementos nosotras mismas porque siempre nos discriminan y lo que obtenemos es poco, generalmente, promesas que nunca se cumplen.

Fatma le iba explicando las peculiaridades de la ciudad y de la civilización egipcia mientras andaban con el auto. El ambiente que veía por la ventanilla, por momentos, era espeluznante. Nadie en sus cabales podía pensar que las casas precarias, los edificios de lujo, la gente con sus diferentes vestimentas, la basura acumulada, el desorden generalizado, los animales sueltos, los coches viejos y los nuevos, y los carros con burros o caballos, formaban parte de la misma ciudad. En el diario El País había leído *"Una ciudad a medio construir o a medio derrumbar"* y podía ver que era muy cierto ese comentario.

—Dime Fatma, ¿cómo es el tema del velo que usan para cubrirse? Hay algunas mujeres que van completamente cubiertas y otras no. ¿Por qué es así? ¿Es por la religión?

—Hay varios tipos Amelia y su uso es a elección de cada mujer, pero tiene sus orígenes en la religión, es un símbolo del islamismo y de respeto a nuestras tradiciones. Será muy raro que veas a una mujer musulmana provocativa, aunque las más valientes, no usan nada. —Fatma sonrió y comenzó a mostrarle mientras andaban—. El que uso yo se llama *hiyab*, es un velo que cubre cabeza y cuello, pero hay otras mujeres que usan el *nicab* que es otro velo, un poco más grande, que cubre la cara dejando al descubierto los ojos. También está el *burka* que cubre el cuerpo por completo y deja solo al descubierto los ojos, generalmente, con una red, ese lo usan las mujeres provenientes de familias más conservadoras. Luego está el *chador* que es una túnica larga que deja descubierta la cara, hay algunas muy lindas, y la *dupatta o shayla* que es una bufanda que cubre pelo y hombros, pero no la cara.

—Pero... ¿lo exige el Corán? —Mientras Fatma hablaba Amelia fotografiaba las rarezas que iban pasando delante de sus ojos. No podía dejar de mirar lo peculiar e insólito que era todo.

—No exactamente —respondió, Fatma—. Nosotros lo interpretamos como que todos, hombres y mujeres, debemos conservar una manera de vestir sencilla y modesta, con colores sobrios, que debemos ser recatados y mostrarnos solo a los íntimos, pero no al exterior, por eso cuando salimos a la calle nos cubrimos. Igualmente, es a elección de cada una. Algunas no lo usan, algunas lo usan porque lo sienten así, otras lo usan como símbolo de feminismo, en fin... es variado.

—Es extraño verlas así vestidas y pienso si no tienen calor, ¡algunas van todas de negro! —Miró por la ventana a las mujeres que pasaban por la calle—. ¿Y los hombres?

—La mayoría viste ropa común, como ustedes, y algunos usan la *galabeya* que es una túnica amplia hasta el piso con mangas largas. Se la ponen sobre la ropa, otros se ponen turbante o el *nicab* y otros nada.

—Y en general, ¿cómo es la vida aquí? —Todo se veía en un gran estado de dejadez.

—¿Cómo se ve? —La chica la miró a Amelia por el espejo retrovisor.

—Bueno... no muy bien —contestó, mirándola también.

—No estamos bien... ¡No me tires el auto encima! —Dio una frenada abrupta que arrojó a Amelia contra el asiento delantero. Fatma sacó la cabeza por la ventanilla y le gritó en su idioma al conductor de otro vehículo, recibiendo gritos en árabe que sonaron a insulto y gestos obscenos, luego siguió hablando como si nada—. Cuando en 1956 los ingleses dejaron de manejar el Canal de Suez, se suponía que estaríamos mejor porque el dinero quedaba en Egipto y no se lo llevaban ellos, pero, lamentablemente, los años que siguieron estuvieron marcados por la corrupción, golpes de estado, y malas decisiones. Hoy hay mucha pobreza, el trabajo se paga mal, hay mucha desocupación, y los derechos humanos casi no existen. Es muy difícil vivir aquí.

—El mundo está todo dado vuelta, Fatma —dijo, Amelia—. Y la corrupción lo domina todo y en todas partes.

Mientras conversaban, dieron vuelta a la Plaza Tahrir para dirigirse al puente Qasr al-Nil, que conectaba el continente con la isla. Iba a paso de hombre y el tránsito era agotador. Por el puente, e incluso por la autopista, había visto autos de alta gama que se mezclaban con carros tirados por burros o caballos, con otros autos destartalados o con gente que caminaba de lo más campante como si fuera por la vereda y no por la autopista. Nadie seguía una línea, ni un orden, y casi no había visto semáforos. De pronto se escuchó un hombre que hablaba por un altavoz, no era la primera vez, era una especie de canto.

—¿Qué es eso? Ya lo he oído varias veces —preguntó, Amelia.

—Es el *muecín* que, desde el alminar de la mezquita, recita el *Adhan* convocando a los fieles a la oración cinco veces por día.

—¿Cinco veces por día? Y ¿cómo hacen? —Levantó las cejas en señal de asombro.

—Solo nos detenemos en el lugar donde estamos y rezamos, nos lleva unos pocos minutos, excepto los viernes que tenemos que ir a la mezquita al mediodía.

No bien cruzaron a la isla divisaron el edificio de la Ópera de El Cairo, un edificio que parecía emerger del desierto por su color arena, escalonado en diferentes alturas, con columnas a su alrededor, volúmenes encastrados, y cúpulas como remate. Según le contó Fatma los fondos habían sido donados por los japoneses y era un edificio bastante nuevo ya que se había construido a fines del siglo XX. A lo lejos se veía la Torre de El

Cairo, una torre de comunicaciones, que alguna vez fue la más alta de Egipto.

—¿Por qué la forma y su estructura calada? —Amelia se bajó a sacar fotos.

—La torre evoca la flor del loto, que para nosotros es muy significativa. Simboliza la creación, la fertilidad, y la pureza, porque su raíz está en el barro, su tallo en el agua y la flor reluce al sol todos los días, pero, cuando el sol se pone, se sumerge en el fondo hasta el amanecer. En el antiguo Egipto representaba la resurrección.

—Todo tiene mucho significado aquí, cada lugar, cada edificio, cada nombre. —Caminaban juntas por las calles de esa zona, conversando.

—Así es y es un país con muchas caras también. Esta zona es muy lujosa, como puedes ver. Aquí se asientan embajadas, casas de lujo, universidades, y zonas comerciales muy importantes. El que vive aquí es porque tiene una economía excelente. Es un barrio de diplomáticos, oficiales, y ricos, de características más europeas. Muy diferente al resto, ya lo verás cuando vayamos por otros lugares. A veces pienso que esto no es Egipto, pero hay que ver todo —dijo la chica explicando las diferencias.

Las veredas, que aquí las había, a diferencia de El Cairo, tenían arboledas que, no solo daban frescura sino también silencio, las calles eran todas pavimentadas, las casas contaban con murallas o verjas a su alrededor, todo parecía más ordenado. Vio negocios deslumbrantes con decoraciones increíbles y modernas, cafés y bares lujosos, y algunos locales de cadenas internacionales de comida. Subieron al auto, nuevamente, y siguieron andando hacia el norte mientras a su paso vieron el club de golf, mezquitas, residencias fastuosas y hoteles alucinantes, entre ellos uno que fue construido a partir de un palacio.

—¿Y ese hotel? Parece un palacio —dijo, Amelia, asombrada y se bajó a verlo con detenimiento, tomando fotos desde sus jardines.

—Lo fue. Se construyó con motivo de la inauguración del Canal de Suez, para que se hospedaran todos los que asistieron a la fiesta, entre ellos se alojó Napoleón III y su esposa, la emperatriz Eugenia. Es un museo por dentro y por fuera.

—Si, lo veo. Tiene diferentes estilos arquitectónicos, arcos moriscos, reminiscencias europeas, y esos jardines son maravillosos. Impresiona.

Regresaron al centro y al caos por otro puente y en el trayecto Amelia la hacía detenerse y se bajaba para tomar fotografías de todo lo que llamaba su atención, la ciudad, la gente, los edificios, los autos. La variedad era un arte en esa ciudad. Fatma tenía razón, era una ciudad con muchas facetas. Mientras caminaban, le contó de su familia y su trabajo, una vida de economía ajustada y lucha permanente, con diferencias y desigualdades, pero a la que consideraban plena porque así la enviaba Alá. La religión era parte del todo, tal cual les había explicado Jonas, y ellos la tenían en cuenta para cada cosa en su vida.

—Y tu esposo, ¿Qué opina sobre los movimientos de las mujeres? ¿cómo te trata? —Dudó al preguntar porque no sabía si le respondería, pero estaba ansiosa por saber.

—Por suerte bien. No todos los hombres están de acuerdo con el maltrato que sufrimos y con nuestras leyes tan arcaicas, también quieren progresar. Algunos, los más jóvenes, nos defienden, nos protegen y nos ayudan, eso es bueno, como también tener su apoyo y que confíen en nosotras, aunque tampoco es fácil para ellos. Solo queremos tener nuestros derechos, que nos valoren y nos traten bien, no pedimos mucho más y algunos lo pueden entender.

—¡Me alegro! Porque las noticias que nos llegan a nosotros son espantosas. Qué suerte que las acompañen y las defiendan. Debe ser terrible que nadie lo haga y tengan que padecer atrocidades.

—Como te dije, Amelia, aquí todo es lento, pero de a poco va llegando —contestó, con una sonrisa. Fatma detuvo el auto en la puerta del hotel.

—Piensa donde me llevarás mañana, ¿te parece a las nueve? —Un bocinazo la aturdió y Fatma le hizo un gesto con la mano para que se corriera.

—Claro, y trae algo para cubrirte los hombros, iremos a alguna mezquita y no puedes entrar si no te cubres —dijo, Fatma—. Nos vemos mañana *¡Inshalla!* —Amelia la miró y levantó las cejas en señal de no entender lo que decía—. ¡Si dios quiere! —tradujo, Fatma, con una amplia sonrisa.

Se bajó del taxi, había sido una buena elección ir con ella, le gustaba esa chica como también sus explicaciones. Cuando entró lo vio a Alan en el mostrador. Ella no lo supo, pero estaba preguntando si la habían visto salir, estaba preocupado al no encontrarla, no era una ciudad para que anduviera sola.

—¿Dónde estabas? —le preguntó, cuando la vio acercarse.

—Salí a fotografiar la ciudad, pero como no estabas me fui sola. —Le generó un poco de culpa—. Pero me dio miedo así que volví y pedí un taxi. Podrías haberme avisado que te ibas ¿no?

—Lo siento —dijo, culposo—. Me llamó Olabisi, la chica encargada de la edición de las fotos, y fui a ver lo que hacían. Mañana comienza la publicidad en la calle y en diferentes medios, hay que estar atentos.

—¡No vi nada! Me hubiera gustado participar, quiero ir la próxima vez, quiero ver cómo va quedando. —Lo miró a los ojos—. Y también que vengas conmigo mañana, no quiero ir sola a sacar fotos, estamos en esto juntos y también me gustaría ir a ver cómo va el armado.

—Claro, si, como quieras, yo pensé que... —se interrumpió para mirarla y naufragó en sus ojos que tanto lo hechizaban— era mejor que cada uno se ocupara de los suyo. —Corrió la vista, no quería entusiasmarse pensando que ella lo buscaba.

—¿Vamos a almorzar? —preguntó, tomándolo del brazo y haciéndolo girar hacia el restaurant—, o ¿también voy a tener que comer sola?

Él, desconcertado por su actitud, caminó con ella en silencio, sin entender muy bien que sucedía. Llegaron al restaurant y se sentaron en una mesa junto a una ventana desde donde se veían jardines, la pileta y el solario, y esperaron a que los atendieran. La tensión entre ellos era extraña, los hacía sentir incómodos, y si bien Amelia quería solucionar las cosas no sabía por dónde empezar. Les costaba entablar una conversación y hasta mirarse los ponía nerviosos. Ninguno se atrevía a sacar el tema, así que hablaron de lo que habían hecho durante la mañana.

—Menos mal que fuiste en taxi —dijo, él—. No es una ciudad para que una mujer ande sola y menos con una cámara como la tuya.

—No sé si es para tanto, hay un montón de mujeres que caminan solas por la calle, aunque Mark me dijo lo mismo —contestó y volvió a mirarlo con intensidad—. Igual... tranquilo, hoy me tomé un *Pink Taxi*, especial para chicas, mañana veré.

—Por favor, no cometas la misma locura que cometiste en Ciudad del Cabo yendo en colectivo —dijo, él, a modo de ultimátum—. Aquí no es lo mismo, lo habrás visto. Además, a las mujeres, bueno... las miran de otra manera.

—Si ya sé, lo comprobé ayer en cuanto llegamos. Son algo intensos. —Le gustó su preocupación.

—Lujuriosos, diría yo —la miró, celoso—, parece que quieren comérselas.

—¿Escucho celos? —preguntó, Amelia, entrecerrando los ojos y sonriendo.

—¡No! Yo... —Alan titubeó mirándola serio sin saber que responder, porque los celos lo estaban matando, pero no quería demostrarlo—. Yo, bueno ... lo decía porque ...

—¿Qué se van a servir? —preguntó, el mozo, terminando con la magia del momento.

Amelia tuvo ganas de matarlo, le hubiera dado una perorata larga como la Biblia, pero se abstuvo, recordó un proverbio que había leído en uno de los libros antes de ir allí.

"Si lo que vas a decir no es más bello que el silencio, no lo digas", pensó. Se recostó contra el respaldo de la silla y comenzó a leer el menú para ordenar.

Capítulo 17

"El hombre ha de aprender a incrementar su sentido de responsabilidad y el hecho de que todo lo que él hace tiene sus consecuencias."

Mark y Jonas pasaron a buscarlos por la tarde para llevarlos al Museo de El Cairo y presentarles al director, con quien, además de mostrarles el lugar y todo lo que había allí, conversarían sobre el gran evento, el Desfile Dorado de los Faraones, que partiría rumbo al Museo de la Civilización Egipcia y continuaría a Guiza, donde se montaría toda la exposición y finalizaría.

Se encontraba en el lado norte de la Plaza Tahrir y además de ser el museo con la mayor colección faraónica del mundo, el edificio en si era espectacular, de estilo neoclásico, con formas puras y equilibradas, aunque su mantenimiento estaba un tanto deteriorado. Fue construido a principios del siglo XX y había quedado chico para todo lo que albergaba, por ello se habían levantado otros dos museos un poco más alejados de la ciudad y más modernos.

—Chicos suban, ¡qué alegría verlos de nuevo! —Dijo, Jonas, mientras el chofer sostenía abierta la puerta para que entraran al auto—. ¿Cómo van estos días en El Cairo? la ciudad más caótica del planeta.

—Realmente es una locura, Jonas. —Amelia se acomodó en su asiento—. No recorrí mucho todavía, pero es terrible, no sabría describirla, el desorden es atroz, el tráfico, infernal y el ruido, agobiante. Los bocinazos retumban en mi cabeza todo el día.

—Es normal, es así. —Mark dejó escapar una risa—. Incluso un poco más loca por el Ramadán. ¿Qué viste hoy?

—Bueno, me dejé llevar, recorrí un poco el centro y la isla de Gezira, pero la taxista me habló mucho de la vida aquí en Egipto, de las mujeres, sus vestimentas y sus costumbres, fue interesante.

—Me avisó mi amigo Zahi, secretario del Consejo Supremo de Antigüedades que administra el Museo de El Cairo, que está de viaje, y su directora, Waffa, también, así que nos recibirá Asim, su secretario. Él nos mostrará el Museo y luego conversaremos sobre la exposición. Es un hombre muy inteligente y conocedor de todos los detalles importantes del museo, arqueólogo y un estudioso de Egipto, otro fanático. —Jonas habló mientras circulaban hasta que el chofer logró estacionar frente a la puerta del museo—. Amelia... *honey* —La tomó del brazo mientras bajaban y se acercó—, él es... un tanto... machista, te pido que tengas paciencia —agregó, despacio en su oído.

—Jonas. ¿cómo estás? Qué alegría verte —dijo, Asim, saludando a Jonas con un abrazo.

—Asim, te presento a nuestros increíbles invitados —Jonas los presentó— y los culpables de la exposición.

—Pasen... es un honor tenerlos aquí —se dirigió a Alan, a quien le dio la mano, a Amelia la ignoró—. Primero les mostraré el museo, luego iremos a mi oficina a conversar.

¿Algo machista?, se preguntó. *Va a ser insufrible*, pensó Amelia viendo que su presencia no existía y solo se dirigía a Alan a pesar de que ella estaba a su lado. *Y encima Alan me sigue ignorando.*

—Este museo, como me imagino les habrá contado Jonas, guarda colecciones que a nivel mundial son incomparables. —Asim hablaba mientras caminaba a través de las diferentes galerías con las exhibiciones y le iba señalando a Alan todo lo que explicaba—. Tenemos elementos de todas las épocas de la civilización egipcia desde sus comienzos; no solo objetos diversos como papiros, monedas, estatuillas, joyas, sino también momias, sarcófagos, tronos, esculturas.

El edificio tenía forma de T, una nave frontal donde se encontraba la entrada, de la cual se desprendía otra hacia atrás. Ambas eran de doble altura, soportadas por columnas cuadradas con capiteles rectos que se unían entre sí con arcos a la altura del piso superior. El techo plano, con vigas de hormigón a la vista en ambas direcciones, se apoyaba sobre una tira de pequeñas ventanas perimetrales y, en la parte central, ocupaban el espacio entre ellas ladrillos de vidrio, que daban al lugar iluminación natural. En la intersección de ambas naves se formaba un espacio circular, más alto, rematado en una cúpula. Las salas de los pisos superiores eran abiertas y tenían barandas que permitían ver hacia abajo.

Recorrieron la planta baja mientras escuchaban las explicaciones, tanto de Asim como de Jonas y Mark, que siempre tenían algo para acotar.

—¿Dónde está el tesoro de Tutankamón? —preguntó, Amelia, cuando terminaron de recorrer ese nivel.

—En los pisos superiores —aclaró, Asim, sin mirarla, mientras le señalaba a Alan la escalera—. El tesoro de Tutankamón está casi completo, ya que, si bien se creía que la tumba no había sido saqueada, no fue así. Igual no deja de ser maravilloso porque no hubo otro como este, de hecho, lo hemos trasladado al piso superior con motivo de cumplirse en poco tiempo cien años de su descubrimiento por el conocido arqueólogo Howard Carter.

—Es impresionante la cantidad de cosas que hay aquí. —Alan comenzó a caminar entre las vitrinas y todos lo fueron siguiendo.

—Las piezas que vemos en este lugar estaban en la tumba y era todo lo necesario para garantizarle al faraón su pasaje al más allá de forma armoniosa, pacífica, y segura: estatuillas, vasos canopos donde se colocaban las vísceras del faraón, carros de guerra, armas, joyas, bastones.

—¡Miren eso! Es maravilloso. —Amelia corrió a la vitrina y exclamó absorta al ver la silla o trono real.

—Está hecho en madera, oro laminado, y relieves. —Asim le hablaba a Alan indicándole lo que veían—. Muestra una imagen familiar del faraón con su esposa, la hija de Nefertiti, en una actitud protectora y cariñosa. Los colores son impresionantes y, si me siguen veremos la máscara, la pieza más famosa de nuestro museo.

—¡Qué belleza! —Alan se detuvo frente a la vitrina donde se encontraba—. Es imponente.

—La máscara está realizada también en oro y piedras preciosas y muestra la imagen del rostro del faraón o, por lo menos, de como quería ser recordado. —Asim se detuvo para que observaran y luego continuó—. Como pueden ver es la cara de un niño, era muy joven, murió con diecinueve años producto de una infección generalizada. Se descubrió que tenía muchas dolencias, muchas deformaciones producto, tal vez, de tantas uniones entre parientes.

—De hecho, se está investigando si la máscara le pertenecía o tuvieron que adaptarla debido a su muerte prematura, ya que se encontraron nombres tapados y vueltos a grabar en su interior —agregó, Mark, mirándola admirado—. Suponen que, tal vez, pertenecía a otra persona, pero él murió antes y tuvieron que ajustarla y cambiar los nombres.

Amelia, dado que Asim la ignoraba por completo, se fue perdiendo sola entre vitrinas, muebles, y los objetos que veía, tomando fotos y más fotos. Llegó donde estaban los tres sarcófagos dentro de los cuales había estado la momia. Iba uno dentro del otro y se iban achicando a medida que llegaban al último que la contenía, hecho en oro macizo; en otra vitrina, estaba la cama de momificación; más lejos, los carruajes de guerra; todo decorado con tanto detalle que, ni siquiera podía imaginar cuanto tiempo habrían demorado en hacer todo eso.

—¿Es verdad que encontraron en la tumba habitaciones ocultas? —preguntó, Amelia, al grupo, que ya iba hacia la escalera.

—Así es —contestó, Jonas, dándose vuelta hacia ella—, pero todavía no se sabe lo que hay allí. Algunos suponen que podría ser la momia de Nefertiti, pero aún es incierto.

Todo el recorrido fue en extremo maravilloso y los objetos que vieron los dejaba uno más extasiado que el otro. Finalmente, fueron al despacho de Asim, donde comenzó a contarles algunos detalles de la organización del Desfile Dorado de los Faraones.

—Como sabe, Alan, este museo ha quedado chico con toda la información que se ha ido acumulando después de cada descubrimiento, año tras año. Por ello se construyó el Museo de la Civilización Egipcia donde en pocos días se trasladarán veintidós momias. Allí tendrán más espacio, podrán ser mejor conservadas, y se podrá seguir con las investigaciones y su estudio —contó, Asim.

—Y en Guiza, cerca de las pirámides, se está construyendo el Gran Museo de El Cairo, un edificio impresionante y moderno que será el más grande del mundo dedicado a una sola civilización —completó, Jonas—. Por eso queremos terminar con la exposición de fotografía allí. Se armará un escenario donde está la esfinge, detrás estarán las pirámides, en los edificios laterales exhibiremos las fotos y el papiro, y de fondo tendremos las murallas de piedra y vidrio del nuevo museo, que ya casi está terminado y falta poco para su inauguración. Será todo un espectáculo, ¿verdad Asim?

—Desde ya y, además, todo el evento será televisado al mundo en directo, habrá un show musical que acompañará a las momias en su traslado y el mismo presidente las recibirá en el Museo de la Civilización. Luego desde allí la procesión seguirá hasta Guiza y finalizaremos con un show de luces y fuegos artificiales.

—El Museo de la Civilización Egipcia ya está abierto desde hace rato, ¿por qué hacen esto ahora? —Amelia pudo ver la cara de molestia que puso Asim ante su pregunta—. Lamento que le incomode que le hable una mujer. —Se produjo un profundo e incómodo silencio y ambos se observaron con expresiones serias. Jonas se agarró la cabeza, frustrado.

—No me molesta que me hable señorita. —Asim se dirigió a ella por primera vez mirándola con cierto enojo—. Es solo que nuestras costumbres son diferentes a las occidentales y las mujeres egipcias... bueno, no son tan inquisitivas como suelen ser las occidentales.

—Capaz ustedes deberían escucharlas más —aseveró, Amelia, sin quitarle los ojos de encima—. Vine aquí a hacer un trabajo para ustedes, por lo tanto, cuando le hablo le agradeceré que me conteste mirándome, de la misma manera que yo lo miro a usted para preguntarle. Para nosotras, las mujeres occidentales, eso es respeto. —El poco aire que había en el ambiente se congeló. Asim y Amelia se perforaron con la mirada. Jonas y Alan se miraron estupefactos y Mark atinó a romper el hielo antes de que se desatara una guerra de sexos.

—El año pasado Amelia, en medio de la pandemia, hubo varios accidentes trágicos: colisionaron dos trenes y hubo montones de muertos y heridos; luego hubo muchas muertes por covid; se derrumbó un edificio y murieron dieciocho personas y para rematar, tal vez el más ruidoso, fue un buque portacontenedores que quedó atascado en el canal de Suez durante seis días, el *Ever Given*. No sé si sabes que por allí pasa una parte muy importante del comercio mundial, ya que es el camino obligado desde el Mar Mediterráneo al Mar Rojo, alrededor de diez mil millones de dólares diarios se comercializan por allí. Para que te des una idea, entre un diez y un quince por ciento del comercio mundial —detalló, Mark—. Cientos de barcos de diferentes banderas quedaron varados durante esos días, muchísimas mercaderías se demoraron en llegar a destino, y fue un papelón para Egipto.

—Pero ¿qué tiene que ver eso con las momias? —Alan preguntó a Asim.

—Muy simple, Egipto quedó con muy mala imagen internacional y el presidente quiere reivindicarla —comenzó a explicar, Asim, un poco avergonzado—. Con este conflicto, se echaron la culpa unos a otros, incluso dijeron que era una maldición de las momias por su traslado, no se olviden que Egipto se asocia siempre con la superstición y los malos augurios. — Hizo una pausa ante la risa de todos—. La verdad es que poco se resolvió desde entonces porque todavía están discutiendo quién pagará los gastos que ocasionó el atasco. Se hace este evento, porque el gobierno quiere mostrarle al mundo un Egipto diferente, con interés en fomentar la cultura y las obras de infraestructura a través de megaproyectos, entre ellas la ampliación del Canal. Por eso consideró que ahora es el momento.

—Si, aunque esas obras son a costa de un régimen autoritario y escaso de libertades, pero bueno, esos son detalles sin importancia para los gobiernos. —Asim afirmaba y sonreía con el comentario de Jonas.

—Volvamos a lo nuestro. Señorita no quise faltarle el respeto, le pido disculpas —dijo, Asim, mirando a Amelia que asintió, aunque no muy convencida de su sinceridad—. Me alegro que esté aquí y sea la protagonista de este trabajo. Sé que será de mucha ayuda para nosotros y desde ya, tendrá toda mi colaboración.

—Volvamos a lo nuestro. Señorita no quise faltarle el respeto, le pido disculpas —dijo, Asim, mirando a Amelia que asintió, aunque no muy convencida de su sinceridad—. Me alegro que esté aquí y sea la protagonista de este trabajo. Sé que será de mucha ayuda para nosotros y desde ya, tendrá toda mi colaboración.

Capítulo 18

"Mi corazón corre alocadamente cuando pienso en mi amor por vos.

No me permite comportarme correctamente, ha abandonado su lugar.

No me permite ponerme una túnica, ya no uso mi capa,

ya no me aplico pintura negra en los ojos, y no me unjo en absoluto.

¡No te detengas, ve a su casa! Me dice cada vez que pienso en él.

Mi corazón, no seas estúpido. ¿Por qué te comportas como un tonto?

Cálmate y tu amado vendrá a vos, y he de actuar con coraje también.

No permitas que la gente diga de mí: Esta mujer ha caído a causa del amor.

Permanece firme cada vez que pienses en él.

Corazón mío, ¡no corras alocadamente!"[5]

Al día siguiente Fatma pasó por Amelia a las nueve la mañana. Alan no fue con ella, se excusó diciendo que debía volver a reunirse con los armadores.

—¿Dónde me llevarás hoy? —Entusiasmada, salió y abrió la puerta del automóvil para subir.

—Bueno, hoy Amelia, conoceremos el verdadero El Cairo, el que vivimos nosotros todos los días. ¿Traes algo para cubrirte los hombros?

—Aquí. —Amelia le mostró una chalina que iba del gris al rosa en degradé— ¿Está bien? Hace juego con el *Pink Taxi*. —Rieron las dos.

—Claro, vamos, empezaremos por la Ciudadela y de ahí vemos. —El auto comenzó a moverse por las calles.

Amelia no se cansaba de observar esa ciudad tan estrambótica. La gente iba y venía, algunos cargando paquetes con mercaderías que parecían imposibles de llevar a cuestas por su peso, otros acomodando sobre los techos de sus coches destartalados bultos que hubieran necesitado un camión para ser trasladados. Anduvieron por amplias avenidas y autopistas y también por decrépitos callejones. Fatma le iba contando la historia del

---

[5] *Fragmento del poema egipcio "Te amo a lo largo de los días"*

lugar que iban a visitar entre gritos e insultos a otros automovilistas que pasaban a su lado echándoseles encima.

—La Ciudadela de Saladino fue construida en la Edad Media para defender la ciudad de los ataques de los cruzados. Por eso está sobre la colina de Mokattam, en un punto estratégico. ¡Quítate del medio! —gritó en árabe a otro taxista recibiendo gritos y manotazos en respuesta—. Es como una ciudad dentro de otra ciudad —continuó luego en español—, está rodeada por una muralla y tiene torres desde donde se vigilaba la llegada de los ataques. Adentro hay un palacio, varias mezquitas, en la parte norte está el museo militar, y al sur la famosa mezquita construida por Mehmet Alí o Muhammad Alí, en memoria de su hijo fallecido, la llamada Mezquita de Alabastro cuya construcción se inspiró en la Mezquita Azul de Estambul.

—¡Es gigante! sus minaretes, altísimos, y esas cúpulas son increíbles... —Amelia miró hacia arriba en cuanto bajó del coche y quedó boquiabierta por la grandiosidad del edificio, también por la hermosura de sus paredes que hasta media altura estaban cubiertas de alabastro, un material blanco parecido al mármol, pero de menor dureza, lo que hacía más fácil el tallado, según le contó Fatma. Luego de fotografiarla de miles de formas y ángulos, comenzó a caminar junto a ella para ingresar.

—Cúbrete Amelia, la cabeza y los hombros. —La ayudó a colocarse la chalina a la usanza egipcia, cubriendo su cabeza y rodeando su cuello.

Se sentía extraña así vestida. El resto del cuerpo lo tenía tapado ya que vestía pantalón de jean largo y camisa. Fatma le había anticipado que no podía llevar pantalón corto, ni transparencias, ni entrar descubierta. Caminaron primero por el patio de las abluciones, donde se hacía el ritual de purificación en el cual los musulmanes se lavaban antes de la oración. Para ello había fuentes en el centro del patio, bajo una pequeña torre central no muy alta, rodeada por una galería con arcos en el frente, revestidos también en alabastro. Luego accedieron a la sala de oración, un espacio amplio totalmente alfombrado, donde algunas personas estaban sentadas en el piso. Ellas los imitaron, sentándose descalzas, ya que sus zapatos habían quedado afuera en unas cajas con divisiones preparadas para ello. Mirar hacia arriba era un espectáculo estelar, las cúpulas y medias cúpulas que formaban el techo y que de afuera eran enormes, de adentro eran imponentes, con millones de mosaicos y piedras preciosas incrustadas. Toda su decoración deslumbraba y la iluminación, compuesta de una araña central y círculos concéntricos de metal con pequeños globos de luz que colgaban de ellos, daban una imagen cautivante, cálida y pacífica.

—Qué quietud hay aquí adentro, es como si estuviéramos aisladas de la ciudad. —Amelia habló en voz baja.

—Si, así es, el caos está afuera, *alhudu' yasud dayiman huna* —aquí siempre reina la calma. —tradujo.

—¿Qué es aquello? —Amelia preguntó intrigada por una especie de púlpito elevado con una escalinata y también muy decorado.

—Es el *minbar*, donde se sube el imán a dar el sermón y se ubica siempre a la derecha del *mihrab*, allá ¿lo ves? —Señaló, Fatma—. Es el nicho que indica la dirección a la Meca, hacia donde hay que rezar. —Luego de sacar infinidad de fotografías se levantaron y comenzaron a salir sin dejar de pasar por el mausoleo de Mehmet Alí, hecho de mármol blanco, en tres niveles, y decorado con flores grabadas en sus paredes y tapa.

—Dime Fatma ¿dónde rezan las mujeres?

—En algunas mezquitas detrás de los hombres, en otras hay lugares especiales para nosotras separados de ellos, habitaciones o espacios en otros pisos, depende de la mezquita.

—¿Todo lo hacen separados por sexo? ¿Nunca comparten reuniones, rezos, nada?

—Ahora no tanto, antes sí. En las reuniones las mujeres estábamos en unas salas y los hombres en otras, pero eso se está modificando.

—¿Qué sigue ahora? —Caminaron un rato por las callecitas de ese lugar mientras Fatma le explicaba cada cosa que veían. El calor calaba las entrañas y la falta de humedad secaba la boca y la piel, así que, volvieron al auto no sin antes comprar unas bebidas.

—La Ciudad de los Muertos y luego, para terminar por hoy, visitaremos el mercado más importante de El Cairo. —Fueron hacia allí en el auto mientras conversaban sobre el interesante recorrido.

—¿Qué es esta Ciudad de los Muertos, un cementerio? —Amelia giraba sobre si, observando confundida el panorama tan agobiante mientras andaban. Sintió miedo, había una energía muy pesada.

—Si y no. Es una necrópolis, pero también hay personas que viven aquí. Algunos se trasladaron para estar junto a sus muertos, por decisión propia, pero otros porque no les quedó más opción, no pueden vivir en la ciudad porque los precios del alquiler o compra de viviendas son muy altos, no tienen casas.

—¡Viven en las tumbas! ¡Qué horror! —Azorada, Amelia, miraba ese lugar terrorífico donde la gente vivía como si fuera un barrio normal, chicos que jugaban entre las calles y sepulcros, adultos sentados conversando con los vecinos como si estuvieran en las veredas de su casa. Vio una puerta abierta y dentro una mujer hacia unas labores sentada al lado de una tumba—. ¿Estas personas no tienen trabajo?

—Unos no, otros si, trabajos temporales y mal pagos, también usan la luz y el agua robada porque no pueden pagarla y hacen lo que pueden con sus vidas. Algunos llevan varias generaciones viviendo en este lugar.

—Vamos por favor, vayamos a otro lado, este lugar es... no sé cómo explicarte, pero me produce mucha angustia. —Mientras Fatma conducía Amelia trataba de descifrar los sentimientos contradictorios que le provocaba ese sitio.

Por un lado, todo se veía gris a pesar del color, todo parecía inmerso en el caos, el tráfico, los edificios con aberturas, muchas sin ventanas ni vidrios, con la ropa tendida en cualquier parte, cruzando de una vereda a la otra, negocios de los más diversos sin decoración, sin orden. Nada tenía orden en realidad, todo parecía haber sido arrojado en un lugar y allí había quedado. *Parece una gran villa miseria*, pensó. Por otro lado, una historia maravillosa con edificios y monumentos exuberantes, decoraciones extravagantes, construcciones imponentes, aún las nuevas en las que gastaban millones, que mostraban una riqueza que no había, un poder que no tenía, un lujo que no existía, salvo en escasos lugares. Era un lugar con un pasado esplendoroso tapado por un manto de abandono y decadencia.

—Estás muy callada, Amelia ¿no te gusta lo que te muestro? —Fatma la miraba por el espejo retrovisor mientras Amelia, asombrada, observaba una calle llena de ovejas en un costado, que caminaban entre la gente y los autos.

—Me estás mostrando justo lo que quiero ver, pero... duele verlo, que vivan así, en este desorden, con tanta pobreza. Ese cementerio es terrible, pero en general es todo tan... tan intimidante, sorprendente. No sabría explicarte lo que me provoca, todo parece sumido en la dejadez y el descuido, pero, por otro lado, me enamora.

—Si. Aquí todo es contradictorio y extraño, provoca esos sentimientos. Bueno, voy a levantarte el ánimo, te llevaré a comer algo y luego a hacer ¿shopping dicen ustedes? —Amelia asintió—. Pero te mostraré otro tipo de shopping, el Mercado de Khan el Khalili y comeremos *shawarma*.

Fatma estacionó en un playón y comenzaron a caminar hasta llegar al Mercado. Fue como entrar en una ciudad medieval y transportarse en el tiempo varios siglos para atrás. La cantidad de gente apabullaba y la variedad de cosas que estaban a la venta la sumergieron a Amelia en la perplejidad y la fascinación. Había pequeños locales cargados con todo tipo de objetos de piso a techo —lámparas, platos, ropa, estatuillas de Tutankamón, carteras, farolas, especias, sahumerios, perfumes, comida, pirámides, esfinges—, impidiendo, en algunos, la visual hacia adentro. Los colores, los olores y las sensaciones que experimentó allí, difícilmente los experimentaría en otro lugar. Para los vendedores nadie pasaba desapercibido, al andar se escuchaban infinidad de idiomas, un bullicio interminable, y los transeúntes eran abordados a cada paso por ellos, convirtiendo la caminata en una odisea constante. A eso se sumaba, cada tanto, el llamado del *muecín* a orar y los egipcios que iban a hacerlo.

—Recuerda que, si vas a comprar algo, debes regatear. Aquí se estila hacerlo porque, sino se ofenden y te arrojarán un rosario de maldiciones, *¡atrukuha! ¡déjala!* —gritó, Fatma, mientras caminaba al lado de Amelia. Hablaba en árabe para ayudarla a ahuyentar a algunos vendedores pesados.

Se fueron metiendo por las entreveradas callecitas de adoquines y la diversidad de elementos a la venta era interminable. Cruzaron arcos y paredes de piedra y, en la parte superior de las construcciones, había ventanas pequeñas de madera con entramados por delante, dentro de las cuales, cada tanto, se veía a alguna mujer oculta que espiaba a la multitud avasallante más abajo. Si no hubiera sido por los turistas que lucían ropa como ella, se hubiera sentido metida en una película de época y, en cuanto se acercaba a mirar algo, aunque fuera por curiosidad, *¡zas!*, un egipcio la abordaba para venderle y para sacárselo de encima le costaba media cuadra de persecución. Era divertido y al mismo tiempo agotador.

—Fatma... ¿Fatma? —Se distrajo un momento mirando unos collares y la perdió, miró para todos lados, se encontró sola sumergida en ese mundo tan dispar. Le dio miedo y comenzó a buscarla sin éxito, pero no se atrevió a doblar por otra calle porque temió que fuera peor—. ¡Fatma! ¡Fatma! —Sintió desesperación, no tenía idea de cómo salir de allí si no la encontraba.

—¡Amelia! ¡Amelia! —la llamó desde adentro de un local—. ¡Ven aquí! —Le hizo señas con la mano para que se acercara—. Comamos un *shawarma*, aquí son exquisitos. Él es mi esposo, el dueño de este local, uno de los mejores de aquí.

—Fatma, casi me provocas un infarto, creí que me había perdido. —Amelia la miró con cara de alivio y una mano en el pecho para apaciguar a su corazón que galopaba por el susto que le había dado. Saludó al esposo de Fatma, que bajó su cabeza en respuesta, con una amplia sonrisa marcada en sus labios. Le sonreía a su mujer con mucha ternura, había amor en esos ojos.

—Amelia ¿Cómo voy a abandonarte? Jamás lo haría, si te dejo aquí —comenzó a reír—, no sales más, esto es un laberinto. Dime ¿Con qué quieres comerlo? ¿qué quieres agregarle? —le preguntó mientras él cortaba finísimas rodajas de esa carne enrollada y la colocaba dentro del pan de pita.

—No sé, dime que sugieres, nunca comí, aunque se ve delicioso. —Miró la carne con un poco de desconfianza ya que no sabía a qué se aventuraba. Sobre el mostrador varias espadas giraban con los *shawarmas* y los empleados cortaban, hábilmente las rodajas, tan delgadas, que algunas parecían transparentes. Había muchísima gente haciendo cola, pero ellas no tuvieron que esperar.

—Toma, este es de carne de cordero con cebolla, pimientos y salsa *tahini*, hecha con semillas de sésamo molidas. —Le entregó un rollito a Amelia, una canastita con papas fritas y una gaseosa—. El *fast food* egipcio —le dijo, sonriente—. Ven vamos hasta la plaza que hay aquí y nos sentamos un rato a descansar mientras comemos y conversamos.

Fatma le contó que el mercado había sido construido sobre un viejo cementerio, tenía alrededor de novecientos puestos y estaba rodeado por murallas. Muchas de las calles conservaban elementos de sus orígenes, los arcos ojivales y los techos abovedados, muchas veces decorados con lucecitas, que colgaban de un lado al otro de la calle, generando un techo más bajo iluminado. Había muchos restaurantes y cafés y era uno de los lugares con intensa vida nocturna ya que estaba situado en pleno corazón de El Cairo.

—¡Está buenísimo Fatma!, nunca me imaginé que fuera tan rico. —Amelia saboreaba el último bocado y se chupaba los dedos por donde se le había escurrido un poco de la salsa—. ¡Me encantó! ¿Son todos iguales?

—No, cada local tiene su especialidad, pero lo más importante es el marinado con especias y condimentos que se les hace a las láminas de carne con las que se forma el rollo y que luego se corta para armar los sándwiches. Puede ser de cordero, de pollo, y ternera. Mi esposo los hace riquísimos, ¿no es cierto?

—La verdad me levantaste el ánimo, Fatma, es una delicia.

—¿Viste? Ahora te voy a llevar a un bar que tiene doscientos años y hacen el mejor *ahwa*, café a la turca, y el *shai*, té de menta. Es el Café de los Espejos o como se llama realmente, Café Fishawi. —Le hizo señas en la dirección que estaba y se levantaron para ir.

Era muy pintoresco, plagado de espejos redondos, cuadrados, ovales, partidos, con marco, o sin él, tanto afuera como adentro. Eligieron ubicarse en la calle, aunque era tan angosta que parecía un pasillo. Se sentaron en un sofá tapizado con una tela rayada y una mesa diminuta delante. Otras estaban rodeadas por sillas de distintas formas, materiales y colores. Entre ellas había narguiles, para los que querían fumar, y la vajilla también era variada: algunas teteras de cerámica de colores, otras de vidrio, azucareras metálicas o vasos para el café. La cantidad de gente la hizo sentirse apretujada, pero la experiencia fue muy entretenida.

Fatma tomó té de menta, pero Amelia se aventuró con el café a la turca, ya que nunca lo había probado. La taza era pequeña y el café le resultó fuerte y algo amargo, le puso azúcar a pesar de que Fatma le indicó que, normalmente, se saboreaba sin ella. La variedad egipcia se caracterizaba por el sabor a especias como cardamomo, clavo, y nuez moscada. No fue de sus preferidos y, además, al no filtrarse, en el fondo quedaba la borra, que, si bien no la tragó porque dejó el último sorbo, le quedó una fea sensación en la boca.

Emprendieron el regreso al hotel, estaban cansadas, ya que habían deambulado todo el día de un lado para el otro.

—Amelia, ¿tienes esposo? —preguntó, Fatma, algo cohibida mientras conducía —¡Por qué no avisas que vas a doblar! —gritó en árabe a un conductor que le hizo un gesto con la mano sacudiéndola hacia arriba.

—No. Mi esposo y yo nos separamos hace algún tiempo, al principio nos llevamos muy bien, pero luego... —se quedó pensativa— bueno, no funcionó.

—Qué pena, ¿lo amas aún?

—No, ya no. No sé si estaba enamorada, sabes, a veces pienso que no. Terminamos muy mal, él se volvió indiferente, agresivo y, el último tiempo me engañó con otra mujer, así que nos divorciamos.

—Debe haber sido muy doloroso ¿verdad?

—Si, lo fue. Estuve muy mal, con mucha depresión durante mucho tiempo, era algo que nunca pensé que sucedería, pero bueno, hoy estoy segura que fue para mi bien.

—Y ahora, ¿no conociste a nadie que te interese?

—Si —Amelia sonrió, pero sus ojos se llenaron de lágrimas—, pero lo eché todo a perder.

—¿Qué pasa? ¿por qué lloras? —Levantó los ojos para mirarla a través del espejo retrovisor.

—No es nada. —Se secó las lágrimas con la mano—. Es solo que me enamoré de alguien, pero me comporté como una tonta y se cansó de mis reclamos. Sabes, es muy difícil para mí manejar los celos después de todo lo que pasé, me volví desconfiada y no lo puedo controlar. Eso lo hartó. —Amelia comenzó a contarle, brevemente, su historia con Alan, lo que había pasado en el barco con Diana y luego, la frialdad que había adoptado Alan con ella ante sus cuestionamientos.

—Amelia, aquí nosotros confiamos en que las cosas suceden cuando tienen que suceder y si no lo hacen es porque no es para nosotros. *Alkawn hakim*, el universo es sabio, decimos nosotros ¿Porque no confías en que el universo hará lo correcto? Si tienen que estar juntos lo estarán y si no, será porque algo más te espera, algo diferente.

—Yo sé que él me ama como nunca me amó nadie, lo sé, lo siento. —Contuvo la gran angustia que sentía con un nudo en la garganta—. No quiero perderlo y ahora no sé qué hacer.

—¿Se lo dijiste? ¿Le pediste perdón? A veces cuesta, pero si eres sincera con él, te entenderá. No seas orgullosa, es difícil lo sé, pero también es bueno para nosotras. Por lo menos sabrás que hiciste todo lo que estuvo a tu alcance por recuperarlo y si aun así se va, quiere decir que no era para ti. —Amelia la miraba con tristeza, pero sabiendo que le acababa de dar un gran consejo, tenían unas creencias muy ciertas, el sentido de la vida parecía que lo tomaban de una manera diferente—. *Qalbuk yabki*, tu corazón llora, se nota en tu mirada. Inténtalo... por tu bien.

No hablaron el resto del camino, pero había disfrutado cada minuto de ese día y el final le había dado algo de esperanza. Sin embargo, al entrar en el hotel lo vio a Alan en el bar, vestido con un pantalón blanco y una remera negra... muy seductor. No estaba solo, había una mujer con él, y hablaban muy entretenidos. Se reían y compartían opiniones de algo que estaban mirando. Vio como ella le tocaba el brazo y sonreía y a él se lo veía muy a gusto. Toda su ilusión se dio un porrazo con la realidad, se quedó mirándolo, pero no lo interrumpió, solo pasó por la recepción para recoger su llave y se fue a su habitación para disfrutar un rato del hidromasaje que tanto la ayudaba a relajarse. No le importó el sonido del teléfono que llamó varias veces, ni el del intercomunicador de la recepción, ni los golpes en la puerta. Solo deseaba estar sola, llorando, agonizando, ahogándose en esa enorme bañera de agua caliente burbujeante.

En el bar que se encontraba cerca de la recepción del hotel, Alan y Olabisi se habían reunido a tomar un café para conversar sobre algunos detalles del armado de la exposición.

—Alan todo el material que nos mandaste es excelente y las secuencias geniales —dijo, Olabisi, la fotógrafa que se encargaba de las ampliaciones, las ediciones y los videos.

—Si, ya lo creo —asintió, Alan, muy contento de sus comentarios—, Amelia toma unas fotos espectaculares. —Ella lo notó orgulloso, con sus ojos brillantes de amor.

—La selección que hicieron está muy bien, pero faltan las de El Cairo —reclamó, Olabisi—. Sin ellas no podemos terminar el armado.

—Si, Amelia está con eso ahora, está recorriendo la ciudad para luego seleccionarlas e intercalarlas. —La vio entrar en ese momento, se miraron, pero no le dio tiempo a levantarse para presentarle a Olabisi, se fue directo a su habitación sin ponerles atención.

—¿No la acompañas? Es algo peligroso para una mujer sola y con una cámara tan buena y costosa, podrían robarle. —Le tocó el brazo suavemente y lo miró seria. El dudó del significado de esa mirada—. No la dejes sola. Aquí deben andar con cuidado.

—No, me dijo ayer que está recorriendo El Cairo con un *Pink taxi*.

—Ah, genial, entonces va segura —cambió de tema—. Dime ¿Cuándo podemos encontrarnos en *Guiza* para organizar todo lo demás? Las luces, las estructuras, todo tiene que ser espectacular.

—¿Te parece mañana? —preguntó, Alan.

—Claro, nos vemos entonces. *Inshallah.* —Se levantó, se despidió con un beso en la mejilla.

Capítulo 19

"Lo pasado ha huido, lo que esperas está ausente,
pero el presente es tuyo."

Mientras estaba sentada en la cama mirando las fotos que había tomado ese día, descartando algunas que no le gustaban o habían salido mal, golpearon a la puerta.

—Hola —Alan la miró de arriba abajo porque estaba en pijama, era la segunda vez que iba a buscarla—, ¿no vas a ir a cenar?

—Estoy muy cansada, Fatma me paseó por medio El Cairo, vimos un montón de lugares nuevos, así que llegué exhausta y me di un baño —le dijo mirándolo fijo a los ojos, pero él bajó la mirada.

—Pensaba ir a comer a un restaurant que vi cerca de acá ¿quieres venir? —Vio su nariz roja por el llanto y sintió una inmensa ternura.

—Claro. —Se le iluminaron los ojos, la felicidad la recorrió—. Pasa, voy a vestirme.

—No, mejor te espero abajo —respondió, y se fue.

Se vistió sencilla, con un pantalón blanco, ajustado, una remera sin mangas, y llevaba un chal para cubrirse. Fatma le había dicho que siempre tuviera uno a mano porque en algunos lugares a las mujeres no las dejaban entrar descubiertas, lo consideraban provocativo, aunque no dejaban de mirarlas, por supuesto. Se maquilló muy poco y bajó. Él estaba soberbio con un pantalón negro y una remera blanca que resaltaba sus formas musculosas.

—Estoy lista ¿vamos? —Exultante lo tomó del brazo para salir, apretándose contra su cuerpo, pero él frenó y se soltó.

—Amelia, no hagas esto. Quiero que dejemos algo en claro, tan claro como lo dejaste tu hace unos días atrás —comenzó a decir ubicándose frente a ella, temiendo perderse en esa mirada almibarada que tanto lo enloquecía y cambiar de parecer—. Entre tú y yo ya no hay nada, fuiste muy terminante, y con estas actitudes me confundes. No mezclemos las cosas, solo vamos a comer como dos colegas, dos compañeros de trabajo, nada más, no hace falta ninguna demostración de afecto.

—Alan yo quería que hablemos sobre eso, sobre nosotros —había ruego en sus ojos, pero se llenaron de lágrimas ante su actitud tan cortante—, pensé que podía ser mientras cenábamos. Yo... quería pedirte...

—No. —Su gesto y postura demostraban seguridad, aunque no era, exactamente, lo que sentía—. Para mí ya no hay nada que hablar, no es necesario, nos dijimos todo lo que teníamos que decirnos y ya tomé una decisión. —Si la dejaba hablar iba a arrepentirse, comenzó a caminar para la salida y cuando vio que ella no lo seguía se dio vuelta para mirarla—. ¿Vamos? —Ella negó con la cabeza sin poder mirarlo de frente, bajó la cara bañada en llanto. Caminó de regreso hacia el ascensor, ingresó y cuando se dio vuelta, se miraron mientras las puertas se cerraban.

Entró en la habitación y su teléfono empezó a emitir pequeños sonidos de WhatsApp, miró y era su grupo de amigas. Un rato antes también había hablado con su madre y si bien todos la habían alegrado un poco, nada le bastaba, se sentía peor que nunca. Se fue directo a la cama, sin comer, sumida en la más absoluta tristeza, con su corazón destrozado y dolor en el pecho por el trato que Alan le había dado. Lloró hasta que el cansancio la venció.

Y él... él caminó solo unas cuadras por los alrededores del hotel, sin prestar atención al gentío que había en la calle, que lo golpeaba al pasar. Se sintió un resentido que pedía venganza, justo con la mujer que amaba. Trató de encontrar una explicación a su reacción, recordando una relación que había tenido algunos años atrás, cuando regresó a Ciudad del Cabo junto con su hermano.

«También se había enamorado de aquella mujer, mucho, tal vez la única antes de Amelia. Ella era su prioridad, su alegría, su amor. La atendía y la complacía en todo lo que le pedía, su único objetivo era verla feliz. Salieron durante un par de años, aunque sabía que su familia no aprobaba la relación. Su padre tenía un alto cargo en el gobierno y estaba en muy buena posición económica y él, en ese momento, no era nadie, solo un simple empleado del museo y, además, mestizo. Ambas cosas no eran bien vistas por aquella familia. Sin embargo, a ella parecía no importarle. Continuaron su romance y decidió proponerle matrimonio. Iban a casarse cuando ella terminara su carrera de abogada, solo faltaban pocos meses, cuando una tarde se encontraron como lo hacían siempre a la salida del trabajo, y ella le soltó, inesperadamente, que se iba a Estados Unidos porque su padre le había conseguido un importante puesto como abogada en la Casa Blanca.

—Íbamos a casarnos a fin de año. —Él la miró incrédulo, la tomó fuerte de las manos—. Yo no puedo dejar todo e irme contigo. Tengo trabajo, estoy con mi hermano.

—No pretendo que lo hagas. —Bajó la vista avergonzada, su mirada era fría y distante—. Lo siento Alan, lo siento tanto, pero no puedo rechazar este trabajo, es una gran oportunidad para mí.

—¿Me estás dejando? —Alan entornó los ojos al mirarla—. ¿Así? Pensé que me amabas. —No podía creer lo que le había dicho. Su decisión lo había desarmado.

—Lo hago, porque, en este momento, es más importante mi carrera y mi futuro —contestó seca, mirándolo fijo, porque quería que la conversación terminara.

—Esto no es solo por tu carrera ¿verdad? —Pudo ver en su mirada que la decisión, dijera lo que dijera, ya estaba tomada y no habría vuelta atrás. —Es tu familia. No quieren que te cases conmigo.

—Lo siento Alan, lo siento de verdad. Me voy mañana. —Y así vio azorado como se desvanecía su imagen mientras se alejaba de él.»

Lo había dejado allí sentado a la mesa del café, solo, sorprendido por la decisión y cargado de furia por todo lo que no pudo decirle. Nunca más volvió a saber nada de ella, ni una palabra, ni una carta, ni un mensaje.

Hubiera querido gritarle cuanto la odiaba por lo que le había hecho, por tantos años de mentiras y promesas vacías, por tantas ilusiones perdidas, pero no pudo. La amaba muchísimo y lo había lastimado tanto, pero nunca pudo decírselo a la cara. Solo lo abandonó, como si la relación hubiera sido un pasatiempo, sin darle importancia a sus sentimientos. A partir de ese día, se refugió en el trabajo porque su dolor no lo dejaba vivir, acumuló bronca, odio y furia por mucho tiempo. Nunca más hubo otra mujer con la que se comprometiera de la misma manera, solo salía de vez en cuando para divertirse, para pasar el rato, pero ya con ninguna fue igual. No quería entregar todo de sí porque, al final, era el único que salía lastimado.»

Todo hasta que llegó Amelia…

Hubo tantas locas en su vida y tuvo que ensañarse justo con ella ¿Por qué la había tratado así? Había ido demasiado lejos. ¿Acaso todo lo que no dijo aquella vez, lo dijo esa noche? ¿Sería que temía perderla, también, y no podía soportarlo? Qué imbécil que había sido. No iba a dejar de amarla al intentar odiarla, jamás podría hacerlo. Pero estaba herido y sentía que moría de dolor y sufrimiento.

Finalmente, regresó al hotel, cenó algo rápido en el comedor y subió a su cuarto. Al día siguiente los Fraser los llevarían a las pirámides y debían arrancar temprano.

Capítulo 20

"Lo que tu hagas no importa mucho...
Es lo que aprendes de lo que haces lo que realmente importa"

Amelia desayunaba sola en el comedor del hotel cuando él la vio. Solo café y una tostada pelada. La notó algo demacrada, los ojos hinchados, pálida, a pesar del bronceado, y triste. Se sintió muy culpable. Se acercó para hablarle, para disculparse, pero ella se levantó, le dio los buenos días y avanzó como una ráfaga hacia la salida.

—Amelia espera. —Caminó rápido hacia ella y la alcanzó en el hall.

—¿Qué quieres? —Lo miró seria, sus ojos color miel estaban tan oscuros que parecían hielo, nunca los había visto así.

—Los Fraser nos pasarán a buscar para ir a Guiza a visitar las pirámides y ver el lugar donde se hará la exposición. Estarán aquí en un rato, a las once.

—Ve tú, yo me voy con Fatma, luego los encontraré allá. —Se colocó los anteojos de sol y, sin darle la oportunidad de responder, se marchó con su compañera que la esperaba a unos metros de donde estaban hablando.

Alan notó que la chica lo miraba a él y a ella, alternadamente, como si quisiera decirles algo, pero no lo hizo, solo le sonrió compasiva, movió la cabeza de lado a lado preocupada y salió tras ella.

—Amelia podemos ir al Barrio Copto, está bastante cerca de Guiza y, si tienes que estar allí a las once, llegaremos bien.

—Está bien, Fatma, lo que tu digas —contestó, sin mucho entusiasmo—. ¿Qué es el Barrio Copto?

—Originalmente, se llamaba coptos a todos los habitantes de El Cairo, pero luego de la invasión árabe, los coptos pasaron a ser los cristianos y se ubicaron, en su mayoría, en ese barrio. Fue construido sobre la antigua fortaleza de Babilonia.

La mayor parte del camino la hicieron en silencio. Amelia tomó pocas fotos, iba distraída y callada, con un humor de perros. Fatma no dejaba de mirarla por el espejo.

—¡Quita tu auto de allí! —le gritó, en árabe a un conductor, con tanta furia, que se corrió de inmediato.

—Eres brava Fatma, los tienes cortitos —le dijo, Amelia, mientras estacionaba en una explanada y bajaban.

—Si no nos imponemos, nos pasan por arriba. —Fatma le seguía hablando, pero veía que Amelia no le prestaba mucha atención—. Aquello que ves allá es la Iglesia Colgante —le dijo, luego de un rato, mientras se acercaban.

—¿Colgante? —preguntó, Amelia, extrañada por el nombre.

—Si, en realidad no cuelga de ninguna parte, la llaman colgante porque está construida sobre una de las antiguas puertas de la Fortaleza de Babilonia y esa gran escalinata la hace parecer elevada, como... —movió las manos para explicarle— colgando.

—Por lo que veo hay varias iglesias cristianas en este lugar. —Sacó fotos sin encontrar el encuadre perfecto.

—Si y ahora vamos a la de San Sergio, aquella que ves allá. Dicen que en la gruta de esa iglesia se refugió la Sagrada Familia en su huida del rey Herodes. Y ¿ves aquella Sinagoga? Se construyó sobre una más antigua y dicen que allí encontraron a Moisés de bebé.

—Y allá hay una mezquita. —Señaló, Amelia.

—Si, pero está al lado en realidad, no está adentro del barrio. Es la primera mezquita que se construyó en El Cairo, data del año 642, cuando los árabes recién fundaron la capital.

Si bien Amelia fotografiaba, como los días anteriores, Fatma la veía de mal talante, enojada, ofuscada, molesta y muy, pero muy agobiada.

—Amelia no te ves bien, ¿quieres tomar algo? ¿qué ha pasado con Alan? Me di cuenta de que estaban enojados hoy cuando se cruzaron en el hall de hotel.

—No, no quiero tomar nada y no, no estamos bien. Él anoche me dejó en claro que ya no quiere nada conmigo.

—¡Eso es imposible! ¡Claro que te ama! Está loco por ti, te mira como un hombre enamorado, me hizo acordar a cómo me mira mi esposo, te... —Fatma gesticulaba para convencerla de lo que decía— te come con la mirada, se nota que te ama igual que tú lo amas a él.

—Y ¿tú como lo sabes si no lo conoces? —Se detuvo y la miró confundida.

—Amelia aquí tenemos un proverbio que dice "El amor y la tos no pueden ocultarse"—dijo, mirándola con una sonrisa en los labios de lado a lado.

—¡Ay Fatma! —Amelia largó la carcajada y la abrazó—, me has hecho reír, ustedes los egipcios tienen unos proverbios muy raros.

—Pero muy ciertos, acuérdate, es así, ya me darás la razón.

—Espero que la tengas porque lo amo, lo extraño, lo quiero conmigo otra vez, pero lo noto tan lejano. Lo necesito cerca de mí, necesito sus besos, su piel, a todo él. ¡Fui tan tonta al dudar! no voy a perdonármelo. —Fatma la abrazó para darle ánimo.

—Bueno Amelia, no pierdas las esperanzas, hay que hacerle ver que estás arrepentida para que vuelva a ti. —La miró, risueña—. Ya hablaremos más tarde de cómo lo harás.

Llegaron a las pirámides de Guiza a las doce y cuarto, los Fraser y Alan ya estaban allí esperándola. Amelia les presentó a Fatma, su nueva amiga, y comenzaron a caminar para ingresar en la pirámide de Kefrén. Por alguna razón que desconocía, Fatma decidió esperarla en su auto.

—¿Alguno sufre de claustrofobia? —preguntó, Mark, sonriente antes de ingresar en la pequeña y oscura abertura de acceso a la pirámide. Ante la negativa de ambos se agachó para entrar y los invitó a seguirlo.

—Esto es diminuto —dijo, Alan, ya adentro y agachado.

Extendió la mano hacia Amelia para ayudarla a bajar por ese túnel estrecho, con una pendiente muy empinada y el techo a una altura que obligaba a bajar doblado por la cintura. Amelia indiferente y sin tomar su mano pasó por su lado y lo siguió a Mark dejándolo atrás. Jonas, que iba a continuación de ambos, observó el gesto preocupado.

Después de bajar un trecho, forzando las pantorrillas por la inclinación, la postura casi a noventa grados y trabando los zapatos en los travesaños de la rampa de madera para no caer, llegaron a una parte plana para luego comenzar a subir por otra rampa igual en sentido inverso. En el camino se cruzaron con otras personas que volvían y tuvieron que aplastar sus cuerpos contra la pared para dejarlos pasar. Llegaron al recinto donde había sido enterrado el faraón. Lo único que había era un rectángulo profundo de piedra con la tapa levantada e inclinada hacia uno de los lados. Las paredes tenían inscripciones inentendibles y una chica hacía mediciones todos los días para verificar el estado de la pirámide y detectar alguna posibilidad de derrumbe. Amelia recorrió el espacio, bastante insípido, por cierto, sacó algunas fotos y se detuvo en el centro apuntando su cámara al techo a dos aguas que corría a lo largo de ese lugar.

—*"Lucha por tu amor, no dejes de hacerlo, pídele perdón con sinceridad. Porque el amor verdadero merece otra oportunidad".* —La voz le retumbó en la cabeza con una fuerza que la aturdió.

—¿Qué dices? —preguntó al aire—. ¡Qué calor insoportable hace aquí! —dijo mirando hacia arriba, cuando la cámara se soltó de sus manos y colgó de un tirón de su cuello, sus brazos cayeron a los lados de su cuerpo y sintió que una fuerza potente se apoderaba de ella y la arrastraba para abajo.

—¡Amelia! —A Alan su comentario le había llegado como un pedido de auxilio, se dio vuelta y corrió hacia ella justo para evitar que se golpeara contra el piso—. ¡Amelia! —Todos voltearon ante sus gritos y quedaron expectantes.

—¡Quítala de allí! ¡quítala del centro! —le dijo, Jonas, con urgencia en la voz—. Es el punto de mayor energía, tal vez le hizo mal detenerse en ese lugar. —Se miraron con Alexandra y Mark, extrañados.

—Amelia ¿estás bien? —preguntó, al ver que abría los ojos algo aturdida.

—Si, si estoy bien. —Comenzó a moverse para ponerse de pie—. Sentí mucho calor y algo tiraba de mí, no pude sostenerme. —Le gustó como Alan había corrido hacia ella para atajarla y disfrutó unos instantes el contacto con su cuerpo cálido, que tanto extrañaba, y sus brazos que la envolvían otra vez.

—Te llevaré afuera y te acompañaré al hotel, deberías acostarte. —Alan estaba preocupado y cuando la vio estable, la tomó de la mano para acompañarla.

—Está bien. —Amelia se dejó llevar—. Si quieres quedarte me iré con Fatma, ustedes sigan. —Alan la miró sin soltarla y siguió caminando hacia el exterior sin hacer caso a su comentario.

—Ya no hay nada que ver aquí —dijo, Mark, observando la palidez de Amelia—. Salgamos. Podemos seguir viendo el resto otro día.

Fatma llevó a Amelia y a Alan al hotel, qué al entrar, se separó de ellas un momento para retirar la llave por la recepción y pedir un médico.

—¿Te sientes bien? ¿Quieres que me quede? —preguntó, Fatma, antes de irse.

—No hace falta, me siento bien, no sé qué pasó allí dentro —habló algo confundida todavía—. Sentí un calor abrasador que me recorrió todo el cuerpo y me envolvió, y una fuerza me arrastraba y no podía deshacerme de ella, me sentí rara, muy rara. Me han pasado cosas extrañas estos días Fatma, escucho cosas y me hace pensar que estoy loca.

—Sumado a que casi no comes y a la angustia que tienes, bien puede haberte derrumbado la energía que hay allí dentro. —La miró con complicidad—. Y lo que escuchas, será porque tu corazón te está tratando de decir algo ¿no?

—Será mi cabeza en todo caso. —Amelia la miró levantando las cejas.

—Los egipcios creían que todo se conectaba a través del corazón, no del cerebro como sabemos nosotros —aclaró, Fatma.

—¿En serio? —la miró, incrédula— ¿Realmente, crees que hay una energía tan poderosa allí?

—Amelia la civilización egipcia tenía muchos conocimientos de astrología y de energías buenas y malas, vivían muy en contacto con el universo. Para ellos todo estaba conectado con todo. Su sabiduría no es casual, sabían a la perfección donde ubicaban los edificios, las orientaciones, donde colocaban a sus muertos, los rituales de purificación, de protección a las mujeres y sus hijos, todo para ellos tenía un significado y una razón. —Fatma le explicaba con mucha convicción—. La forma piramidal tiene una energía muy poderosa y tú eres una mujer muy sensible, más en este momento que no estás bien. Tal vez esa energía hoy fue demasiado y no pudiste soportarla. —Hizo una pausa mientras Amelia procesaba la información—. Vete a la cama y duerme un poco, te sentirás mejor mañana.

—Si, estoy muy cansada, te diría que agotada —contestó, entrelazando los dedos en su cabello y llevándolo hacia atrás.

Alan volvió junto a ellas y la tomó del brazo para acompañarla a la habitación. Fatma y ella se despidieron y quedaron en encontrarse al día siguiente.

—¿Vamos? Deberías acostarte y dormir un poco —dijo preocupado mientras iban hacia el ascensor. —Vendrá el médico a verte en un rato.

—No hace falta, solo estoy cansada.

—No discutas, así nos quedaremos tranquilos. —La tomó de la mano y caminaron juntos.

Cuando entraron Amelia apoyó una rodilla sobre el colchón y se arrojó sobre la cama boca abajo con los brazos extendidos, vestida, exhausta, y se quedó dormida al instante. Alan tomó una manta que había a los pies de la cama, le quitó los zapatos y la tapó. Le gustaba tanto verla dormir, tranquila y relajada. Cuanto la extrañaba.

Alan no se movió del hotel el resto del día. En un momento fue a su habitación a buscar la computadora, pero luego se quedó con ella mientras trabajaba, bajando las últimas fotos y armando las secuencias de los videos. Todas las imágenes eran excelentes, estaba haciendo muy buen trabajo.

En un momento Amelia se dio vuelta y él se acercó pensando que despertaría, pero solo cambió de posición y siguió durmiendo. Se sentó en la cama a su lado, acarició su mano que estaba extendida y, mientras la miraba, se puso a pensar en lo que había pasado esos días.

—Nunca me perderás Amelia, haga lo que haga, no puedo dejar de amarte —le dijo, en voz baja. Apoyó los codos en sus piernas tomándose la cabeza con las manos y se quedó inmóvil, pensativo.

—¿Qué haces aquí? —preguntó, Amelia, incorporándose sobre los codos y sentándose contra el respaldo de la cama.

—Me quedé contigo, estaba preocupado. Además, vino el médico, dijo que tenías un poco baja la presión. —Se puso de pie y ante su mirada fija continuó con otra cosa—. Estuve trabajando con las fotos, están hermosas, pero hay algunas que no sé de dónde son y me gustaría que me cuentes. ¿Por qué no pedimos algo para comer y me explicas?

—No tengo hambre, quería seguir durmiendo.

—Amelia no estás comiendo, eso no te hará bien. —Amelia lo miró culposa y bajó la cabeza mientras se retorcía los dedos—. Tal vez hoy te desmayaste por eso, esta mañana tampoco comías cuando te vi en el desayuno. —Ante la falta de respuesta giró y comenzó a ir hacia la puerta.

—Perdón —dijo, ella, en voz baja.

—¿Cómo? —Se dio vuelta para mirarla, pensando que había escuchado mal.

—Que me perdones por haber sido tan injusta, por haber dudado de ti. No te merecías que te tratara tan mal. Fui una cerrada, es verdad lo que dijiste aquel día. —Lo miró con sus intensos ojos color miel, brillantes por las lágrimas. —Me equivoqué y no sabes cuanto lo lamento. Te amo tanto Alan, nunca fue mi intensión lastimarte, pero... bueno, tú sabes que... lo siento mucho, nada justifica lo que te hice sufrir.

—Yo... yo tampoco estuve bien ayer cuando íbamos a cenar. —Arrastró las manos hacia atrás sobre su cabeza acomodando el cabello—. Te traté muy mal y no fue justo. También lo lamento. —Se sentó otra vez en el borde de la cama a su lado.

—Te hartaste de mí, lo puedo entender. Me comporté como una tonta. —Apoyó la mano en su mejilla, lo descolocó su suavidad, y él la tomó con la suya.

—Hay algo que debo contarte. —Besó la palma de su mano mirándola fijo a los ojos, luego sin soltarla la bajó hasta apoyarla en la cama. Le relató, brevemente, sobre aquella mujer que había recordado la noche anterior—. Guarde odio durante mucho tiempo, guarde dolor en mi corazón y mucho rencor. Creo que no me había dado cuenta y todo ese martirio salió anoche, porque con todo lo que nos sucedió estos días, sentí lo mismo que aquella vez. Lo lamento porque no te lo merecías.

—Solo sé que te amo y no quiero perderte. Te quiero a mi lado, te necesito conmigo, te extrañé mucho estos días. Aunque, tal vez, no alcancen las palabras para demostrarte lo que siento por ti. —Él no decía nada y Amelia creyó que era el final. Comenzó a verlo borroso porque sus lágrimas desdibujaban su rostro y bajó la cabeza, le temblaban los labios—. Igualmente, entendería que no quieras seguir a mi lado.

—Mis sentimientos no cambiaron, eso puedo asegurártelo, pero... — Suspiró y volvió a besar su mano— te pido un poco de tiempo. —Se sumergió en su mirada, pero necesitaba pensar—. Necesito acomodar todo lo que sentí, las dudas, los enojos, el dolor, las cosas que nos dijimos, y también las que nos guardamos. —Solo pido eso.

—Todo el que necesites —habló muy tranquila asintiendo con la cabeza, aunque el alma se le desgarró y tuvo que hacer un esfuerzo para no arrojarse en sus brazos y gritar.

Capítulo 21

"La mitad de la alegría consiste en hablar de ella."

Alexandra y Mark estaban conversando en el escritorio. Él le contaba sobre su pequeño hijo y sus travesuras, sus primeros balbuceos, y la abuela reía por sus picardías y ocurrencias.

—¿Duerme bien? ¿Come? ¿Dice algunas palabras? —preguntó, ansiosa.

—¡Claro! Come como un oso, es un glotón. —Se notaba la felicidad de Mark mientras hablaba—. Y todo el día dice pa pa pa, ma ma ma ma, y otros monosílabos, pero dormir... bueno algunos días la vuelve loca a Lindsay porque llora y no quiere estar solo en su cuna.

—Seguro serán los dientes. —Alexandra reía de lo que le contaba. —¡Qué bebé más lindo!

Luego de un rato, se hizo un silencio. Alexandra se sentó al lado de su hijo en el sofá.

—Algo pasó entre Alan y Amelia ¿verdad? —Alexandra miró a Mark levantando una ceja para anticiparle que no le mintiera.

—Si, pelearon por Diana en el barco, pero por lo que veo, las cosas van de mal en peor, se acuchillan con la mirada y casi ni se hablan o se tocan.

—Le dije a tu padre que no la enviara a ella, siempre causa problemas, todavía me acuerdo del lío que provocó entre ustedes —se refería a Mark y a su esposa—, pero dijo que era la mejor para esto y mira... un desastre. —Movió la cabeza de lado a lado, apenada—. Es una pareja muy linda, me hacen acordar mucho a tu padre y a mí cuando éramos jóvenes.

—Si, se aman mucho, se nota, pero tengo fe en que lo solucionarán, creo que solo... necesitan a alguien, tal vez a una reina de arena, que, con su experiencia, les dé un consejo. —La miró a su madre sonriendo, que devolvió su sonrisa sin hacer comentarios. Recordó que cuando él y su esposa pelearon por la misma razón, su madre supo muy bien cómo ayudarlos a solucionar las cosas, había hablado con ellos y había convencido a su Lindsay de cuanto la amaba Mark y él había podido recuperarla. —En definitiva, parece que entre ellos y ustedes hay mucho en común ¿no?

—Creo que si —Sonrió—. Lo haré, lo estuve pensando, hablaré con ella —dijo Alexandra y despidió a su hijo con un beso ya que se iba a Guiza a atender algunos asuntos pendientes.

Amelia y Alan iban en la limusina en silencio, el chofer los había pasado a buscar para ir a casa de los Fraser. Solo observaban el recorrido, aislados del infernal sonido exterior, por los vidrios cerrados. Los atascamientos hacían transitar al vehículo casi a paso de hombre, pero ya estaban habituados. No estaban tan lejos, aunque tardaron una hora en llegar. *Peor que Buenos Aires en hora pico y en medio de un piquete*, pensó Amelia.

—¡Bienvenidos! —Alexandra salió a recibirlos con un vestido liviano, fresco, sencillo y muy colorido y su clásica vincha—. Amelia ¿estás mejor? Nos diste un buen susto ayer.

—Si, por suerte estoy mucho mejor. —Amelia la abrazó y la besó—. Creo que estaba exhausta de tanto andar, Fatma me llevó por todos lados, y caí extenuada.

—No creas que es tan simple *my darling*. —Jonas la besó en la mejilla. Se lo veía muy elegante con un pantalón color blanco y una chomba rayada en color amarillo pastel, además de un perfume exquisito.

—¿Por qué dices eso? —preguntó, Alan, mientras entraban en el living y se sentaban en un sillón de cinco cuerpos tapizado en color azul petróleo.

El ambiente era cálido, lleno de plantas que decoraban el lugar y los sillones estaban enfrentados. Entre ellos había una mesa ratona moderna sobre una alfombra persa multicolor, que tenía sobre ella unos vasos altos con bebidas frías.

—Tengo la teoría de que las pirámides tienen una... una, como se dice... *special energy* —explicó, Jonas, sentándose frente a ellos—. Fueron construidas dos mil quinientos años antes de Cristo y yo creo que son el lugar donde se concentran las *energies* más fuertes, es la necrópolis más antigua y allí está *heka*, la verdadera magia.

—Fatma ayer sugirió algo parecido. Me dijo que, tal vez, el exceso de energía de la pirámide sumado al cansancio que sentía, me derrumbó —obvió los otros comentarios de su amiga.

—Me gusta esa chica, muy acertadas sus palabras. —Alexandra se levantó— Amelia ¿por qué no vamos a mi escritorio y hablamos de lo que vamos a ponernos el día del evento? Ya falta poco y quiero mostrarte algunos vestidos que estuve eligiendo. —Amelia la siguió, entusiasmada.

—Nosotros nos quedaremos aquí con Alan charlando de la exposición —agregó Jonas arrojando un beso a Alexandra apoyando los dedos en la boca y llevándolos al aire—. Traten de volver antes del amanecer *girls*. —Todos rieron y cuando se hizo silencio se puso serio—. ¿Qué pasa entre ustedes? Se nota la tensión. —Jonas habló cuándo las mujeres se habían ido y lo miró a Alan, al que veía afligido hacía unos días.

—No sé muy bien Jonas. Peleamos, las cosas se fueron complicando y... —Alan bajó la cabeza y fue directo—. Igual no te preocupes, acabaremos el trabajo como corresponde sin contratiempos, ambos somos profesionales y nuestros problemas no interferirán en la muestra.

—Alan *¡please!*, no me contestes eso, es *ridiculous*. No sé qué pasó, pero no me digas que dejaste de amarla por una discusión, no voy a creerte, veo como la miras, estás loco por ella *my friend*.

—No, claro que no dejé de amarla. —Alan se explayó relatándole a Jonas lo sucedido en esos días—. La amo con locura, nunca me enamoré de esta manera, pero ella... —se interrumpió, cerró los ojos y suspiró, se echó hacia adelante y apoyó los antebrazos en sus piernas—. No importan los detalles, solo nos lastimamos mucho estos días. Cometí... cometimos muchos errores y no podemos seguir así. Sus dudas constantes me agotan, sus cambios de humor o de actitud me confunden y terminan provocando discusiones permanentes y sin sentido.

—¡Ah! *my friend*. —Jonas suavizó la voz y la volvió paternal como si le hablara a su hijo—. Hay *women* que llegan a nosotros después de haber transitado historias complejas, historias en las cuales las maltrataron, las subestimaron, las engañaron, y muchas otras cosas que es mejor no enumerar. Llegan rotas, hechas pedazos. —Lo miró fijo a los ojos, apoyó el codo en el apoyabrazos del sillón y se sostuvo la cabeza con la mano—. Son *sweet angels* que caen en nuestros brazos para que las amemos incondicionalmente, para que las hagamos sentir plenas como nunca antes las hicieron sentir, para que las convirtamos en nuestras *queens* y dediquemos nuestro amor a ellas, para que las ayudemos a juntar los pedazos —hizo una pausa y se enroscó los bigotes con los dedos—. Son como las Reinas egipcias que desaparecieron de la historia, escurriéndose en la arena del desierto, porque los hombres no supieron o no quisieron recordarlas o valorarlas.

—Eso traté de hacer desde que la conocí, pero nada le basta, nunca es suficiente lo que hago o digo, siempre falta algo, siempre duda de mí. No sé qué hacer.

—No es *easy*. A veces hay que tener ¡*patience*! Hay que insistir porque se asustan a pesar de su aparente fortaleza, sus corazones son frágiles y creen que vamos a volver a maltratarlas, las dudas las persiguen y los recuerdos funestos las vuelven vulnerables y no quieren volver a serlo. —Se quedó pensativo, tomó un trago de su bebida—. Así son nuestras *"Sand Queens"* (*Reinas de Arena*). Si no las valoramos, las abrazamos, las protegemos, y las amamos día a día para demostrarles que significan para nosotros lo mismo que el aire que respiramos, se escurren, como la arena entre nuestros dedos, porque son libres, perdieron el miedo a estar solas y prefieren desaparecer de nuestras vidas y quedarse así, antes que volver a sufrir.

—Jamás la haría sufrir, solo pienso en ella, todo lo que hago es tratar de hacerla sentir bien, amada, contenida, protegida, me encanta hablar de ella en todo momento, estar con ella todo el tiempo, pero... —Se levantó del sillón y caminó hasta la ventana para mirar el jardín y se tomó del marco mientras continuaba— duda, siempre duda de mí, cualquier pequeñez la hace desconfiar y esta vez se cerró sin darme la oportunidad de explicarle.

—Reconozco mi culpa, nunca debí decirle a Diana que los acompañara, Alexandra me lo advirtió, algo parecido ocurrió con Mark y su esposa. —Jonas se acercó y lo tomó del hombro afectuoso—. Pero los vi tan bien que pensé que nada de lo que ella pudiera hacer los separaría y era la indicada para este trabajo. Lo siento tanto.

—¿Mark está casado? —Giró su cabeza para mirarlo, asombrado.

—Si y está muy enamorado de su esposa, una chica *wondeful*, y ahora tienen un *baby*, mi nieto. ¡*He's beautiful!* —Lo miró, extrañado—. ¿Por qué lo preguntas?

—Porque pensé que estaba interesado en Amelia. Los vi juntos tantas veces conversando y recorriendo los lugares que visitamos y se llevan tan bien que creí... —Sacudió la cabeza dándose cuenta de su error—, creí cualquier cosa.

—Cualquier cosa no, lo que los celos pusieron *in your mind*. —Le palmeó la espalda.

—Si, tal vez sí. —Un poco de alegría se alojó en su corazón—. No sé cómo seguir, está en mi cabeza todo el tiempo, pero estos últimos días no la traté bien porque intentaba olvidarla y no puedo, ¡no quiero! y eso me enoja, de hecho, ayer creo que parte de lo que le sucedió fue mi culpa.

—En eso no concuerdo. Eso tuvo que ver con las pirámides, te lo aseguro, tienen una magia especial, imposible de entender a veces. —Quitó la mano del hombro de Alan y volvió al sillón—. Alan, recapacita, la amas, se aman, porque ella también lo hace. Debes luchar por ella, es tu *queen, my friend.* —Alan sonrió y se quedó pensativo mirando el hermoso jardín que se abría colorido delante de él.

—Pasa Amelia, mira, aquí tengo los vestidos que estuve viendo, los conseguí de una modista de El Cairo que quiere que los luzcamos. Es una mujer que está comenzando con su emprendimiento, un local de modas, y me los dio para que los probemos. Será una gran publicidad para ella si los usamos ese día y son alucinantes, los preparó, especialmente, para nosotras. ¡Mira! Mira que bonitos son. —Se acercó al lugar donde se encontraban colgados.

—¡Son divinos! ¡Este un poco escandaloso! ¡Es completamente transparente! —Amelia lo tenía levantado sosteniendo la percha en el aire para mirarlo.

—Te puedo asegurar que nadie lo notará. Los arabescos tapan todo, están hechos de tal forma que cubren lo que deben cubrir. —Una sonrisa le transformó la cara—. Puedes usar una bombacha pequeña color piel, pero arriba no necesitas nada. Yo usaré este otro, un poco más cubierto, soy mayor para transparencias. Ese es para ti, ¿para qué lo vuelvas loco a Alan? —La mirada de Alexandra fue sugestiva.

—Alan... —suspiró— Alan y yo... bueno...

—Si ya sé ya sé... Mark me contó y no voy a permitir que se separen. Conozco a esa chica, a Diana, Mark ya te contó su historia con ella. No vale la pena Amelia, te aseguro que no vale la pena y por lo que me dijo Mark, Alan no tuvo nada con esa mujer.

—Va más allá de Diana, Alexandra —dijo, triste.

—¿Cómo? ¿Por qué? —preguntó, preocupada ya que no sabía que hubiera pasado algo más o diferente a lo que sucedió con Diana.

—Se cansó de mí y no lo culpo, aunque estaba enojada por cómo me trató estos últimos días, pero bueno... reconozco que lo volví loco y que fui muy injusta. Y si bien le pedí perdón, sigue estando distante.

—Amelia, ese hombre muere por ti. Te ama con todo su ser y nada de lo que digas me hará cambiar de opinión. Podrá estar enojado, harto o todo lo que quieras describir, pero es un hombre enamorado. —Alexandra se sentó en un sillón y comenzó a contarle un poco de su historia—. Alguna vez pasé por lo que tú has pasado con tu ex, también me engañaron y me maltrataron y bla, bla, bla... fue antes de Jonas, claro.

—No lo sabía —Amelia se sorprendió.

Alexandra dio unos golpecitos con su mano en el asiento del sillón para invitarla a sentarse a su lado.

—Si, era muy joven, una adolescente rebelde, y me enamoré de un tipo que... bueno, no entremos en detalles, pero me lastimó y mucho. —Se quedó pensativa con la mirada clavada en el piso unos segundos—. Tú has visto lo que es Jonas, ¿verdad? Con su personalidad de *gentleman*, tan formal, tan atento, y masculino, tan fino y delicado. —Amelia asintió. —Cuando lo conocí era joven, muy apuesto y las chicas morían por él, pero él solo tenía ojos para mí. Al principio sentí miedo, pensé que solo me convertiría en un pasatiempo ya que era mucho mayor que yo, incluso pensé que era casado.

—Y te enamoraste de él —afirmó, Amelia.

—No me enamoré, ¡estaba loca por él!, pero aterrada al mismo tiempo. Tenía dudas, los celos me apuñalaban cada vez que se le acercaba alguna chica, alguna de mis compañeras. Cuando lo tenía cerca enloquecía, pero si estaba lejos también y mi orgullo herido me hacía mantenerlo alejado, le hacía las mil y una, reconozco que lo torturé a más no poder. —Alexandra sonrió ante los recuerdos que pasaban por su cabeza.

—Y ¿qué pasó? ¿Cómo caíste en sus brazos?

—Y pasó que, es la clase de hombre que con su santa paciencia te va convenciendo de que tú eres lo más importante para él, te demuestra todo el tiempo lo orgulloso que está de ti, te hace sentir segura, valiosa, que eres necesaria para su vida, se preocupa todo el tiempo por ti, te enamora poco a poco con la forma en la que te mira porque te acaricia con la mirada, y con los modos con los que te trata porque te hace sentir amada, con las cosas que dice y como las dice porque te seduce con cada palabra y, cuando te toca... —miró a hacia el cielo—, bueno... te hace vibrar como nadie puede hacerlo y ningún otro lo iguala. —Amelia se sintió aludida ya que con Alan le pasaba lo mismo, hizo silencio y bajó la cabeza —. ¿Lo vas a dejar ir, así como así?

—No quiero perderlo, sé que me ama y me gusta la forma en la que lo hace, es un hombre maravilloso y me siento muy bien a su lado. Le pedí perdón por todo lo que le hice estos días, pero... —sus ojos se llenaron de lágrimas y no pudo continuar.

—Pero nada, el día del evento te pondrás ese vestido extravagante —la miró con picardía y una ceja levantada— y te aseguro que se rendirá ante los pies de su reina.

—No lo sé Alexandra. Me pidió tiempo para pensar, no sé cuánto tiempo querrá y que decisión tomará, finalmente.

—Ese tiempo pasará rápido, ya verás —sacudió la mano hacia abajo, desestimando la preocupación de Amelia—, te lo aseguro. Y con ese vestido, el tiempo se convertirá en segundos. —Ambas rieron y salieron para el comedor donde las esperaban.

Se juntaron en el salón, donde Akila se había esmerado con el almuerzo que estaba exquisito y la conversación estuvo amena y divertida con las anécdotas de los Fraser. Mark se había sumado al almuerzo luego de haber ido algunas horas a Guiza para controlar el armado del evento y organizar los pormenores del inicio de la excavación.

—Jonas ¿Por qué no vimos nada de Cleopatra? —Amelia se cuestionaba sobre el tema mientras se llevaba a la boca un bocado de *kushari*, una especie de guiso con garbanzos, carne, pasta, arroz y salsa—. Fue una reina muy importante. Aunque por lo que leí su historia es bastante complicada.

—Si, claro que lo fue. Su historia es compleja, larga y muy importante. Gobernó en el último período de la historia de Egipto, entre el año 51 y el año 30 antes de Cristo. —Jonas bebió de su copa de vino y se recostó contra el respaldo de la silla para hablar. —Cuando murió Alejandro Magno, sus generales se repartieron el gran imperio que había conquistado, dentro del cual se encontraba Egipto, y Ptolomeo Lagos, que era uno de ellos, fue quien se quedó con Egipto y se nombró faraón, el primer faraón griego. Así se inició la dinastía Ptolemaica, un período inestable y que no tuvo en cuenta la grandiosidad de esta cultura. —Probó un bocado de su comida y luego de pensar unos segundos continuó—. Los egipcios, cansados por malos gobiernos sucesivos, entronaron a Ptolomeo XII, que era hijo ilegítimo. Se casó con su hermana, tuvo tres hijas y una de ellas fue Cleopatra VII. Fue un faraón espantoso, un desastre, vivía de fiesta en fiesta, y los egipcios terminaron expulsándolo —hablaba tranquilo, relajado, pensando cada palabra—. Lo sucedió su esposa y a su muerte su hija Berenice, una de las hermanas de Cleopatra. Sin embargo, su padre la acusó de traición por quitarlo del poder y la mandó matar. Así asumió Cleopatra VII con dieciocho años.

—Dicen que era griega, ¿es así? —preguntó, Alan.

—Nació en Alejandría, pero por sus venas corría sangre griega, ya que descendía de Ptolomeo que era de Macedonia, Grecia —aclaró, Alexandra.

—¿Es cierto que era tan hermosa? —Amelia seguía devorando su plato que estaba exquisito.

—Se habla mucho de ello —Jonas sonrió pícaro comiendo una cucharada de *kushari*—, pero en realidad era una mujer muy inteligente, la única que aprendió a hablar el idioma de los egipcios ganándose así a su pueblo. También hacía buen uso de la diplomacia, escribió varios tratados médicos y con su... ejem, *sex-appeal* —sonrió—, cautivó a los hombres más poderosos del momento de los cuales necesitaba para mantenerse en el poder. Tenía un manejo excelente de la seducción.

—Pero, en definitiva ¿fue una buena reina? —Alan pidió repetir el plato que comían.

—Trató de recuperar el esplendor del antiguo Egipto, que venía de siglos de decadencia. Sin embargo, se casó con su hermano y las disputas entre ellos generaron una guerra civil. La salvó Julio César cuando llegó a Egipto persiguiendo a Pompeyo, su gran amenaza, con motivo de las guerras civiles en Roma. Se enamoraron, fueron amantes, y tuvieron un hijo, Cesario. —Jonas comenzó a comer el postre que había servido Akila, *mahallabiye*, una especie de natillas con almendras y piñones. —Cuando asesinaron a Julio César, ella trató de seducir a Marco Antonio, su sucesor, que luchaba contra Augusto por el poder, pero cuando estalló la guerra Ptolemaica, la flota de Marco Antonio fue derrotada y se refugiaron, con Cleopatra, en Alejandría. —Jonas se perdió en el postre y con su cara de éxtasis, generó la risa de todos. No pudo continuar hablando.

—Cuando Augusto tomó la ciudad, Marco Antonio se suicidó porque no aceptó el fracaso, así que Cleopatra usó sus encantos para seducir a Augusto. —Alexandra sonreía porque parecía que estaban contando una novela. —Pero esta vez no lo logró. Augusto no cayó bajo sus encantos, sino que prefería llevarla a Roma como trofeo, pero ella, que no era ninguna tonta, no se lo iba a permitir y decidió suicidarse, también.

—¿Es verdad que se hizo morder por un áspid? Leí que es una serpiente muy venenosa —. Preguntó, Amelia, devorando el postre—. ¡Dios este postre es un manjar!

—¡Son dos golosos! —rio, Alexandra—. Se supone que sucedió de esa manera porque era el procedimiento ritual egipcio, pero en realidad no se sabe, no hay registros de ello —contestó, Alexandra bebiendo su copa de vino.

—¿Qué pasó luego? —Alan dejó que el mozo retirara los platos.

—Augusto mató a su hijo Cesarión y unió Egipto al imperio romano, poniendo fin a 3.000 años de historia egipcia —contestó, Jonas, recuperado del éxtasis que le había provocado el manjar que había comido.

—¿Encontraron la tumba? —Alan sabía que la habían estado buscando sin éxito.

—Suponen que está entre las arenas del desierto, debajo el Templo de Taposiris Magna en Alejandría —comentó, Alexandra—. Ojalá la encuentren, hace muchísimo tiempo que la están buscando. Sería un gran descubrimiento. Es una gran incógnita.

—Demás esta decirles que en el mientras tanto, media familia de Cleopatra murió o fue asesinada. Incluso sus otros hijos, tuvo tres más. Eran épocas turbulentas y ella gobernó muchos años, así que pasó de todo un poco. Esto fue solo una breve síntesis de su historia, la cual es larga y muy enroscada, estaríamos días hablando de eso. Por eso Amelia, si, efectivamente, hay muy poco de ella en Egipto. —Jonas terminó con el tema. —Y es verdad, el postre estaba *¡Superb!* —Su cara de loco los hizo reír.

—¿Cuándo volvemos a Guiza? —preguntó, Amelia.

—Mañana iremos. Veremos cómo se va armando todo para la exposición, ya está casi listo —dijo, Jonas—. Alan es un genio. Será un evento... *¡Wonderful!*

—Me faltaron algunas fotos de la esfinge, las pirámides principales, y las de las reinas, necesitaría sacarlas mañana para sumarlas, no pude hacerlo con mi desmayo del otro día —se disculpó, Amelia.

—Hay tiempo no te preocupes *honey*. —Jonas se dirigió a Amelia tomándola de la mano ya que estaba sentada a su lado—. Faltan varios días para el evento *my friends*, no se pongan nerviosos que llegamos.

—¿Nosotros arrancaremos también desde el Museo de El Cairo? —preguntó, Alan—. Me dijo Asim que las momias salen desde allí, ayer estuve con él y me mostró los carruajes que ya habían llegado ¡Son espectaculares!

—Si, seremos todos parte de la procesión de las momias y luego, cuando las dejen en el Museo de la Civilización, nosotros seguiremos para Guiza —aclaró, Alexandra—. Amelia prepara algo para decir, será muy importante que hablemos, no te olvides que haremos hincapié en la mujer egipcia de la antigüedad y en la de hoy.

—Con lo que me gusta hablar en público... —Amelia revoleó los ojos hacia arriba, cruzó una mirada con Alan y se sonrieron, tímidamente, recordando su primer discurso en Ciudad del Cabo.

Cuando terminaron, pasaron al estudio de Jonas donde hablaron de los nuevos descubrimientos que habían hecho sobre el papiro y les estuvieron contando detalle a detalle cada una de las partes del mismo, mientras tomaban café y comían *halva*, una especie de turrón con semillas de sésamo y nueces.

Capítulo 22

"Antiguo Egipto:
la muerte en la Tierra es el comienzo de un viaje al otro mundo"

Al día siguiente los Fraser pasaron a buscarlos por el hotel para visitar Guiza, recorrer el exterior para sacar fotos y ver las instalaciones del gran evento del cual iban a participar. Tomaron la autopista que los llevaría a lo largo de los dieciséis kilómetros de distancia que había desde la ciudad de El Cairo hasta la necrópolis más antigua de Egipto y las imágenes eran descabelladas y hasta desopilantes. Los edificios a su paso, tipo monoblocks de muchas unidades en estado de semi abandono, tenían la autopista pegada a solo unos centímetros de distancia, de tal manera que si alguien salía al balcón de su departamento podía dar un paso y caminar por ella. Las unidades de los primeros pisos, directamente, habían quedado en completa oscuridad sometidas debajo de su estructura.

—¡Esto es terrible! —Amelia miraba horrorizada por la ventanilla—. Les pasa la autopista por el balcón.

—Si. En estos sectores todavía no derrumbaron los edificios más cercanos, pero allá ¿ves? —Mark señaló más adelante—, allá si y los que quedaron están más alejados de la autopista, tienen más espacio.

—¿Qué pasó con la gente que vivía en ellos? —preguntó, Alan.

—Les dieron dinero para que compren en otro lugar o los mudaron a otros edificios —explicó, Jonas—, pero te imaginarás que lo que recibieron fue peor que lo que tenían, siempre es así. De todas maneras, les dieron techo.

Siguieron el recorrido, cruzando el Nilo por uno de los puentes desde donde se podían ver las pirámides a la distancia. Un poco más atrás estaba el volumen del Gran Museo de Guiza todavía en construcción. La Gran Esfinge los recibió en ese lugar árido, como una protectora, la que se encontraría perdida en el desierto junto con el resto del complejo, si uno lograra abstraerse de la civilización que la rodeaba hoy. Según había leído Amelia había estado enterrada la mayor parte de su vida y desde que había salido a la superficie sufría el deterioro de la erosión por los vientos y la arena del desierto, además de la contaminación y los intentos frustrados e incorrectos de mantenimiento para su restauración.

—¡Es impresionante! ¡Hermosa! —Amelia estaba mirándola absorta y sacándole fotos desde diferentes ángulos.

—Y enorme, además de desproporcionada. —Mark caminaba con ella—. Tiene setenta y tres metros por veinte, cuerpo de león y cabeza humana, la que es pequeña en relación al cuerpo, como puedes ver.

—¿Por qué cabeza humana y cuerpo de león? ¿Tiene algún significado especial?

—Porque se creía que representaba la fuerza y la sabiduría del rey y fue construida por Kefrén en la época más gloriosa del imperio, por lo tanto, simboliza su fuerza y su poder. El león era el guardián, la fuerza, y el humano, el faraón. Y está orientada al sol naciente porque los egipcios la adoraban como la manifestación del dios del sol.

—¿De aquí llevaban al faraón hasta la pirámide?

—No, no desde aquí. Los complejos funerarios no estaban constituidos solo por las pirámides y la esfinge. Cada pirámide estaba dentro de una muralla rectangular que la rodeaba y donde había otros edificios y estaba conectada con el río por unos corredores por donde trasladaban al faraón cuando su momia llegaba a la necrópolis para ser enterrado.

—¿El pasadizo que muestra el papiro? —Amelia seguía dando la vuelta y cambiando lentes mientras tomaba fotos.

—No, no es eso. Esos corredores no se conectaban con la esfinge, eran independientes. Lo del papiro es diferente, parte directo desde la esfinge y es un camino que transitaban mientras estaban vivos, como un acto de fe, de valentía, de unión y espiritualidad, antes de gobernar o durante su mandato. De esa manera demostraban la clase de reyes que eran, su fuerza, sus intenciones, su poder y valentía.

—¡Mark! ven por favor —gritó, Alexandra, y su hijo fue a su encuentro mientras Amelia seguía con su cometido.

Se metió en el espacio entre las patas de la esfinge, enormes y largas, y llegó caminando hasta el fondo por un pasillo angosto con pendiente buscando algo interesante para fotografiar.

La vibración comenzó suave, parecía que la tierra temblaba a sus pies, se quedó muy quieta atenta a lo que sucedía. Una brisa comenzó a rodearla con suavidad y la arena comenzó a volar al ras del piso como un remolino, pero no había viento afuera de ese lugar. Se sobresaltó cuando escuchó:

—*"El tesoro que se halla en tu pecho es sincero y puro, es tan real y verdadero como el suyo"* —habló, el viento.

Amelia quedó estática y se dio vuelta de prisa, deseando que fuera Mark o Jonas quienes hablaban detrás de ella, pero no estaban allí. No había nadie a varios metros de distancia.

—¡Me van a volver loca! —Se sentía una desequilibrada gritándole a la esfinge—. ¡¿Por qué me hablan?! ¡¿De dónde salen sus voces?! —Comenzó a desandar el camino.

—*"Tu corazón habla por nosotros con un lenguaje auténtico y franco y, aunque te cueste entender, hacia atrás no debes volver. La voz de tu conciencia te mostrará el camino que te llevará a tu destino"*. —El susurro suave y firme la envolvió otra vez poniéndole los pelos de punta.

—¡No entiendo! ¿Cómo puede ser? —Se dio vuelta para mirar a la esfinge a la cara desde abajo, detenida en medio del pasillo, intimidada entre las enormes garras del monumento—. ¡Vamos! ¡Habla! Te escucho ¿Qué quieres decirme? —la increpó enojada con las manos cruzadas sobre su torso.

—*"Si tu amado se marcha y olvida tu amor, tu corazón se detendrá. Mirarás los dulces y los perfumes como si fueran sal, los licores tan dulces en tu boca, sabrán como hiel. Solo el soplo de su aliento es el que hace vivir tu corazón. Ojalá te entregues a él para siempre"*.[6]

---

[6] *Poema de la literatura egipcia.*

—Pero él... no sé si todavía me quiere a su lado —respondió, triste, abrió los brazos en cruz agobiada, que cayeron cansados a los costados de su cuerpo. Bajó la cabeza, giró sobre si y comenzó a salir de allí, turbada. Un remolino de viento fuerte la frenó al envolverla como si fuera un huracán y se dio vuelta enojada otra vez mirando a la esfinge a los ojos, quitándose la arena que había entrado en los suyos. —¡¿Qué pasa ahora?!

—*"En el vacío se perdió y su corazón dejó de latir. Al enojo se aferró y a la distancia se alejó. Su orgullo y desinterés no te dejan ver que tú lo haces latir y sin ti no puede ser".*

—¡Amelia vamos! —Mark la llamó desde lejos rompiendo el hechizo.

El viento se detuvo, la vibración del suelo también, la arena dejó de volar y todo volvió a la normalidad. Ya no escuchó nada más. Salió de ese lugar caminando despacio, pensativa, analizando lo que había escuchado.

—¿Qué hacías allí metida? —Jonas preguntó acercándose a ella, tomándola de los hombros y mirándola fijo a los ojos porque la había visto gesticular y hablar sola en ese lugar—. ¿Encontraste algo interesante en ese hueco insulso?

—Nada. —Rio, confusa—. La esfinge me... —*Si le digo que la esfinge me habló pensará que perdí el juicio*, pensó. Calló, señaló hacia la esfinge, lo miró y, ante su mirada expectante, suspiró y continuó— la esfinge y yo solo charlábamos. —Todos rieron, pero Jonas levantó una ceja y se quedó mirándola extrañado, porque estaba seguro de que algo más había pasado.

—A veces hay que escuchar a los viejos Amelia. —La miró, incrédulo.

—Cuéntame más de este lugar Jonas, me encanta cuando me lo cuentas tú.

—Lo miró, curiosa por el comentario y su mirada.

—Bueno *dear*, mucho lo habrás leído. ¿Qué más puedo contarte? —Se tomó con los dedos el mentón, pensativo y se acomodó su sombrero Panamá—. A ver... como sabes las necrópolis siempre se construían del lado oeste del río, del lado donde se pone el dios del sol y donde los egipcios consideraban que estaba el más allá. Las pirámides son las más antiguas de todas las necrópolis. Tanto la pirámide de Saqqara como la Romboidal, la Roja, o estas, estaban en lugares muy estudiados, nada era dejado al azar: su ubicación, su orientación, su tamaño o su altura. No te olvides que allí el faraón iniciaba su camino a la eternidad. Sin embargo, las de Guiza son las más famosas. Sus lados están orientados de norte a sur y de este a oeste y su disposición es una representación de la constelación de Orión. En la parte superior de cada una colocaban el piramidón, que era una pequeña pirámide realizada en piedra y cubierta en oro o en otra aleación, donde creían que se posaba el dios sol y marcaba la unión entre el cielo y la tierra. Por eso la energía en el centro es tan poderosa y te aseguro que mucho más de lo que suponemos.

—Leí que su construcción es un misterio, el traslado de las piedras y todo eso ¿no?

—No tanto. La cantera de la que salieron las piedras de las pirámides estaba aquí a unos seiscientos metros. Por otro lado, el sarcófago y otros elementos construidos con piedras de Asuán se trasladaron a través de un brazo del Nilo que puede haber facilitado el transporte de los materiales que necesitaban para su construcción. Ese canal hoy no existe, se secó, por eso era un misterio hasta que lo descubrieron con estudios del suelo y de la zona.

—Y los otros edificios que completaban el complejo ¿qué eran?

—Había templos, otras pirámides como las de las reinas, edificios diversos, cementerios de los obreros que trabajaron en ellos, otras tumbas, y la esfinge era el gran centinela del complejo.

—¿Mezclaban el lugar donde el faraón iba a pasar a la eternidad con el cementerio del pueblo? —Caminaban tomados del brazo.

—*Dear*, ellos tenían muy claro que, *"al final del juego, el peón y el rey vuelven a la misma caja"*. —Amelia rio, Jonas también, y luego continuó con la explicación. —La más grande es la Gran Pirámide, del faraón Keops, luego viene la de Kefrén, su hijo, que parece más grande porque está sobre un terreno más elevado y, la más pequeña y la más compleja es la de Micerino, su nieto. —Jonas señaló unos edificios en un lateral y hacia allí se dirigieron—. Ven, vamos a ver dónde se armará la exposición. El edificio se construyó a partir de la recreación de un viejo templo que existía en la antigüedad. Su ubicación y su forma trapezoidal son iguales al de aquel entonces.

Al ingresar quedaron maravillados por la estructura perimetral que habían armado, donde se encontraban algunas de las fotos colgadas en unos paneles gigantescos. La iluminación era excelente, tenue, pero se acentuaba en cada foto y el clima generado era extraordinario. En los extremos del salón se ubicaban las pantallas donde pasarían los videos y, en el centro del lugar, había una vitrina, opaca en la parte inferior, con una gran pirámide de vidrio encima, bajo la que se encontraba el famoso papiro que habían descubierto en Deir el-Bahari y que tanto entusiasmaba a los Fraser.

Afuera, delante de la Gran Esfinge ya estaban colocando los primeros elementos que armarían el escenario, un poco elevado sobre el suelo, con dos torres laterales.

—En los extremos del escenario se colocarán las otras pantallas elevadas, una de cada lado y, delante, las butacas para el público —comentó, Alan—, toda la iluminación será independiente y se ubicará sobre los laterales para que se vea todo el complejo, la esfinge y las tres pirámides, que estarán iluminadas con reflectores.

—Será perfecto —comentó, Alexandra—, es grandioso como organizaron todo.

—Si, Asim se mostró muy complaciente con todo lo que le pedí porque le gustó la idea desde el comienzo, le da un clima de misterio especial —hizo una pausa y la miró a Amelia como pidiendo su aprobación y ella sonrió—, además mucho de lo que se va a usar es lo que, habitualmente, usan para el espectáculo de luz y sonido de este lugar, así que no implicó un gran gasto sino, mayormente, la redistribución de los elementos para que luzca mejor.

—Me encanta la idea —expresó, Amelia, mirándolo con admiración—. Será muy emocionante. —Él se perdió en sus ojos viendo la chispa del amor que se tenían, ese que, últimamente, no podía encontrar en ellos. Ella le sostuvo la mirada y él, luego de unos segundos, continuó con la explicación.

—Por el camino, rodeando al público, llegará la caravana que viene desde El Cairo, subiremos al escenario por una rampa en la parte posterior, justo delante de la esfinge y, al finalizar el espectáculo, estallarán fuegos artificiales de colores desde el borde del escenario, además de los colocados en los otros monumentos, para darle fin al evento.

—Me gustaría tomar fotos del público mientras estamos arriba y que pasen las imágenes en las pantallas —pidió, Amelia entusiasmada—, para que se sientan parte de la muestra y de esta civilización, sobre todo las mujeres, las actuales *Reinas de Arena*.

—Si, claro, eso sería grandioso —dijo, Alan—, podemos conectar tu cámara a las pantallas y, cuando llegue el momento, los operadores interrumpirán el video y comenzarás con las fotos.

—¡*Great idea* Amelia, *great idea*! Eso va a ser ¡*Superb*! —Jonas abrió sus manos e hizo un gesto expansivo hacia el cielo—. Ambos son unos genios.

Capítulo 23

"Pero ¿qué quieres mujer?
Solo quiero una flor, Brahim"[7]

Desde que habían llegado a El Cairo, a medida que los días pasaban, poco a poco la ciudad se iba transformando con los preparativos para el Gran Desfile Dorado de los Faraones. Según les habían contado los Fraser y Asim y, por lo que se veía, no iba a ser un evento menor. A lo largo de la avenida, frente al Museo de El Cairo, se habían colocado estructuras que sostenían reticulados metálicos para lo que sería la iluminación de esa noche. Cada tanto aparecían pórticos sobre las calles con el logotipo del desfile, el sol alado, símbolo de divinidad, realeza y poder, que indicaba cual sería el recorrido de las momias. A los lados de las arterias había estandartes del evento y en algunos sectores, gradas para que el público y los periodistas pudieran ubicarse y transmitir el evento en vivo al resto del mundo. La publicidad a lo largo del paseo y en los frentes de algunos edificios era también importante y, si bien no entendían el idioma, habían visto por la televisión su anuncio en forma constante.

Fatma la llevó a ver los lugares por los que transitaría el desfile y luego decidieron almorzar juntas en la torre de El Cairo, un restaurant giratorio desde donde se veía toda la ciudad.

—Fatma ¿Cómo es tu vida? ¿cómo es la vida de una mujer en Egipto? —Amelia preguntó a su amiga mientras el mozo colocaba los platillos del *mezze* en la mesa, una variedad de colores, aromas y sabores: *falafell*, *samosas* —empanaditas fritas rellenas de verdura y papa—, queso feta, encurtidos, *dips* con quesos variados para untar y *kibbeh* — albóndigas de carne mixtas con especias—.

---

[7] *Película "The Best of Times" de Hala Khalil.*

—Bueno... a ver. —Se quedó pensando—. Es complicado lo que me preguntas Amelia. No es del todo malo, tampoco del todo bueno. Creo que como en todas partes.

—Si, pero lo que nosotros leemos de la vida aquí es aterrador. Muchos diarios dicen que es uno de los países más injustos para las mujeres. —El mozo les sirvió las bebidas.

—Creo que hay peores, pero si hay mucho maltrato y abuso. La mayoría de las mujeres, podría decirte, son maltratadas y no tienen manera de denunciar esos abusos, incluso suceden entre su misma familia. Así surgieron los *Pink Taxi*, como ya te conté. Y la falta de derechos fue mejorando con el tiempo, pero no fue suficiente, siempre salen beneficiados los hombres. —Fatma untó una tostada y se la extendió a Amelia—. Prueba, es riquísimo.

—Cuéntame más sobre la vestimenta. Me dijiste que su origen era religioso, pero no es una obligación ¿entonces? —De fondo sonaba música egipcia que se entrelazaba con el murmullo de la gente y el ruido de platos y cubiertos.

—Para nosotras hay un gran cambio cuando pasamos de niñas a mujeres —comenzó a explicar, Fatma—. Mientras somos niñas somos libres, podemos jugar con chicos, ir con malla a la playa, mostrar nuestro cuerpo, pero a partir del momento en que nos convertimos en mujeres todo cambia.

—¿Por qué? Son las mismas personas. —Amelia saboreaba una *samosa*.

—Si, pero si queremos ser mujeres decentes tenemos que cumplir con ciertos mandatos, sobre todo las que pertenecemos a familias tradicionales que verían comprometida su honorabilidad por nuestros errores.

—¿Qué sería ser una mujer decente y honorable aquí? —Amelia observó el cambio en su mirada que de pronto se volvió triste.

—Simplemente sentir vergüenza de nuestro cuerpo. —Negó con la cabeza.

—¿Cómo? ¿Por qué dices eso? —Se adelantó en la silla para prestar atención a lo que decía, asombrada por ese comentario.

—Recuerdo un día que llevé a una mujer al aeropuerto, una francesa que viajaba por negocios o algo así. Iba vestida con una pollera a la rodilla, saco y camisa, el pelo suelto, medias de seda y tacos. —Sonrió, bajó la cabeza y la voz—. Cuando bajó me paré a su lado para darle el equipaje y me sentí... tan avergonzada. —Sus ojos brillaron ante el cometario—. Iba tan linda, tan segura de sí, se sentía tan hermosa que me hizo sentir muy poca cosa.

—Ay Fatma, no digas eso, tú eres hermosa —le dijo, retándola.

—Ella entró en el aeropuerto y cuando las puertas se cerraron me vi reflejada en ellas y... hubiera llorado. Mi ropa suelta que no deja ver las formas de mi cuerpo, con la cabeza siempre cubierta. ¿sabes cómo es mi pelo Amelia?

—No, la verdad que no, nunca lo vi. —La tomó de la mano.

—Ser una mujer decente implica vestirse así, cubrirse siempre. Es más, mi padre no acepta que use ropa común, mucho menos que maneje un taxi, debemos mostrarnos lo menos posible, cruzar la calle rápido, mirar siempre hacia abajo. Recuerdo los consejos de mi madre: ahora que eres mujer no debes caminar así, no debes reírte en voz alta, no debes levantar la voz, debes volver temprano, no debes usar transparencias, debes cubrirte el cuerpo y que no te vean la piel, debes, no debes, debes, no debes... —dijo, imitando la manera de hablar de su madre y siguió comiendo.

—Pero no te veo avergonzada de ti y manejas un taxi, lo cual vi que no es poca cosa, te haces valer. —Amelia seguía disfrutando de los diferentes platos mientras conversaban.

—¡Claro! porque muchas cosas las he cambiado desde que me casé y gracias a mi esposo que me apoya, pero es un mal de las mujeres de clase media.

—¿Por qué? ¿qué diferencia hay con las otras clases?

—Las de clase baja siempre van contra la corriente, poco les importa. Y las de clase alta, es como si ser de esa clase las eximiera de respetar las tradiciones o esos mandatos, no se preocupan por cumplirlos en lo más mínimo.

—Sin embargo, he visto mujeres que se atreven a andar vestidas de otras formas y rompen de alguna manera con las leyes tan arcaicas y no parecían ni de clase baja ni de clase alta.

—Claro, pero también tiene su costo. No te creas que no son cuestionadas o criticadas, hay mucha censura social. Hay de todo en realidad, algunas usan la *hiyab* porque son tradicionalistas y otras a modo de protesta. Muchos creen que las mujeres occidentales solo piensan en el sexo y son lujuriosas y muchos occidentales piensan que las mujeres egipcias viven reprimidas. —Fatma suspiró y dejó caer la cabeza hacia atrás—. Y no es ni una cosa ni la otra. Sin embargo, muchas mujeres fueron encarceladas solo por protestar y hasta humilladas públicamente.

—Veo que pueden trabajar, incluso ocupar cargos importantes, eso ¿cambia la relación con los hombres? ¿aumenta sus derechos?

—No, claro que no. Podemos llegar a tener trabajos importantes, incluso en la política, eso ha cambiado bastante, pero la relación con los hombres es la misma, regida por leyes del siglo pasado. Una mujer puede tener un cargo gerencial, pero depende del marido, del padre o del hermano para salir del país o para decidir sobre sus hijos. —Frunció el ceño, pensativa—. De todas maneras, aunque tengamos buenos empleos, siempre tienen prioridad los hombres ante la escasez de trabajos y sus sueldos siempre son mejores.

—Bueno, eso pasa en todos lados Fatma, no es propio de este país. —El mozo se acercó a retirar los platos.

—Muchas organizaciones internacionales tratan de ayudarnos con nuestros derechos, pero el gobierno parece mirar para otro lado. Solo queremos lo que quieren todas Amelia, no pretendemos nada extraño, solo que nos amen y nos den el trato que merecemos. No amamos más o menos a Alá por estar cubiertas o vestir de oscuro.

—Si no es una obligación religiosa lo de la vestimenta, entonces ¿qué es?

—Es según la interpretación de los altos religiosos musulmanes o de cada uno de nosotros de acuerdo a nuestras creencias. —La tomó de la mano por encima de la mesa y la miró fijo y sonriente—. No hablemos más de mí, cuéntame, ¿cómo van las cosas con la exposición?

—Muy bien por suerte. Alan sabe muy bien como armarla para causar el efecto que quiere. Es un genio. Y mis fotos, por supuesto, son hermosas. — Se rieron las dos por el comentario.

—Toma esto, te lo envía mi esposo. —Arrastró la mano por la mesa hacia ella, con un sobre pequeño y Amelia lo tomó y extrajo un dije de adentro, una cruz con la parte superior en forma de lazo—. Es la cruz egipcia, la llave de la vida y la vida es eterna para los egipcios, trasciende lo terrenal. El lazo superior de la cruz simboliza la energía femenina a través de la diosa Isis que representa el trono, la magia, la fidelidad conyugal y la maternidad. Isis era la madre, la reina y la diosa del más allá. La parte inferior simboliza la masculina a través de Osiris, su esposo, a quien ella resucitó, también simboliza el sol y la luna, el aire y el agua. Me dijo que lo lleves, porque eso es el amor, tiene que existir la alegría y la tristeza, el amor y el dolor.

—¡Gracias! ¡Es hermoso! —Amelia lo miró encantada, acariciando todos los detalles.

—Toma —le entregó un papel doblado—, te manda también este poema, es muy popular entre nosotros y tengo que admitir que mi marido es medio brujo, él sabe lo que te dice, te lo aseguro, dice que cuando te pongas esa cruz, esto pasará.

—*"Mi amada es el mejor remedio, más que cualquier fármaco. Mi salud reside en su arribo, me curaré solo con verla. Que ella abra mis ojos y mis miembros volverán a la vida. Que ella me hable y mis fuerzas retornarán. Abrazarla expulsará mi enfermedad, porque ella me ha perdonado".*[8]—Amelia leyó en voz alta—. ¿Será verdad?

—Ya le pediste perdón ¿verdad?

—Si, claro. —Después de tomar un té y un café, pidieron la cuenta.

—Bien. Él te pidió tiempo. ¿verdad?

—Si.

—¿Solo te vas quedar sentada esperando que suceda un milagro? o ¿vas a hacer algo al respecto?

—Bueno... no sé ¿Qué quieres que haga?

—¡Amelia! Una ayudita para que piense un poco más rápido no estaría mal.

—¿Qué quieres decir? —La miró con ojos divertidos.

—Que la cruz no puede sola. Mañana lucirás un vestido espectacular. —Fatma bebió un sorbo de su té—. Pero necesitará un poco de ayuda de tu parte. Las reinas egipcias eran las diosas de la seducción, las hechiceras de

---

[8] *Adaptación de poemas de la literatura egipcia.*

la atracción, no sé... ¿algún perfume que lo vuelva loco, algún movimiento seductor, un roce, una caricia? —Le sonreía con una mirada picante.

—¡Pero yo no soy una reina egipcia! —refutó, Amelia.

—¿Ah no? Sin embargo, cuando quieres eres muy seductora, te he visto mover ese cuerpo, por no decir ese culo —bajó la voz—, y enloquecer a todos.

—¡Fatma! Creí que eras una egipcia decente y honorable. —Comenzaron a levantarse entre risas, para irse.

—Si, lo soy, pero no soy tonta. ¡Vamos Amelia! solo necesita un gesto, mañana es tu oportunidad. ¡Úsala! Haz que piense rápido.

Capítulo 24

"Te amo a lo largo de los días, en la oscuridad,
a través de todas las largas divisiones de la noche.
Esas horas, que yo, pródigo, desaprovecho solo, y yazgo,
y doy vueltas, despierto hasta el alba.
Y con tu forma pueblo la noche,
y pensamientos de ardiente deseo crecen vivos en mí.
¿Qué magia había en esa voz tuya
para traer tan cantante vigor a mi carne,
a miembros que ahora yacen indiferentes en mi cama sin vos?
Por eso imploro la oscuridad:
¿A dónde te fuiste, ah hombre que ama?
¿Por qué te has ido de aquella cuyo amor puede marcar el rumbo,
paso a paso, de tu deseo?
Ninguna voz amante responde. Y yo, demasiado bien percibo,
que solo estoy."[9]

3 de abril de 2021- Desfile Dorado de los Faraones
Ciudad de El Cairo

El día comenzó agitado, hasta la ciudad respiraba la inquietud del gran evento. No era algo de poca importancia, era el traslado de veintidós momias desde el Museo de El Cairo al Museo de la Civilización Egipcia, entre ellas cuatro reinas: Ahmose-Nefertari, Ahmose Meritamón, Tiy y, por supuesto, Hatshepsut, por cinco kilómetros de recorrido. Autoridades, comerciantes, turistas y trabajadores, iban y venían con un nerviosismo que no era propio de los otros días. Todos estaban de fiesta desde temprano y ansiosos de que saliera todo a la perfección porque no solo los egipcios lo verían, sino el mundo en su totalidad a través de las noticias en directo por

---

[9] *Fragmento del poema egipcio "Te amo a lo largo de los días".*

canales internacionales y por redes sociales. Si habitualmente la ciudad era caótica, se había transformado en un hervidero.

Amelia estaba muy nerviosa, la noche iba a ser larga y ajetreada. Era también "su noche" y ser protagonista en ese evento mundial era una gran responsabilidad. Salió con Fatma a caminar por el simple hecho de no quedarse en el hotel y poder calmarse. Pasearon por los alrededores, mientras compraba algunas chucherías para llevarse y regalar a sus amigos, familiares y conocidos. No lo había visto a Alan en ningún momento, suponía que estaría corriendo con el armado de la exposición y los retoques finales. Los Fraser, por su parte, no habían dado señales de vida. Lo único que le había dicho Alexandra era que la pasaría a buscar a las cinco de la tarde para ir al Museo de El Cairo, donde les habían preparado una sala especial para ellas y les pondrían personal que las asistiría con la ropa, el peinado y el maquillaje. Luego partirían los cuatro detrás de la gran caravana.

Las horas pasaron rápido, almorzaron algo ligero y, cuando se quiso acordar, estaban regresando al hotel para comenzar con los preparativos. Fatma se despidió no sin antes recordarle que llevara puesto el dije y que usara el perfume que Alan le había reglado no bien llegaron a Egipto. Le deseó buena suerte, aunque consideraba, internamente, que no la necesitaba, y prometió verla a la noche en Guiza a donde asistiría con su esposo.

Alexandra pasó por ella como habían quedado y llegaron al Museo donde una chica las condujo a una habitación en un sector anexo. La locura que ya se vivía allí la alteró, todos estaban presos del nerviosismo y hasta algunos estaban sufriendo pánico escénico: modelos, actrices, bailarines, músicos, empleados y Asim, por supuesto, dando miles de indicaciones, peleando, corriendo y gritando órdenes. Era impresionante la cantidad de gente que intervendría en ese evento. Trató de tranquilizarse, pensar que su trabajo era excelente y que Alan se ocuparía de que luciera deslumbrante. No pasó mucho tiempo hasta que la habitación donde se encontraban fuera invadida por los asistentes: masajistas, maquilladoras, peinadores, modistos que arreglarían cualquier problema con los vestidos, manicuras y asistentes de los asistentes. Las hicieron desvestir, quedando solo en ropa interior, y acostarse en unas camillas donde comenzaron a masajearles el cuerpo con aceites, esencias y cremas que las dejaron suaves y perfumadas.

—¡Qué despliegue! No me lo esperaba —comentó, Amelia, mirándola a Alexandra desde la camilla con ojos de sorpresa—. Parece que fuéramos a filmar una película o a recibir un Oscar.

—Más o menos, aquí se toman las cosas así. Todo es a lo grande. Es el evento del año, tal vez de los últimos años y no quieren quedar mal, tienen que dar la mejor impresión porque el mundo los estará mirando —dijo, Alexandra, con cara de decepción y agregó en un susurro—, aunque la realidad de la gente sea otra.

—Y, ¿dónde están nuestros hombres? —Amelia sonrió.

—¿Nuestros hombres? ¿Se arreglaron tu y Alan? —Alexandra la miró con cara de incertidumbre.

—No del todo, pero las cosas están mejor, espero que hoy podamos hacerlo, definitivamente. —Amelia, esperanzada y sonriente, miró hacia el perchero—. Si mi vestido no lo ayuda a tomar una decisión, estoy perdida.

—Todo se va arreglar, ya verás. A esta altura, debe estar pensando que te ama y te extraña y en los verdaderos sentimientos que tiene cada uno por el otro. Y cuando te vea tan hermosa terminará de decidirse.

—Estuvimos hablando. Pero bueno, después que me pidió tiempo no hubo mayores definiciones. —Sonrieron las dos. —Espero que hoy se decida.

—Lo hará, es más, yo creo que ya tomó una decisión. Estoy segura. Se está haciendo el difícil, eso es todo. —Sonrió, sacudiendo su mano hacia abajo— Y con respecto a lo que están haciendo, Jonas y Alan estarán en otra sala como esta, acicalándose, y Mark está en Guiza terminando con los últimos detalles de la organización y por si algo sale mal, para ayudar a solucionarlo.

Mientras conversaban iban cambiando de sitio de acuerdo a lo que les indicaban. Se sentaron en unos sillones mullidos y muy cómodos, les cepillaron el cabello y comenzaron con los peinados mientras una chica las maquillaba y otra les hacía las manos.

—¿A qué se debe ese cambio? Estabas algo enojada y con pocas esperanzas la última vez que hablamos.

—Si. Él no me había tratado muy bien esos días y estaba mal. Le había pedido perdón, pero, de todas maneras, seguía alejado.

—Era producto de tu rechazo y, tal vez, porque no sabía que hacer contigo.

—La miró con expresión de retarla—. A lo mejor pensó que mostrándose enojado y distante tu reaccionarías.

—Y lo logró. Estuve meditando mucho, reconozco que me apresuré al juzgar lo que vi y lo que había pasado, que siempre pongo excusas para alejarme... —Movió la cabeza hacia los lados en señal de duda—, por miedo tal vez, no lo sé, no lo hago a propósito, es solo que no quiero sufrir, pero... —sus ojos se llenaron de lágrimas, la chica que la maquillaba la miró con los ojos bien abiertos. Amelia respiró profundo, parpadeó varias veces y cuando pudo controlarse, continuó con el maquillaje. —Se que estuve mal.

—Todo saldrá bien señorita, el amor siempre triunfa, ya no llore, se pondrá triste —dijo, la chica, ante lo que Amelia la miró sorprendida y luego pasmada a Alexandra.

—Ellas lo saben bien, no sé cómo hacen, son medio brujos aquí, perciben cosas que nosotras no podemos siquiera imaginar. No sé si será por sus ancestros, pero viven más conectados con el universo y las energías que el resto del mundo occidental. —Se detuvo para que la maquilladora pasara el labial—. Igualmente, te entiendo, no es fácil, pero es un buen hombre y te quiere Amelia, sería una lástima que se separen.

—Además se le correrá el maquillaje, no querrá que él la vea así, llorosa y con los ojos hinchados. Es una reina esta noche. —La chica continuó sonriendo más fuerte y desatando la risa de las dos.

El tiempo voló y las ocho de la noche llegaron. Los vestidos lucían colgados en unos percheros al costado y Amelia no podía creer atreverse a usarlo. Se pusieron de pie, entró la diseñadora y comenzó a vestirlas.

—Debe sacarse el corpiño y colocarse esto en lugar de su bombacha —le dijo, la mujer.

—¡Esto no es una bombacha! —dijo, Amelia, horrorizada mientras iba al vestidor a cambiarse—, es un hilo de coser. —Todos largaron la carcajada— Convengamos que esto no va con la vestimenta que usan las egipcias recatadas de acuerdo a sus tradiciones.

—Amelia... —Alexandra la miró sonriente, levantando una ceja— a las reinas se les permite usar cualquier cosa.

El vestido se deslizó por su cuerpo como un guante marcando cada curva de su silueta. Era completamente transparente, bordado con hilos dorados formando hojas que permitían ver su piel donde no había dibujos, pero el decorado se acentuaba de tal forma que, en las partes íntimas, no dejaba ver nada. El escote irregular partía desde su ombligo, la tela cubría solo sus pechos, abrazando sus hombros y dejando sus brazos al descubierto. La espalda desnuda bajaba en pico por debajo de la cintura, brindando espacio a la imaginación. Un tajo nacía casi en la ingle de la pierna izquierda y llegaba hasta el piso mostrando la belleza de su piel tersa y bronceada. Unas sandalias de malla dorada y taco alto completaban el modelo.

—¡Es hora, chicas! —Alguien abrió la puerta e indicó que salieran. Todos se fueron, incluso Alexandra con su hermoso vestido negro y bordado, largo hasta el piso y ajustado al cuello con una gargantilla, que dejaba al descubierto sus hombros. Amelia quedó sola en esa sala frente a un enorme espejo donde su reflejo la miraba relajado y admirándola. No podía creer lo que veía.

En sus muñecas llevaba pulseras doradas de malla que se extendían afinándose sobre sus manos y se enganchaban en su dedo medio con un anillo. En sus antebrazos tenía brazaletes con forma de serpientes y habían pintado tatuajes con *henna* sobre su piel que subían como filigranas desde su muñeca. En su cabeza llevaba una tiara, una cinta dorada la rodeaba y, hacia delante, tenía un pico que descendía en el centro de su frente con una piedra turquesa en el medio; hacia atrás, se perdía entre su pelo para transformarse en pequeñas cadenitas que colgaban curvas sobre el largo de su lacio cabello, uniendo ambos lados de la tiara. El maquillaje resaltaba sus ojos y el *khol* los delineaba extendiéndose hacia las sienes, habían colocado una sombra oscura, casi negra, sobre los párpados y finos arabescos curvos partían del ojo izquierdo hacia sus mejillas, donde pequeños brillitos recorrían uno de sus pómulos en una sucesión. Nunca se había sentido tan hermosa. Ahí, frente al espejo, sus ojos destellaron un brillo especial.

—*"Cada hombre tiene una imagen soñada de sí mismo con una mujer, y tu misión es hacer realidad este sueño. Cuánto más te acerques a este sueño, tanto más conseguirás satisfacerlo. Olvídate de los brebajes y de los perfumes. El hechizo consiste en conjurar este deseo y este sueño y darle vida."* (Cleopatra). —La voz salió del espejo, grave y sonora, pero suave. Sin embargo, esta vez no la sorprendió.

—No sé quién eres, no sé cómo puedes hablarme, pero no importa. Es lo que deseo, solo sé que deseo que Alan vuelva mí. —Amelia susurró mirando fijo a su reflejo.

—*"Lo hará porque tu verdadera belleza no está en esa mujer que ves en el espejo, sino en tu corazón"* —dijo, la voz.

—Vamos Amelia, es tarde. —Alguien abrió la puerta y con apuro le indicó que saliera, se dio una última mirada en el espejo, dio la vuelta, enderezó la espalda y salió. *Allá vamos.*

Al entrar al salón principal del museo, donde esperaban el gran inicio con mucha tensión, los ojos de todos se posaron en ella y el silencio invadió el lugar por completo. Nadie emitió un sonido más, pero unos segundos después, muy despacio, comenzó un aplauso general. Estaban hipnotizados con su belleza, pero a ella solo le importaba la mirada absorta de Alan, que la recorría de arriba abajo, extasiado. Ella le sonrió suavemente, él la derritió con la mirada.

—Amelia, está bellísima. —Asim se acercó y besó su mano—. Ya es hora, la invito a que inaugure el evento.

—¿Yo?, pero... lo iba a hacer usted —dijo, Amelia, algo miedosa.

—Pero ¡¿quién entiende a las mujeres?! —protestó, sonriendo, a lo que ella respondió con una risa nerviosa—. Si, usted Amelia. Solo puede hacerlo una verdadera reina y usted lo es esta noche. —La acompañó tomándola de la mano hasta ubicarla delante de las puertas del museo, ante la mirada estupefacta de los presentes, que recorrían su cuerpo con admiración. Se paró junto a los Fraser, que sonrieron y la miraron asombrados, y a Alan que parecía que en cualquier momento iba a prenderse fuego.

Dos hombres abrieron por completo las anchas y altas puertas del Museo, ella se adelantó hacia la explanada, ubicándose a contraluz del fondo luminoso. Llevó lentamente sus manos hacia adelante y un reflector de luz se posó repentino sobre ella. Los tambores comenzaron a sonar, las luces del exterior del museo se encendieron y entonces elevó los brazos al cielo, enérgicamente. Los gritos de la gente y los aplausos hicieron el resto, el "Desfile Dorado de los Faraones" había comenzado.

Por sus costados comenzaron a salir cientos de hombres y mujeres con túnicas hasta el piso en azul y blanco, las mujeres con pelucas negras y todos con tiaras en sus cabezas, simulando ser sacerdotes y sacerdotisas, llevando en sus manos copones redondos iluminados como si fueran ofrendas. Rodearon la rotonda frente a ellos y avanzaron formando filas a lo ancho de la avenida marcando el camino por el cual luego transitarían las momias. A continuación, de los laterales del museo, salió la guardia militar con trajes de gala y tocando sus tambores, al compás de la procesión. A medida que andaban iban formando dos filas y se desplazaban hacia los lados de la ancha calle. Desde las vigas elevadas sobre la avenida las luces se prendían y apagaban al ritmo de la música. Carros con caballos, curvos en su parte delantera y abiertos atrás, conducidos por guerreros de pie ataviados con túnicas blancas, iniciaban el paso de otra caravana de personas con trajes diferentes, todos del Antiguo Egipto.

Finalmente, aparecieron los vehículos que trasladaban las momias. Eran carros militares, decorados en su exterior como barcas egipcias doradas resaltando sus formas con líneas de luces, y en la parte superior llevaban los sarcófagos con las momias en su interior. Si bien parecían ataúdes dorados, eran cabinas especiales llenas de nitrógeno, con temperatura controlada para su conservación. Ante los ojos de la multitud fueron pasando los dieciocho faraones, en orden cronológico: varios Ramsés, varios Tutmosis, Amenofis y las cuatro reinas, entre ellas, Hatshepsut, todos de las dinastías XVII a la XX del Imperio Nuevo. La idea simbólica del traslado era que abandonaban sus tumbas, el viejo museo, para dirigirse al lugar de su descanso definitivo.

Una vez que la última carroza pasó, se detuvo ante la puerta del museo otro vehículo como los anteriores, descubierto en la parte superior, donde Asim los invitó a subir a Amelia, a Alan y a los Fraser. Ellos cerraron la caravana seguidos por bailarines con trajes de la época que se sumaron a los anteriores.

La ciudad parecía otra, los edificios públicos, los hoteles, monumentos, obeliscos, y altas torres de departamentos relucían iluminados con tiras verticales de luces led, algunos con líneas horizontales, otros formando cascadas y los reflectores esparcidos por la ciudad acompañaban el recorrido al igual que los estandartes y las antorchas. La gente en las gradas vivía una fiesta única, los periodistas armados con sus cámaras no dejaban de sacar fotos y filmar, y vehículos y helicópteros seguían la procesión. La seguridad era extrema, nadie podía interrumpir la caravana.

La música del evento era ejecutada por la *United Philarmonic Orchestra* de Egipto y la selección incluía la canción *A Reverence for Isis* interpretada por una soprano egipcia. Hubo otras canciones cuyas letras fueron tomadas del Libro de los Muertos y de los Textos de las Pirámides, todas ellas interpretadas por solistas y violinistas egipcios. Simultáneamente, dentro del Museo de la Civilización Egipcia, tenía lugar un concierto al cual asistían el presidente y otras autoridades e invitados especiales que esperaban la llegada de la caravana.

Los carros dieron vuelta en la plaza alrededor del obelisco de Ramsés, desde el cual rayos de luz salían hacia el cielo en todas direcciones y donde bailarinas ataviadas con trajes blancos con alas desplegadas, danzaban a su alrededor. A esta altura, motos de la policía guiaban el convoy y el cierre lo hacían todos los que habían salido al comienzo y aguardado a los lados del camino: sacerdotisas, sacerdotes, carros con caballos, militares, bailarines. Doblaron por otra avenida para continuar la procesión por las calles de El Cairo a la vista del mundo.

Cuando llegaron al Museo de la Civilización Egipcia, el presidente de Egipto Abdelfatah El-Sisi esperaba en la explanada. Columnas cuadradas con luz en su interior rodeaban el museo, banderas flameaban, la música sonaba sin cesar, había videos con espectáculos de baile y música en diferentes templos, entre ellos el de Hatshepsut y en las pirámides, que se veían por enormes pantallas. Se detuvieron para que el presidente les rindiera homenaje con veintiún cañonazos que hicieron su estruendo. Era el honor que le correspondía a un mandatario real, símbolo de que el jefe de un país recibía los restos mortales de los reyes anteriores demostrando respeto y dignidad. Luego, siguieron avanzando hasta ingresar al edificio donde las momias descansarían durante quince días hasta que pudieran ser exhibidas.

Cuando la carroza en la que iban ellos frenó en el museo para el homenaje, Amelia trastabilló. Alan pensando que caería la tomó por la cintura y su perfume lo envolvió haciéndolo estremecer. El contacto los aturdió a ambos, Amelia se sobresaltó y Alan se alejó de inmediato, como si hubieran sufrido un choque eléctrico. Siguieron allí en silencio, sin mirarse, separados todo lo que podían ya el carro no era muy ancho. Un poco más atrás Alexandra le sonreía a Jonas y él revoleaba los ojos al cielo.

—Parecen dos chicos. —Jonas susurró en el oído de Alexandra.

—Si, pero son tan lindos. —Alexandra se acercó a él y Jonas la envolvió en sus brazos.

La caravana continuó su camino una vez que la última momia ingresó en el Museo. Como el recorrido que quedaba era más largo hasta Guiza y la velocidad sería mayor, se sentaron en unos bancos que había en el lateral del coche en el que iban. Alexandra y Jonas de un lado, Alan y Amelia del otro. El recorrido seguía iluminado, todo El Cairo festejaba, la gente que pasaban los saludaba, desde los edificios les gritaban y aplaudían. El puente relucía y a lo lejos se veían ya, las pirámides y el resto del complejo, destacados con haces de luces de colores que se perdían en el cielo. La noche estrellada también participaba de la fiesta porque parecía que el cielo brillaba como un manto iluminado. A medida que se acercaban aumentaba la cantidad de gente que se había congregado en el lugar. En distintas explanadas había bailarines danzando al compás de la música como también sobre el escenario. Se levantaron de sus asientos, tambores comenzaron a sonar anunciando su llegada, el público que estaba sentado en las butacas se puso de pie y comenzó a aplaudir, los reflectores los señalaron y el coche se deslizó lentamente hasta detenerse cerca del escenario. Jonas y Alan, ambos muy elegantes con sus impecables trajes negros, bajaron primero y les extendieron la mano a Alexandra y a Amelia para ayudarlas a descender. Cuando el perfume de Amelia le llegó, nuevamente, Alan comenzó a transpirar, hubiera querido abrazarla, pero debió contenerse. Cruzaron una mirada por unos instantes, orgullosos del trabajo en conjunto. Subieron últimos al escenario, juntos y tomados de la mano, las luces los enfocaron, la música se acentuó, levantaron las manos que tenían unidas en señal de agradecimiento y saludaron con la otra provocando una ovación en ese público que los admiraba deslumbrado por el gran trabajo que habían realizado.

Asim se acercó al micrófono ubicado en el centro del escenario y el silencio inundó el lugar. Después de los saludos formales a autoridades y público presente comenzó su discurso de inauguración.

—Hoy es un día histórico para nosotros —inició, solemne—. Nuestros reyes del Antiguo Egipto ya descansan en su nueva morada donde serán cuidados a través del tiempo con nuevas tecnologías y donde las nuevas investigaciones nos permitirán cada día saber algo más de ellos. —Hubo muchos aplausos—. Por otro lado, quiero anunciar que el nuevo Museo de Guiza, que podemos verlo desde aquí, se inaugurará el próximo año y albergará una de las colecciones más importantes de nuestra historia. —Nuevamente, hubo aplausos—. Están aquí nuestros reconocidos arqueólogos Alexandra Riley y Jonas Fraser que les contarán sobre un nuevo descubrimiento, tal vez el más importante de los últimos tiempos y, para finalizar, podrán ver la maravillosa muestra fotográfica que han realizado la fotógrafa argentina Amelia Rull conjuntamente con Alan Pears, gerente Comercial del Museo de Ciudad del Cabo, uno de los más modernos e importantes de nuestro continente. La muestra permite conocer de un modo diferente, no solo los mejores lugares de nuestra civilización sino la importancia que ha tenido la mujer en ella. —Los aplausos lo despidieron.

Le dio un apretón de manos a Jonas, cuando él y Alexandra se acercaron al micrófono para seguir con la ceremonia.

—Durante muchos años se buscaron restos de esta maravillosa civilización y, a medida que pasa el tiempo, parecería que la información es interminable. Siempre hay algo más, siempre surge algo nuevo. Hoy podemos hablarles de un descubrimiento que permaneció en el olvido durante años, arrumbado en los museos, pero que nos reveló algo más de ella.

—Podrán ver en la exhibición un papiro en una vitrina. Ese es "el Pasaje secreto de los dioses", así lo hemos llamado —continuó, Alexandra—, un lugar sagrado por el que transitaban los reyes y las reinas en un viaje de aprendizaje espiritual, donde ponían a prueba su carácter, su valentía, su integridad, su templanza, y demostraban si eran dignos de ser parte de este pueblo, de esta civilización a la que conducirían.

—Hoy sabemos dónde está... —Jonas miró a la multitud e hizo silencio—, aquí, justo detrás nuestro está su entrada y me complace anunciar que, gracias al gobierno y a varios países que colaboraron con fondos y especialistas, mañana mismo podremos comenzar con su exploración. —Los aplausos no se hicieron esperar.

—Y ahora —Alexandra pidió silencio con sus manos—, quiero presentarles a dos maravillosas y talentosas personas: Amelia, que ha venido desde Argentina y Alan, desde Sudáfrica. Ellos han realizado en Ciudad del Cabo una exposición fotográfica que ha cambiado la forma de mostrar un lugar y de contar su historia. Por eso los convocamos. Una parte podrán verla en los edificios laterales y lo que verán aquí en unos minutos los deslumbrará porque consiguieron, no solo mostrar todo de manera diferente, sino hacerlo contando algo de mucha importancia importante: el papel de la mujer en la grandeza de la civilización egipcia, algo que siempre olvidamos.

—Se dio vuelta y los señaló con su mano para que se acercaran al frente y la multitud los colmó de aplausos.

—*My love*, estoy orgulloso de ti, como siempre, *my queen*. —Jonas recibió a Alexandra en sus brazos, ella le sonrió y él la besó en la mejilla.

Amelia y Alan saludaron con un beso y abrazos a cada uno de los Fraser y luego se acercaron al micrófono.

—Cuando nos propusieron este trabajo —la multitud hizo silencio y Alan comenzó a generar suspiros en las mujeres que lo miraban con ganas de devorarlo lentamente—, ninguno de los dos esperaba encontrar lo que encontramos —Amelia lo miraba y escuchaba con admiración, lo tomó de la mano para demostrarle su apoyo, lo cual lo desconcertó—, un lugar que deslumbra por la grandeza de sus monumentos y su historia, que es caótico y al mismo tiempo alberga armonía, paz y sabiduría, que altera nuestras creencias y nuestro entendimiento porque derrumba muchas de nuestras ideas, que apasiona, pero también duele y duele mucho.

—Eso es lo que quisimos mostrar en las fotos y en los videos —siguió, Amelia, él se acercó a ella soltando su mano que apoyó en su espalda descubierta, cortándole la respiración—, lo que nos llevamos en nuestro corazón y lo que debería llegar al corazón del mundo, porque lo que se conoce afuera de este lugar es poco, es muy simple, ya que no es valioso solo por sus monumentos, sino por todo aquello que lo hace diferente del resto, su propia gente.

—Con lo que verán a continuación se darán cuenta también de que las mujeres... nuestras Reinas de Arena —la miró a Amelia embelesado y se escucharon aplausos y murmullos—, las de antes y las de ahora —le tomó nuevamente la mano y se la llevó a la boca para darle un suave beso en los nudillos— fueron y son tan importantes como los hombres en esta civilización, también lucharon y luchan por su gente y por su país. Sin embargo, muchas quedaron en las sombras y en el olvido, desapareciendo casi de la historia, y, a las de hoy, no se las valora, ni se las trata como merecen.

Los videos comenzaron a pasar por las enormes pantallas de los extremos del escenario, mientras ellos dos estaban parados en el centro mirando las caras asombradas de la multitud. La música y los audios generaban un clima mágico y atrapante.

—¿Qué pasa que te pusiste tan cariñosa? —Alan tapó el micrófono y la miró recorriéndola completa, haciendo una radiografía de ella.

—Bueno, pensé que tal vez ya habías tomado una decisión sobre lo que hablamos el otro día. —Su suave, pero sensual mirada lo envolvió, el tiempo pareció detenerse en sus ojos.

—Estás hermosa esta noche, realmente eres una Reina. —La tomó del mentón y levantó su cara para admirar su boca y, si bien se la hubiera comido a besos, se contuvo.

—Tú estás muy elegante y atractivo —El tiró de su mano para pegarla a su cuerpo y la tomó de la cintura—. Desde aquí escucho suspiros. —La miró con descaro, la comisura de los labios elevada.

—Me estás volviendo loco con ese vestido. Desordena mis pensamientos y le da rienda suelta a mi imaginación —Sus ojos bajaron por su escote, lujuriosos.

—Suelta el micrófono. —Ella sonrió suavemente y se alejó un poco.

—¿Cómo? —preguntó, serio, pensó que se había enojado.

—Que sueltes el micrófono. —le tomó la mano para quitarla del aparato, pero él la sostuvo, al igual que se sostuvieron las miradas durante unos instantes—, solo comenzaré con las fotos de la gente, los videos ya casi terminan. Estás distraído Alan y yo necesito el micrófono para seguir con el discurso. —La mirada de Amelia agitó su respiración y su sonrisa llenó su alma de felicidad, alegría, y un deseo incontrolable.

Capítulo 25

"El crecimiento de la conciencia
no depende de la voluntad del intelecto o de sus posibilidades,
sino de la intensidad de la voluntad interna"

—Esta exposición no termina con lo que han visto —aseguró, Amelia, tomando la palabra otra vez—, falta algo más. Faltan todos ustedes, que también son parte de lo que acaban de ver. —Retrocedió y Alan le alcanzó la cámara que tenía colgando en su mano lista para entregársela, luego volvió a ubicarse junto a ella—. Pero antes, me gustaría contarles que de aquí nos llevamos varios amigos: Jonas, Alexandra y su hijo Mark que nos acompañaron y enseñaron todo lo que necesitábamos saber, dándonos una visión diferente, no solo de este lugar, sino de la vida también. —La gente aplaudió.

—También queremos agradecer a Asim, y a todos los asistentes que se ocuparon y colaboraron con el armado de esta exposición, los decorados, las luces y el vestuario. —Siguió, Alan.

—Y quiero nombrar en especial a mi amiga Fatma, que me acompañó en su *Pink Taxi* por todo El Cairo y me enseñó, además de hermosos lugares, lo que significa ser mujer aquí. —La señaló porque se encontraba en primera fila y ella se paró avergonzada para recibir los aplausos de los presentes—. Hablamos mucho estos días, te voy a extrañar —le dijo, mirándola, y ella sonrió, lagrimeando—. Ambas descubrimos que, a pesar de que nos separan grandes diferencias, también nos unen las mismas cosas. Llegamos a una buena conclusión, yo creo.

—Hay que ser valiente para ser mujer en un mundo de hombres en el cual deben luchar y esforzarse, constantemente, para ser respetadas y consideradas como iguales en la sociedad, sin importar país, religión, o estrato social —acotó, Alan, mientras la tomaba a Amelia por la espalda—.

Creo que nosotros debemos aprender de ellas, de su determinación, de su coraje, de su inteligencia, de sus necesidades, de sus sentimientos más profundos, y ayudarlas, cuidarlas, respetarlas, sobre todo, y complacerlas, porque eso no nos hace menos, sino que nos hace verdaderos hombres. —Alan hizo un uso descarado de su seducción mientras hablaba y las mujeres estallaron en gritos y aplausos. Algunas mujeres arrojaron flores. Pero él solo se perdió en la mirada de Amelia, con sus ojos brillantes de emoción, que se acercó a él para envolverse en su abrazo. Él tomó una flor del piso, la besó, se la entregó y los suspiros avanzaron entre la multitud.

Ella lo miró con ojos enamorados, contuvo la emoción que sentía y continuó.

—En todas partes del mundo las mujeres alzamos nuestra voz en busca de igualdad y justicia. Luchamos por nuestros derechos, mejores trabajos y sueldos, por el trato que nos merecemos, por un lugar en el poder o en cargos importantes, pero, sobre todo, por nuestra libertad. —Miró en derredor, el silencio reinaba, el mundo los escuchaba—. Podremos tener obstáculos en el camino, críticas y desafíos, pero no hay nada ni nadie en este mundo que pueda arrebatarnos nuestra identidad, nuestra voz o nuestras aspiraciones. No importa de dónde venimos o nuestra religión, al final del día todas compartimos el deseo de ser auténticas y vivir una vida plena —hizo una pausa ante los murmullos y siguió—. Persigamos nuestros sueños, alcancemos nuestras metas, dejemos nuestra huella en el mundo. Sepamos que no importa cuantas cosas nos puedan quitar, hay algo que siempre permanecerá intacto y siempre será nuestro: decidir quiénes somos y que queremos en la vida. Y, sobre todo, la inquebrantable determinación de ser nosotras mismas. —La multitud se puso de pie y la aplaudieron y vivaron a rabiar.

Tomó la mano de Alan, saludaron y, como los aplausos no cesaban, después de un rato pidieron silencio.

—Les vamos a hacer una propuesta que seguro les va a gustar, que aparezcan en los videos de este evento para finalizarlo. También aprovechamos para despedirnos con un hasta siempre, fue un placer haber compartido estos días y este momento con ustedes. —Terminó, Alan.

—Aquí traje mi máquina fotográfica, solo para que sean protagonistas ustedes también. Está conectada directamente a las computadoras y podrán verse allí —señaló las pantallas elevadas en el escenario—, en el mismo lugar donde está la historia de toda la civilización egipcia y también ellas, las Reinas de Arena. Así que... todos de pie, ¡tengan su lugar en este Imperio! —Se corrió para enfocar a Fatma—. Tú, Fatma ¿qué mujer quieres ser? —la animó y ella se levantó, se quitó el *hiyab*, dejó caer su precioso y renegrido cabello y posó para la foto abrazada a su esposo. Fue la primera en aparecer en las pantallas y todos los aplaudieron y gritaron con energía.

Así comenzaron a pararse y a posar sin dejar de aplaudir. Unas mujeres se levantaron con un *chador* muy hermoso y posaron juntas, otras con *burka*, la esposa de Asim se quitó el *hiyab*, también, y luego se fotografió con su esposo que la abrazaba. Otros, más atrás, salieron besándose, algunos con ropa común o haciendo muecas divertidas o saludando, pocos no se animaron, por miedo a represalias, tal vez. Reinaba la felicidad y ellos lo habían hecho posible. Amelia comenzó a recorrer el escenario tomando fotografías de los presentes, en especial de las mujeres que lloraban emocionadas cuando se veían aparecer en las pantallas. Luego se retiró un poco hacia atrás para que los fuegos artificiales, colocados al borde del escenario, dispararan mágicos destellos al cielo, poniendo fin a ese maravilloso e intenso día. Así continuó, desde distintos ángulos, grabando en sus imágenes toda esa magia. Bajó del escenario por la rampa que habían subido, que desembocaba directamente al pasillo entre las patas de la esfinge y, desde allí, siguió haciendo tomas maravillosas y cada vez más intensas... las mejores.

El viento comenzó suave, al ras del piso, recorriendo el lugar, sigiloso, como si fuera una serpiente que se arrastraba por el suelo. El susurro que lo acompañaba la hizo estremecer. Todos los presentes notaron ese extraño suceso y se miraron unos a otros buscando respuestas. La arena volaba envolviéndolos, al principio muy despacio, hasta transformarse en un torbellino a la altura de los tobillos. Amelia se asustó, en ese pasillo donde se encontraba había tanto revuelo que poco a poco dejó de ver hacia adelante. Se sentía atrapada. Algo la absorbía y la arrastraba hacia la esfinge. Alan, al perderla de vista, corrió hacia ella.

—¡Amelia! ¡¿dónde estás?! —gritó, entre el ruido ensordecedor del remolino.

—¡Aquí! —respondió, ella, asustada—, ¡pero no puedo salir! ¡el viento me arrastra hacia atrás! ¡Me lleva! —Amelia clavó los tacos de los zapatos en el suelo buscando estabilidad, pero la fuerza de la arena y el viento era suficiente para empujarla.

—¡Voy por ti! ¡No tengas miedo! —Alan se aferró a las paredes para sostenerse, desesperado y con temor a que algo malo le ocurriera. Caminaba en su dirección, haciendo fuerza con las piernas para que el viento no lo arrastrara.

El público miraba absorto lo que sucedía intentando cubrirse la cara porque volaba mucha arena. Reinaba el silencio entre la gente, solo se escuchaba el sonido del viento. Asustado, Jonas la tomó a Alexandra de la mano y se acercaron a una pared para refugiarse, pero al ver que Alan iba por Amelia, se acercaron a él despacio y pegados al muro, para intentar ayudarlo. Lo mismo hizo Asim, el director del Museo, y los guardias de seguridad. La arena golpeaba contra sus cuerpos, raspando su piel en aquellos lugares que sus ropas no los cubrían. Mark trató de ingresar en el pasillo para ayudarlos, pero un viento fuerte lo hizo volar por el aire, arrojándolo lejos de la esfinge.

Alan caminó un poco más, paso a paso, fue sorteando esa nube intensa y oscura hasta que logró sostenerse en una hendidura de la pared.

—¡Toma mi mano! —Se estiró hacia Amelia.

—¡No puedo! ¡Si me suelto me arrastra! —gritó, ella, apoyada contra la pared, con la cabeza baja para evitar que la arena le entrara en los ojos por la fuerza del viento, pero le dolía la piel porque la arena la raspaba.

—¡Te tengo! —Encontró su muñeca y la agarró fuerte. Intentó tirar hacia él para sacarla de ese lugar—. ¡No te sueltes, tómame fuerte!

—Alan ¡Me lleva! ¡No puedo, me suelto, mi mano se resbala! —Estaba siendo arrastrada y absorbida por una fuerza incontenible hacia la esfinge.

—¡Aquí estoy! —Se arrojó de un salto hacia ella y la abrazó conteniéndola con su cuerpo contra la pared lateral. La energía del lugar era demasiado fuerte, tan descontrolada que no pudieron sostenerse y los terminó arrastrando a ambos como si fueran simples hojas de papel, hacia el fondo de ese pasillo.

Un agujero negro se abrió de pronto a sus espaldas. Los absorbió en un soplo, desapareciendo ambos tras la oscuridad. Una vez que pasaron se cerró de inmediato sin dejar una sola marca en la pared. En ese mismo instante todo terminó, el viento, el ruido y el remolino de arena. El lugar quedó en silencio, como si nada hubiera sucedido, hasta que el público, fascinado con lo que acababa de ver, estalló en un aplauso interminable, gritos y silbidos, sorprendidos por la majestuosidad del show. Al día siguiente las noticias de todo el mundo hablarían del gran suceso y se preguntarían como lo habrían logrado.

Los guardias y Mark corrieron hacia la pared, pero solo chocaron contra ella sin poder abrirla. Jonas, Alexandra y Asim miraban absortos hacia el lugar donde habían desaparecido, acercándose para confirmar que no había ninguna puerta, ni una ranura o fisura que indicara una abertura.

—La puerta que vimos en el papiro —dijo, Alexandra, serena y Mark la miró estupefacto— ¿Qué hora es Jonas?

—Justo las doce de la noche —afirmó, él, mirando el reloj—, y hay luna llena, exactamente, como lo dice allí.

—Existe, ¡es verdad entonces! —señaló, Asim—, pero ¿cómo hacemos para buscarlos si no podemos entrar?

—Cualquier cosa que hagamos, llegaremos demasiado tarde —aclaró, Mark, preocupado—. Con lo que demoraríamos en preparar la excavación, morirían por falta de agua y comida.

—Pero no podemos dejarlos allí sin hacer nada —manifestó, Asim, enojado—. ¡Tenemos que hacer algo!

—Creo... que solo resta esperar —aclaró, Alexandra, suspirando muy tranquila—. Según lo que indica el papiro, con el amanecer saldrán por el interior de la primera pirámide, por una puerta que se abre en una de sus paredes.

—Si no es por allí —agregó, Jonas—, indica otro camino que la rodea y luego hay una salida entre las pirámides de las mujeres, una especie de túnel que se forma entre ellas y se abre entre la arena.

—Podríamos buscar en la pirámide y luego en ese lugar —sugirió, Mark—. Comenzaré a preparar todo. —Se fue corriendo hacia donde estaban las máquinas de la próxima excavación y comenzó a llamar a los trabajadores a pesar de la hora.

—Si, eso sí podríamos hacer, pero dudo que los encontremos —afirmó, Alexandra, para los que se quedaron—. Esto no es una puerta cualquiera, esto es un portal. Estoy convencida después de lo que acabamos de presenciar. Se abrirá o se cerrará cuando quiera, cuando sea el momento —bajó la cabeza angustiada—, pero reconozco que yo también quiero hacer algo. No me puedo quedar aquí solo esperando.

—Es verdad —dijo, Jonas—, vamos con Mark y tratemos de encontrar el lugar. Sugeriría, Asim, que le pidas a la policía que cierren todo, que no dejen entrar a nadie y pide una ambulancia, por las dudas. No sabemos, si salen y ojalá que así lo hagan, como estarán.

Los guardias de seguridad se distribuyeron en la explanada y comenzaron a hacer salir a la gente con la mayor premura posible. El público no entendía el apuro porque pensaban que todo había sido parte del espectáculo.

Mark corría de un lado para el otro organizando la búsqueda, los obreros y asistentes llegarían de un momento a otro para ubicar los distintos elementos de la excavación en sus respectivas posiciones, palas, picos, grúas, excavadoras, postes, principalmente, señalando donde estaban las salidas. Las sillas fueron retiradas, las estructuras desarmadas, y luego seguirían con las torres de las pantallas. El ritmo era puro vértigo, corrían contra el reloj. Dos ambulancias quedaron estacionadas en una avenida lateral. Jonas y Alexandra fueron al edificio en el que se encontraba el papiro para definir donde comenzarían la excavación y precisar más detalles. Asim coordinaba varias cosas al mismo tiempo y hablaba por teléfono con diferentes personas, autoridades y personal de asistencia general. La preocupación reinaba en el lugar que hasta hacía solo unas horas era todo alegría. Podía convertirse en un conflicto internacional.

—Papá. —Mark ingresó al salón preocupado y agitado—. ¿Definieron algo más? ¿Qué opinas de lo que pasó?

—Tengo fe en que se cumplirá lo que dice este papiro, por lo menos, el inicio está marcado a la hora indicada aquí, al igual que el lugar del ingreso. —Le señaló el pasadizo con el dedo.

—Parece bastante claro por lo que veo. —Miró lo que señalaba su padre—. ¿Esta es la salida entre las pirámides? ¿Por allí crees que saldrán?

—Si, es allí. La que está dentro de la pirámide no está marcada, no existe a simple vista, es como la puerta de entrada. Bueno... ya los sabes no te estoy diciendo nada nuevo.

—¿Y por qué supones que la de la salida entre las pirámides podremos encontrarla? —Mark lo miró dudoso.

—Solo quiero suponer que podríamos encontrarla bajo la arena para no pensar que... que nunca saldrán. —A Jonas se le entristeció la mirada.

—¡Jonas! eso es imposible —lo retó, Alexandra—. ¿Cuándo te volviste tan pesimista? O ¿te estás volviendo viejo? —Se acercó a él y tomó su rostro en sus manos—. Ya hemos pasado por esto antes. Hemos visto muchas cosas similares y todas han coincidido, existido y sucedido. Lo sabes.

—Lo sé, lo sé *my darling*, pero es la primera vez que otras personas se ven involucradas y se quedan atrapadas adentro. Las otras veces si no se cumplía lo que descifrábamos solo era una decepción y nada más. En cambio, ahora la responsabilidad es muy grande... dos personas, dos amigos nuestros están allí, podrían morir, podríamos no encontrarlos nunca y nosotros los llevamos a eso. —La miró y levantó una ceja—. Tal vez esté poniéndome viejo, también. —Sonrió recibiendo un beso de Alexandra.

—¡Viejo loco! ¡Saldrán! ¡Sabes que lo harán! —Lo tironeó de la manga—. Ven sigamos viendo por dónde empezar y otros detalles que puedan ayudar y de paso te quitas de la cabeza esas malas ideas.

Capítulo 26

"¡Mi amor ha regresado, déjame difundir la noticia!
Mis brazos se abren amplios para abrazarla.
Y el corazón hace piruetas en su oscura cámara.
Feliz como un pez cuando la noche sombrea la alberca.
¡Tú eres mía, mi querida, mía para siempre!
¡Mía desde el día que, por primera vez, musitaste mi nombre!"

La caída fue espeluznante, interminable, a una velocidad indescriptible y en la más absoluta oscuridad. Amelia gritaba por la desesperación estirando las manos hacia todos lados para intentar detenerse, agarrarse de algo, pero no encontraba de dónde. Abrazó fuerte su cámara, que colgaba de su cuello, para que no se rompiera y eso parecía darle una ficticia seguridad. Se dejó llevar, estaba aterrorizada. No sabía a donde caía, ni que encontraría al final. Pensó que a esa velocidad se estrellaría y el golpe la mataría. La superficie por la que se deslizaba era lisa como un tobogán, la velocidad, digna de una montaña rusa y el vértigo, insoportable. Su estómago y su cabeza, daban mil vueltas. Cerró fuerte los ojos esperando el impacto. Pero, poco a poco, después de ese instante de locura y agonía, la inclinación de la superficie por la que caía fue disminuyendo y la velocidad aminorando, hasta que se detuvo en un plano casi horizontal, en un lugar quieto, apacible, en el más absoluto silencio y en la más angustiante oscuridad. No veía nada, no escuchaba nada. Allí tendida, se quedó inmóvil e intentó relajarse y regular su respiración agitada, que retumbaba en sus oídos al igual que los latidos frenéticos de su corazón, pero tenía miedo y estaba temblando.

—¿Alan? —llamó, susurrando, habían entrado juntos, pero se habían soltado en algún momento de la caída.

—Si, estoy aquí. ¿Estás bien? ¿Qué fue eso? —preguntó, agitado.

—Si. Estoy bien. Pero no lo sé, no tengo idea que fue eso. ¡Fue terrible! —afirmó.

— Te siento cerca, pero no te veo. —Suspiró—. No te muevas Amelia, no sabemos dónde estamos.

—Lo sé. Podríamos estar al borde de un abismo sin saberlo. Buscaré el teléfono para encender la linterna —dejó escapar un quejido—. No lo traje, no tenía donde ponerlo.

Un sonido estremecedor los sobresaltó y una vibración inquietante hizo temblar todo el lugar. Se quedaron muy quietos, esperando y escuchando. Una luz empezó a vislumbrarse ante ellos como una quebradura en la pared. Lentamente, la oscuridad se fue dividiendo en dos convirtiéndose en luz, descubriendo ante sus ojos un lugar que jamás imaginaron que verían.

La puerta se abrió por completo y el lugar se iluminó. Habían caído a unos seis metros el uno del otro. Al verse, se levantaron de inmediato y corrieron al encuentro del otro. Una luz tenue invadía el espacio delante de ellos, no sabían de donde provenía, parecía entrar por alguna parte en el techo que no lograban ubicar a simple vista. Asombrados por lo que allí aparecía, y alterados por el momento vivido hacía unos minutos, ingresaron a aquel lugar tomados de la mano. No tenían opción, no había otro sitio a donde ir. Ni bien traspasaron la abertura, la puerta se cerró estrepitosamente detrás de ellos, causando un ruido ensordecedor que los sobresaltó. Se miraron en silencio... sabiendo que por allí no saldrían.

—¿Dónde estaremos? —Alan se acercó aún más a ella.

—¿Será el lugar del que nos habló Jonas? El del papiro que exhibieron y que ellos estuvieron descifrando. —Amelia comenzó a caminar despacio observando todo a su alrededor, adelante de Alan, pero cerca sin soltarle la mano. Tenía miedo y no quería separarse de él.

—Entonces existe, estamos en él. —Alan la seguía bien de cerca.

—¿Podremos salir de aquí? —Se volvió hacia él inquieta, y preocupada, las dudas la agobiaban demasiado—. Nadie ingresó nunca. Y ¿si no hay salida? ¿Qué haremos? ¿Cómo nos encontrarán?

—Supongo que entrarán por donde entramos nosotros. O si seguimos andando, saldremos por la otra punta. ¿Recuerdas que el papiro tenía una salida? —Alan demostraba una tranquilidad que no tenía, no estaba muy seguro de lo que decía, pero quería darle ánimo.

—Mira... la luz avanza. Deberíamos seguirla —sugirió, ella, intranquila.

Comenzaron a transitar por un pasillo angosto y alto. El piso era de piedra y las paredes y el techo estaban cubiertos de pinturas sobre la vida de los faraones: los dioses y sus ceremonias, sus batallas con los triunfos y las derrotas, sus tesoros y escrituras que no podían descifrar, probablemente explicando lo que Jonas y Alexandra les habían contado: que era un camino de reflexión para los hombres y mujeres que gobernaban Egipto, un camino donde debían pensar en el bien de su pueblo, en la defensa de su reino, en la superación de la civilización que estaba a su cargo y en la protección de sus herederos. Un camino que, si no lograban sortear con entereza, bravura, fortaleza y sabiduría, significaba que no estaban aptos para gobernar a su gente. Era un viaje que solo los dignos lograban transitar. No se sabía si todos los faraones habían pasado por allí, pero reconocieron a algunos: a Ramsés con Nefertari, a Akenatón con Nefertiti y su hija con Tutankamón, a Hatshepsut, a Cleopatra y a otros más. ¿Ellos habrían caminado por aquí? ¡Qué increíble era estar pisando el mismo suelo por el que anduvieron!

El colorido era espectacular en ocres, rojos, azules, pero predominaban los dorados y negros, perfectamente conservados. Muchos dibujos eran parecidos a los que habían visto en el Valle de los Reyes y las Reinas o en los templos. Amelia tomaba fotos de todo lo que podía, pero siempre cerca de Alan. A su lado se sentía segura y protegida. Su presencia y cercanía la hacían sentir que nada malo iba a pasarle.

La luz los acompañaba, muy despacio, dándoles el tiempo necesario para mirar todo a su paso. Luego de un rato, se abrió un espacio cuadrado hacia uno de los lados que se inundó del reflejo de la luz. Era una gran sala cuadrada rodeada por una columnata con capiteles en forma de flor y desde el pasillo había una escalinata para bajar a ella. Estaba amueblada con sillones tapizados e infinidad de almohadones sobre ellos; cortinados de hilo que colgaban desde los altos techos y vigas; pequeñas esfinges sobre pedestales de piedra que se erguían perfectas, adornos de todo tipo que todavía lucían su brillo a pesar del tiempo y el polvo, copones, estatuillas negras y doradas, urnas de diferentes tamaños. Foto tras foto quedaba todo guardado en la cámara de Amelia.

—¿De dónde viene la luz? Parece sobrenatural. —Amelia miró hacia arriba tratando de encontrar el lugar por el que se filtraba.

—No lo sé —respondió, él— estuve buscando, pero no encuentro por dónde ingresa. —Volvió a mirar hacia arriba—. Creo que podría ser de las estrellas pintadas en los techos. Es imposible por otra parte, estamos varios metros bajo tierra.

—¡Si, mira! Se encienden y se apagan a medida que avanzamos. —Señaló, Amelia—. ¡Esto es increíble! Todo está conservado en perfecto estado. ¿Cómo puede ser?

—Será uno de los tantos misterios egipcios sin resolver. —Alan se dirigió hacia el pasillo, ya que la luz se apagaba en la sala para retomar su curso.

—Sigamos —ordenó, Amelia — es obvio que la luz nos indica por donde y cuando avanzar. Mira hacia atrás, está oscuro, como si nunca hubiera habido nada allí, como si el pasillo por el cual caminamos ya no existiera. No podemos quedarnos, no podemos distraernos o nunca saldremos —su voz se entrecortaba por el miedo y la angustia.

Volvieron al pasadizo y nuevas imágenes fueron caminando con ellos. Parecían fotogramas de una película que iba corriendo por la pared, pero esta vez era solo de mujeres, las reinas y faraonas. Había escenas de momentos en los que se maquillaban en la intimidad de sus aposentos, alguna manicura que las asistía, alguna esclava que las ayudaba a vestirse o les colocaba las tiaras, sandalias o pulseras. Luego de un rato de avanzar, otra sala apareció hacia el otro lado, mostrando momentos de labranza de la tierra, de las crecidas del Nilo y luego las cosechas o fabricación de comidas. Entraron en todas, eran muy parecidas, pero con diferentes adornos, colores y dibujos sobre la vida cotidiana de todos ellos. La última era redonda con una plataforma en el centro de la altura de una mesa, que en su superficie y alrededor tenía pinturas con escenas de la vida íntima del faraón y su reina, algunas incluso sumamente eróticas y, en el centro, en la parte horizontal, pinturas de la familia: el faraón, su esposa, los hijos, además de esclavos, animales y otros objetos.

Amelia se detuvo a sacar fotos mientras Alan se acercaba quedando del lado opuesto. La luz se intensificó llenando ese lugar de un brillo especial. El clima cambió y se tornó inquietante. Algo extraño los envolvía, una gran sensación de plenitud, algo intenso se apoderó de ellos. Se miraron fijo a través de ese espacio, pero Amelia, cuando encontró los ojos profundos de Alan que la acechaban con deseo, bajó los suyos y continuó sacando fotos de la superficie. Alan rodeó la mesa y se colocó detrás de ella tomándola por la cintura. Amelia se sobresaltó y trató de soltarse, pero no se lo permitió. Comenzó a susurrarle al oído, con voz baja, serena y sensual, mientras la envolvía con sus brazos y la sostenía con el peso de su cuerpo contra la tarima.

—¿Por qué fuiste tan cruel? ¿por qué no me dejaste darte una explicación aquel día? Te amo como nunca amé a nadie, no puedo estar sin ti, no concibo un día sin tu compañía, sentí que moría al no tenerte conmigo —le dijo, mientras ella trataba de zafarse de su abrazo.

—Alan, detente, no es el momento. —Pero Alan la sostuvo contra la mesa sin dejar que se escapara. Lo tomó del brazo para quitarlo de su cintura, sin lograrlo.

—¿No puedes ver cuánto te amo? ¿No te lo he demostrado? —Le acarició el brazo con suavidad.

—Deberíamos irnos, Alan por favor —su boca decía una cosa, pero su cuerpo deseaba otra. Apoyó la espalda contra su pecho y la cabeza en su hombro, suspirando.

—¿Pensabas que no iba a pelear por ti? Dame una razón para no hacerlo —hizo una larga pausa respirando nervioso—. ¿Ya quieres irte? Dime que ya no te gustan mis besos. —Trazó un camino acariciando con la boca su mandíbula—. Dímelo, pero no me mientas porque estoy sintiendo como tu cuerpo está temblando en este momento contra el mío —le susurró mientras la besaba en el cuello y los hombros.

Amelia dejó escapar un suspiro entrecortado, no le salían las palabras.

—Dime que no te gustan mis caricias —acarició su cintura con una mano—, pero no me engañes porque tu piel se está erizando con el contacto de mis manos. —Con la otra mano tocó sus piernas a través de la abertura que tenía el vestido. Bendijo el momento en el que lo había elegido.

Amelia estaba temblando, aferrándose al borde de la mesa con fuerza hasta que los dedos le dolieron de tanto presionar. Las manos de Alan recorrían su espalda provocando escalofríos en todo su cuerpo.

—Vamos, dime que esto no te gusta —murmuró en su oído, bajando, lentamente, uno de los breteles del vestido, descubriendo y tomando su pecho con la mano, acariciándolo con suavidad.

Amelia cerró los ojos entre pequeños gemidos, las piernas le temblaban, y su respiración aumentaba la velocidad a medida que las manos de Alan recorrían su cuerpo.

—¿No puedes verdad? Porque te estoy escuchando gemir de placer como a mí me gusta escucharte. —Tomó la cara de Amelia con la mano y la hizo girar hasta que quedó frente a él. Rozó los labios de ella con los suyos. —Dime que no quieres hacer el amor conmigo... —su mano ingresó por el tajo de su vestido, acarició su pierna hasta la ingle, hasta hacerla enloquecer—

dímelo, pero piensa bien tu respuesta porque puedo sentir que me deseas tanto como yo a ti en este instante. —Su respiración se volvió más intensa— Dame una razón valedera y te prometo que te dejaré en paz, me alejaré de ti y seguiremos el camino. —Volvió a rozar sus labios, dejándola con el deseo a flor de piel. —¿Confías en mí?

—Yo... —Amelia jadeó cuando sus manos la acariciaban nuevamente —Yo confío en ti... ¡Ah! —gritó cuando él la giró y la alzó para sentarla en la mesa. —Su confesión lo volvió loco, desesperado por ella, por volver a tocarla, a tenerla como antes.

Tomó uno de sus pechos con la boca. Amelia se retorció hacia atrás desesperada.

—¡Ámame Alan! —rogó, entre gemidos—. ¡Ámame, por favor!

—Como ordene mi reina. —Se quitó el saco rápido y lo arrojó en un costado, ella desabrochó su camisa y luego el pantalón, pero él de pronto frenó y suavizó su mirada—. Te amo y no pienso volver a perderte. —Envolvió su cara con las manos y atrapó sus labios con desesperación.

Amelia no podía controlarse, no podía ni siquiera pensar, solo se acostó sobre la mesa, quería con todo su ser que él continuara amándola y así lo hizo. Se apoderó de ellos una energía que fluía sin control a través de ese espacio atemporal. Las manos de él se volvieron vertiginosas, la recorrieron con osadía, su boca la besó con pasión desenfrenada. Sus cuerpos se unieron en ese lugar mágico, desprovisto de tiempo, con el ímpetu de un ciclón y la ola de placer fue difícil de contener. El silencio y la quietud absorbieron sus gemidos, la tenue luz los acompañaba iluminando con intensidad su encuentro, sus corazones latieron a un ritmo perfecto y único y el universo en su totalidad fue testigo de su unión, no solo de sus cuerpos, sino de sus almas. El tiempo pareció detenerse, el mundo exterior dejó de existir, solo existían ellos. Las estrellas de techo brillaban con una luz especial en ese espacio sagrado donde solo existía amor puro y sincero. Ese que fue testigo de cómo dos seres pueden fundirse en uno solo y ser más fuertes juntos, unirse en un abrazo eterno. Aquel encuentro quedó grabado en la eternidad como prueba irrefutable de que el amor puede trascender todas las barreras y convertirse en un vínculo sin fin.

Exhaustos, quedaron tendidos sobre la tarima. Ella agarrada a sus hombros mientras él la besaba y acariciaba haciéndola temblar. Se incorporaron abrazados, entre besos y caricias, se ubicaron frente a frente y se miraron con intensidad, devoción y ternura.

—No vuelvas a dejarme. —Ella lo retó con un dedo en alto, apuntándolo.

—Yo no te dejé, tú lo hiciste. —Él solo sonrió y con un dedo corrió un cabello rebelde de su cara—. Te amo —afirmó —y estás hermosísima hoy, te deseo como nunca. Cuando te vi en el Museo, hubiera matado a todos los que se te acercaban y querían tocarte. —Acarició el contorno de su rostro y la miró con embelesamiento—. Entre Diana y yo nada pasó, jamás, ni antes ni ahora. Lo que viste, solo fue una más de sus mentiras. Nunca te fui infiel. —Amelia bajó los ojos avergonzada.

—Me di cuenta de la clase de mujer que era, aunque tarde. Pero, igualmente, fue muy doloroso verte con ella. —Sus ojos se volvieron a encontrar—. En ese momento sentí tanto dolor, tanta angustia y decepción que no lo pude resistir —afirmó tomándose fuerte de su cuello—. Me imaginé tantas cosas que... no sé, me sentí muy tonta al haber confiado y caído otra vez en una mentira, en otro engaño. Pero a medida que pasaron los días vi varias actitudes de ella que me hicieron pensar. Y luego lo de la nota de Mark...

—¿Por qué no me lo dijiste? ¿Por qué no me dejaste que te explicara?

—Porque también tenía mis dudas y estaba enojada. Alan no es fácil lidiar con algo así después de haber vivido una traición. Es muy difícil confiar otra vez. Lo que vi y las circunstancias en las que había sucedido fueron tan fuertes que... —suspiró, ahogada—, no lo supe manejar. Mi enojo era incontrolable y mi dolor más porque confiaba en ti plenamente.

—Lo siento tanto, amor. En cuanto la vi debería haberte contado quien era, para que estuvieras prevenida. De hecho, lo intenté en Abu Simbel, pero... bueno, el momento pasó y luego... Fui un tonto. —La besó en el cuello y ella se estremeció.

—En El Cairo me trataste muy mal, además —lo miró, triste y angustiada— justo cuando iba a disculparme.

—Me sentí muy mal por eso, lo sabes, pero quería odiarte para que no me doliera tu rechazo, para que no me doliera perderte, sé que estuve muy mal.

—Ámame otra vez —pidió, ella, con una sensual sonrisa.

—Antes quisiera pregunta algo. —La miró, nervioso.

—¿Qué? ¿Qué quieres saber?

—¿Te casarías conmigo? —La miró fijo a los ojos, sacando del bolsillo de su saco un estuche azul de terciopelo que abrió, exhibiendo un hermoso anillo de oro, sencillo y con pequeños brillantitos sobre él.

—¿Para mí? —preguntó, con lágrimas en los ojos, no podía creerlo después de todo lo que habían pasado.

—Bueno, yo no veo a nadie más aquí. —Rieron.

—Pero, ¿cómo sabías que...? ¿esto es preparado? —preguntó, risueña—, seguro confabulaste con Jonas.

—No, no sabía que caeríamos aquí. Solo estaba seguro de que hoy, en algún momento de la noche, te propondría matrimonio. —Esperó su respuesta, pero como ella solo miraba el anillo sin contestar, pensó que era negativa, así que se alejó y cerró la caja guardándola en el bolsillo y comenzó a acomodarse la ropa—. Debemos seguir —afirmó serio mirando hacia abajo, con una amargura terrible en su corazón.

—La luz no se ha movido aún —aclaró, Amelia, con una mirada cargada de emoción —estoy esperando...

—No respondiste —La miró con tristeza—, pensé que la respuesta era ...

—Sí —dijo, ella, abrazándolo y besándolo ansiosa—. Si me casaré contigo. Así que ámame ya o cambiaré de opinión.

El descontrol, la locura y la irracionalidad jugaban una carrera de sensaciones. Gozaron su encuentro de una manera impensada. Sus cuerpos se enlazaron y la fuerza de sus emociones cobró un giro inesperado que no les permitía detenerse. Cuando se detuvieron extenuados, quedaron abrazados en un nudo inamovible. Ella abrazada a su cuello, aferrada a él con sus piernas, rodeándolo, y Alan tomándola entre sus brazos, besando cada milímetro de su piel, disfrutando del contacto, que tanto había extrañado los días anteriores, y de su aroma. Comenzaron a vestirse y antes de continuar Alan sacó el anillo del estuche y lo colocó en su anular.

—No importa si no salimos de aquí —aseveró, mirándola con dulzura.

—Siempre juntos, en las buenas y en las malas. —Sus ojos color miel se clavaron en los de él que la miraban con pasión y angustia al mismo tiempo.

—Te amo Alan, estos días sin ti fueron un martirio.

—Yo también te amo. Lo único que quiero es estar contigo, como sea, donde sea. Y si tengo que morir, porque no salimos de aquí, no me importa siempre que tu estés conmigo. —Sus labios carnosos y suaves la besaron para sellar sus pensamientos. Su abrazo la envolvió haciéndola sentir amada.

—Creo que debemos seguir, la luz está comenzando a avanzar —advirtió, ella, después de un rato.

La oscuridad los estaba alcanzando así que se apuraron y comenzaron otra vez su travesía. El pasadizo comenzó a ser ascendente y la pendiente se hacía cada vez más inclinada hasta que llegaron a una escalera que parecía infinita y de la que no podían ver el final. Comenzaron a subir, escalón por escalón. A Amelia se le dificultaba por los tacos y el largo del vestido, pero no se detuvieron. Habían pasado varias horas, tenían sueño, hambre y sed y el cansancio comenzaba a pesarles, pero no podían parar, sino nunca saldrían.

Cada escalón estaba decorado con imágenes al igual que las paredes y el techo. No había ni un solo rincón que no tuviera una inscripción, un jeroglífico o una pintura. A estas alturas, la cámara fotográfica la cargaba Alan, aunque Amelia cada tanto se la quitaba para fotografiar alguna escena. Después de subir millones de escalones que los dejaron agotados, llegaron a una puerta dorada en su totalidad, labrada con imágenes de la coronación del faraón, con la doble corona del Alto y Bajo Egipto. La última foto fue para ella y la cámara se apagó.

—Se acabó la batería —se quejó, Amelia— menos mal que pude sacarle una foto.

—¡Qué hermosa es! —manifestó, Alan. —¿será de oro?

—Es exquisita. Mira... —señaló arriba—, debe ser la inscripción que comentó Alexandra. Aquí debe decir que el faraón que llegó aquí es digno de su pueblo —agregó Amelia agotada y apoyó la espalda contra la pared frente a ella.

—Voy a tratar de abrir. Se supone que es el final del camino y la salida. ¡Llegamos! —Empujó la puerta con todo el peso de su cuerpo, pero fue imposible moverla—. No se abre, maldición ¿qué hacemos? —Volvió a empujar y nada.

—¡No puede ser! ¿Ahora que haremos? Estoy tan cansada que no puedo ni pensar.

Él la abrazó, ella apoyó la cabeza en su pecho y comenzó a sollozar. Él le dio un beso en la frente, la contuvo contra él para tranquilizarla y luego continuó luchando con la puerta. Ella vio en la pared del costado una marca con la forma de una mano. No sabía que podría ser. Sin embargo, algo la impulsó a colocar la suya en la hendidura. Se escuchó entonces un ruido suave y una vibración intensa comenzó a subir por sus piernas. Lo miró a Alan que se detuvo y le devolvió la mirada. Hubo un sonido seco al final, como si se desbloqueara algo en su interior, la puerta comenzó a abrirse hacia afuera y la luz ingresó.

—Es el interior de la pirámide Amelia, ¡vamos! —Alan la tomó de la mano mientras empujaba la puerta, pero era tan pesada que no pudo con ella—. ¡Maldita como pesa!

—¡Saldremos, no lo puedo creer! —exclamó Amelia, acercándose.

El quiebre en la pared y la apertura de la puerta dejó azorada a la chica que trabajaba allí verificando el estado del lugar antes de que comenzaran a ingresar los turistas. Buscaba vibraciones, desprendimientos, y otras irregularidades que pudieran hacer pensar que la estabilidad de la pirámide estaba comprometida. Comenzó a acercarse y lo vio a Alan que empujaba del otro lado. Jamás había habido una puerta allí y hacía varios años que trabajaba en ese lugar, pero se puso contenta ya que sabía que los estaban buscando por lo que había pasado la noche anterior.

—¡Lo lograron! ¡Al fin salieron! —exclamó, la chica—. Están todos afuera esperándolos. ¡Ya no sabían por dónde buscar! No podían encontrar esta puerta. ¡Estaban desesperados!

—Si, ¡Aquí estamos! ¡Vamos Amelia ven, pronto! —Alan estaba agotado por el esfuerzo de mover la puerta tan pesada para que se abriera por completo.

A partir de allí, todo sucedió como en cámara lenta. La puerta se abrió, Alan pasó a través de ella, escuchó el grito detrás de él y, cuando se dio vuelta para ver qué pasaba, Amelia había desaparecido. Intentó ingresar de nuevo para buscarla, pero la puerta se cerró de golpe en sus narices evitando su paso y sin dejar ningún indicio que indicara que por allí había salido.

Miró a la chica espantado, quien le devolvió una mirada igual de asombrada. Apoyaron ambos las manos sobre la pared, tratando de encontrar alguna marca, alguna rajadura, y al comprobar que estaba completamente sellada y lisa, que no había ninguna abertura allí, la desesperación le ganó a su cordura. Su carrera hacia la salida de la pirámide, por esos túneles angostos que bajaban y subían en una pendiente extrema, significaron un esfuerzo sobrehumano y le quitaron el aire. Se patinó varias veces y tropezó en las guías de las rampas más de una vez, mientras sus pensamientos lo martirizaban. *¿Cómo la buscaremos ahora? ¿Por dónde entraremos si no hay ni una marca en la pared? ¡¿Dónde mierda está la puerta?!*, se preguntó. Al salir al exterior, el aire puro le golpeó el pecho y la excesiva luz lo cegó. Frenó de golpe y cayó al piso de rodillas y sin poder respirar. Le dolían los pulmones con cada inspiración, apoyó la mano en su pecho y cayó tendido en el piso, agotado.

Jonas, Alexandra, Mark y los médicos corrieron a asistirlo. Mark lo ayudó a incorporarse contra él, tomándolo de la espalda, mientras le colocaban una máscara de oxígeno. Con gestos desesperados intentó explicar que Amelia había quedado adentro.

—Cálmate Alan, respira —pidió, Alexandra, tomándole la mano. —Respira, tranquilo.

—¡Amelia, Amelia! ¡quedó adentro! ¡la pared se abrió y se la tragó! —gritó a través de la mascarilla.

—Respira despacio, te quedarás sin aire. —Muy calmado Jonas le explicó— Todo se cumplió como lo indica el papiro Alan. Ella saldrá, estoy seguro. Hay otra salida entre las dos pirámides. Esperemos que vaya por allí, seguro que saldrá. Tranquilízate. —Pero su seguridad no lo dejó más tranquilo, ni a él, ni a Alan.

—¡Debemos buscarla! ¡No podemos dejarla allí adentro! —exclamó, exhausto, sus ojos comenzaron a cerrarse y cayó inconsciente.

Los tres se miraron preocupados, llenos de dudas, rogando por otro milagro, con la esperanza de que ella saliera también, pero nada era seguro. En las seis horas pasadas no habían logrado demasiado desde afuera, en realidad no habían encontrado nada. Eran las seis de la mañana, tal cual lo indicaba el papiro. Faltaba la última parte, eran muchas horas las que quedaban. *¿Lo resistirá sola?*, pensó Alexandra perdida en sus cavilaciones, *Sí, lo hará, es una chica fuerte.*

Lo llevaron a Alan a la ambulancia para atenderlo mientras seguían esperando. No había nada más por hacer.

Capítulo 27

"La paciencia es un árbol de raíz amarga,
pero de frutos muy dulces"

Estaba cayendo. Justo al mismo tiempo que Alan abría la puerta y salía de aquel interminable pasadizo, ella había dejado de sentir el piso bajo sus pies. No tuvo tiempo de tomarse de su mano, simplemente, un abismo se la tragó mientras entraba en pánico y gritaba. Lo había visto correr hacia ella, sin alcanzarla a tiempo. Reinaba la oscuridad otra vez, esa negrura que la atormentaba sin dejarla ver nada, ni siquiera sus propias manos o pies. Estaba sola esta vez, Alan había quedado del otro lado. Quiso levantarse y se golpeó la cabeza, era obvio que el techo estaba ahí nomás. Se sentó en el suelo atemorizada, su corazón palpitaba, los oídos le retumbaban y se quedó muy quieta esperando algo que no llegaba... un movimiento, una puerta que se abriera, un ruido, algo que le indicara que no iba a morir allí sola, pero nada de eso pasó. Movió todo el cuerpo en busca de dolores o lastimaduras, pero no recordó haberse golpeado. La desesperación se apoderó de ella, solo escuchaba su respiración e intentó calmarse. Inhalar. Exhalar. Así, despacio, y otra vez, inhalar y exhalar. Comenzó a gatear a tientas sobre el piso frío y rasposo protestando en voz alta para no sentirse tan sola y aterrada.

—¡¿Por qué no me hablan ahora?! —gritó, enojada, y llevando la mano hacia adelante intentando no chocar contra nada—. Tanto que me hablaron estos días y ahora están calladitas ¡Vamos digan algo! ¡tengo miedo y quiero salir de aquí!

—*"No tienes que temer* —sonó un suave susurro—. *Nosotras te guiaremos"*.

—¿Ah sí? ¿quiénes son ustedes? —Se sentó en el piso, esperando.

—*"Somos una y somos todas"* —dijeron, varias voces al mismo tiempo.

—¡Quiero salir de aquí! ¿Cómo hago?

—*"Ya lo harás, cuando estés lista. No te muevas"*. —El eco parecía retumbar en las paredes una y otra vez.

—¿Qué tengo que hacer para estar lista? —Tenía la voz seca del miedo y las palabras luchaban por salir de su garganta.

—*"Solo déjate llevar, solo espera, iremos por ti... no temas"*. —La frase se repetía sin cesar.

Se quedó muy quieta, le dolía la cabeza donde se había golpeado contra el techo de piedra. Apoyó la espalda contra la pared, abrazada a sus piernas, sollozando en silencio, temblorosa y con pensamientos en su cabeza que le jugaban en contra. ¿Estaría volviéndose loca? El gran cansancio que sentía se apoderaba de ella y la aletargaba. ¿Cuánto duraría la espera? Cuando *ellas* no hablaban no se escuchaba nada y solo se veía oscuridad. *Espero que no haya ratas o algún otro bicho asqueroso*, rogó en voz alta. Vagó por sus recuerdos, las imágenes de los últimos tiempos aparecían en su mente al igual que las caras de aquellos que amaba. ¿Por qué le pasaban estas cosas? Sus mejillas se mojaban por las lágrimas al pensar en la posibilidad de no volver a verlos, pero no quería esa idea en su cabeza.

—Voy a salir, el papiro lo decía, voy a salir, estoy segura, ¡No pienso morir aquí! ¿escucharon? —gritó. Tenía tanto sueño...

El túnel a su derecha comenzó a iluminarse con parsimonia. Había un surco en la parte superior de la pared, más adelante donde era más alta, que se fue encendiendo de a poco con fuego, y lo mismo sucedió con las antorchas ubicadas, cada pocos metros, una a continuación de la otra sobre el muro de enfrente. Gateó hasta que pudo ponerse de pie y comenzó a caminar hacia un lugar más iluminado que se veía al final. Vio a lo lejos unas sombras que venían hacia ella y comenzó a correr pensando que Alan la había encontrado, pero cuando las alcanzó vio que eran mujeres vestidas con los atuendos egipcios que tantas veces había visto en las imágenes de las tumbas o templos. La túnica blanca larga, los cinturones, brazaletes y tiaras doradas, los cabellos negros, sueltos a los lados de sus caras, los ojos maquillados con *khol*. La rodearon sin hablarle y le señalaron que las siguiera. Delante de ella iban, por lo menos, diez mujeres y atrás, otro tanto. Caminaron un largo recorrido hasta una sala circular enorme, rodeada por columnas con capiteles que se abrían hacia arriba, de una altura imponente y con inscripciones y pinturas en ellas en los clásicos colores de siempre: turquesa, dorado, negro y arena. El techo, como los que había visto con anterioridad, era de color azul casi negro y con estrellas doradas de cinco puntas. La ubicaron en el centro de esa sala, sobre un círculo en el piso, elevado apenas unos centímetros, donde había pintadas escenas de los hijos con sus madres. Las mujeres se colocaron alrededor, enfrentándola. Una música monótona, pero muy dulce, comenzó a sonar, una mezcla de tambores graves combinados con los arpegios de las cuerdas de un arpa —bum, bum-bum, clin, bum, bum-bum, bum, clin, clin, clin— que la envolvía haciendo que su corazón latiera al mismo ritmo, adormeciéndola. Las mujeres iniciaron una danza subiendo y bajando los brazos, bailando a su alrededor en un círculo perfecto.

—*"La Esfinge es sabia... recuerda sus palabras"* —Comenzaron a retumbar las frases en las paredes, en su cabeza, en sus oídos, recorrieron su cuerpo impregnándose en cada una de sus entrañas.

Amelia giraba sobre si misma buscando por donde salían esas palabras que hacían a su corazón vibrar.

Algunas mujeres se iban hacia atrás y otras se adelantaban tomando su lugar. Eran ellas, eran las Reinas de Arena. Tantas veces vio las imágenes en los libros, acarició sus estatuas en los templos, admiró las pinturas de sus tumbas. Tantas veces las fotografió.

—*"El amor que por él tienes se derrama por tu cuerpo, como la sal se funde con el agua, como el licor se mezcla al vino"*.

Las mujeres la tomaban de las manos y la hacían bailar con ellas. Volvían a aparecer las que se habían colocado atrás y las que se habían adelantado se retiraban. Llevaban en sus manos copones de los cuáles salía olor a incienso y mirra y al moverse el aroma la envolvía.

—(...) *por la mirra eres glorificada, que nada te falte para refrescar el corazón en tu bella morada. Que tu vida sea hermosa, día tras día, con vida y salud, hasta que alcances la Ciudad de la Eternidad, de modo que nadie olvide tu nombre".*

Subían y bajaban los copones esparciendo humo blanco a su alrededor. Todo era luz y brillo. Los dorados resplandecían por el fuego de las antorchas, las imágenes parecían tener vida propia y el techo estrellado variaba la intensidad de la luz que entregaba.

—*"Al ver a tu amado, el cielo te regalará su amor, como la llama enciende la paja, como la vela atrae al halcón".*

Las mujeres daban vueltas, la tocaban, subían las manos hacia el cielo al ritmo de la música y la volvían a tocar. Los vestidos se arremolinaban con las vueltas de los bailes, las telas de las túnicas se movían con una suavidad y elegancia etérea, las tiaras y adornos reflejaban el fuego. Por un momento se sintió como si se hubiera transportado al Antiguo Egipto. Se sentía una de ellas.

—*"Obedece a tu corazón tanto tiempo como vivas. Aumenta tu bienestar, para tu corazón no marchitar. Sigue tu deseo y tu dicha, cumple tu destino en la tierra. Haz, pues, de cada día una fiesta y nunca te canses de ella."*

Sus ojos se cerraron y una fuerza extraña se apoderó de ella. Su cuerpo se empezó a mover solo, siguiendo el ritmo, imitando el baile de aquellas mujeres misteriosas. Se dejó llevar por esas manos que la tocaban, le acariciaban el cabello y la piel y la movían hacia un lado y hacia el otro con ellas, al compás de la música. Intentó resistirse, pero de pronto se le hizo imposible.

—*"No te detengas, alcanza tus sueños, siente el cosquilleo del encuentro. El abrazo llenará el vacío en tu interior. Espera sin miedo, tu amado viene hacia ti".*

Giró, giró y giró hasta que el retumbe estrepitoso de un tambor puso fin a aquel ritmo. Amelia cayó inconsciente al piso.

Capítulo 28

"El conocimiento es la conciencia de la realidad.
La realidad es la suma de las leyes que gobiernan la naturaleza y
de las causas de donde ellas surgen."

—¿Cómo estás? —Mark preguntó cuando vio que Alan despertaba y se incorporaba de un salto, tambaleándose.

—¿La encontraron? —Se mareó y Mark lo ayudó a sentarse, otra vez, en la camilla —. ¿Qué hora es? ¿Qué pasó?

—No la encontramos aún, pero solo pasaron unos minutos desde que saliste. —Lo miró y le acercó un vaso de agua—. Estuviste encerrado varias horas y el aire puro, el sol y la corrida que te mandaste desde el interior de la pirámide, te descompensaron y te desmayaste. Los médicos dijeron que te bajó la presión.

—Vayamos a buscarla ¿qué podemos hacer? No podemos dejarla sola allí dentro. —Volvió a pararse, sintiéndose más estable para salir de la ambulancia.

—Alan... estamos intentando hacer todo lo más rápido posible, pero... —Bajaron de un salto y comenzaron a caminar.

—¿Pero...? Dilo, Mark ¿qué pasa?

—Los tiempos no cierran, cuando logremos encontrar algo, si es que lo hacemos, será muy tarde. ¿Cuántas horas más supones que soportará sin agua y sin comida?

—¡No podemos dejarla ahí! Algo... —Alan respiraba agitado, sentía una presión en el pecho que lo agobiaba, se tiró del pelo con las manos, desesperado. La mirada seria de Mark le hizo entender que solo podían esperar a que Amelia saliera sola como lo indicaba el papiro—. ¿Si no se cumple lo que marca el papiro morirá allí adentro? ¿Eso intentas decirme?

—Me temo que sería un milagro que llegáramos a tiempo, ya viste, no hay nada, ni una marca, ni una entrada. ¡Nada! —Apoyó una mano en su hombro para darle ánimo—. Vamos con mis padres, te mostraré lo que estamos haciendo.

Alexandra y Jonas estaban dentro del edificio, con la tapa de vidrio que cubría el papiro, levantada, y mostrándole a Asim los detalles, cuando ambos entraron al recinto.

—Alan ¿cómo te sientes? —preguntó, Jonas.

—Mejor —dijo, sin darle importancia—. ¿Qué piensan que pasará? No me mientan por favor. ¿Qué se puede hacer?

—Observa con atención Alan y dinos si todo lo que vamos a contarte sucedió cuando estuviste ahí dentro. —Alexandra fue detallando cada paso desde que entraron hasta que salió por la pirámide y Alan asentía absolutamente en todo.

—Amelia sacó fotos de todo ¿dónde está su cámara? Allí pueden ver lo que había y lo que vimos a medida que recorríamos.

—Aquí está, la pondré a cargar para poder encenderla, lástima, no se me ocurrió antes. —Mark la conectó a un enchufe.

—Todo se fue cumpliendo tal cual está marcado aquí —Jonas lo miró tratando de conformarlo con sus afirmaciones, esperando que se cumpliera cada cosa que decía—. ¿Es aquí donde se separaron? —Alan asintió con la cabeza—. La Reina sigue sola por este camino hacia las otras pirámides y llega a este lugar —movió el dedo hacia un sector circular— donde hay un ritual de protección. Es un camino largo y el ritual va a demorar. Mira como el sol cambia de posición ¿ves? —siguió señalando corriendo su dedo por la superficie—, pero fíjate que luego sigue su camino y sale entre las otras pirámides.

—Allí es donde estamos buscando ahora, pero faltan algunas horas para que se produzca la apertura. Indica que es al mediodía y recién son las siete de la mañana —dijo, Mark.

—Creen que... —Miró al suelo, angustiado, sin terminar la frase, y sus ojos brillaron con lágrimas de dolor.

—Saldrá, Alan, te lo aseguro.

—Alexandra no dudó la respuesta y lo tomó de ambos brazos mirándolo a los ojos—. Quédate tranquilo, confía en mí, sé porque te lo digo.

Alan quería confiar y, aunque solo se lo dijera para darle esperanzas, iba a hacerlo.

—Vamos Mark, quiero ver lo que hacen. —Salieron juntos y comenzaron a caminar en silencio hacia el lugar donde esperaban verla salir.

Capítulo 29

"Tu cuerpo es el templo del conocimiento"

Cuando Amelia despertó se sentía aturdida. Le dolía la cabeza, tenía sed y estaba muy cansada. Trató de ponerse de pie, trastabilló y el taco de uno de los zapatos se rompió así que los quitó, quedándose descalza. El cielo estrellado de la sala daba una luz tenue al recinto, al igual que en el otro sector que habían atravesado con Alan. La iluminación fluctuaba, se acentuaba y disminuía, para luego volver a encenderse. Ya no había brillos, ni luces, ni vida. *Fue un sueño...* Estaba sobre la plataforma donde había bailado, vio las columnas y, entre ellas, las estatuas de las reinas y diosas que habían bailado con ella, con sus trajes, sus respectivas coronas y los accesorios que las identificaban. Reconoció a varias que había visto en sus recorridos de templos y tumbas, Nefertiti, Nefertari, Hatshepsut, la diosa Hathor, la diosa Isis, Cleopatra, pero había otras que desconocía, aunque había leído sobre ellas y las había visto en el baile. Se detuvo delante de cada una, admirándolas. Ya no tenía miedo y no entendía la razón. Cuando terminó de verlas a todas, sintió deseos de agradecerles porque ese viaje había sido un aprendizaje, no había sido uno más, tuvo algo especial desde que comenzó.

—Gracias —parada en el centro de la habitación, girando sobre sí misma, les habló a todas—, gracias por enseñarme lo que debía aprender. Hoy soy otra mujer gracias a ustedes. No sé cómo lo hicieron, pero me han ayudado a descubrir que el verdadero amor existe, me han enseñado a escuchar mi corazón, a no darme por vencida y a luchar por el hombre que amo.

—*"Tu corazón noble y valiente ha traído luz en medio de nuestra oscuridad. Has hecho el bien a nuestro pueblo, por siempre estaremos a tu lado. Nuestro agradecimiento se extiende a tu ser, a tu alma generosa. Nunca estarás sola. En el camino, nuestra lealtad te acompañará siempre, nuestro vínculo nunca se romperá y te protegeremos a ti, a tu amor y a tu descendencia".*

—Siempre recordaré lo que viví aquí, nunca las olvidaré. —La emoción que sentía provocó un nudo en su garganta.

—*"Siempre recuerda que la vida es un lienzo en blanco esperando a ser pintado. En él cada uno pinta su vida y escribe sus propias canciones llenas de momentos, retos y emociones. Has completado esta etapa de tu aprendizaje, pero no olvides que el aprendizaje no tiene fin. La vida es un tesoro invaluable, el viaje continúa, no temas los desafíos ni las tristezas porque en ellos también hay sabiduría".*

—Ojalá algún día nos volvamos a encontrar —dijo, Amelia, con lágrimas en sus ojos por las hermosas palabras que le habían dicho.

—*"¡La hora ha llegado!... ¡Cierra los ojos!... ¡Respira hondo!... ¡Entrégate al universo que hay en tu interior!... ¡Confía y nunca te detengas!"*—El susurro llegó multiplicado por muchas voces femeninas, no era una sola, era como si hablaran todas juntas. Luego, el silencio se apoderó del lugar.

Escuchó un ruido similar a una lluvia torrencial, desde atrás la envolvió una luz que invadió el lugar y sintió una vibración. Al darse vuelta lo vio: un túnel largo y angosto que la llevaría lejos de allí y al final, estaba su mundo, su vida, sus seres amados. No dudó ni un segundo, si lo hacía podía perder la oportunidad de salir. Recordó las explicaciones de los Fraser, tomó sus zapatos en la mano, levantó su vestido, y comenzó a correr hacia la salida. A medida que se acercaba pudo ver una catarata de arena, que caía con tanta violencia que pensó que la enterraría al pasar por debajo porque se veía muy sólida, pero no le importó. Recordó las Cataratas del Iguazú en Argentina donde el agua cae con tanta fuerza que inspira miedo. Corrió y corrió y no dejó de correr. De arriesgar, luchar y confiar se trataba la vida.

Habían pasado varias horas y todos estaban agotados por los nervios que tenían. Había mucho movimiento de gente que intentaba colaborar con la búsqueda, a pesar de creer que nada sería encontrado. La preocupación de Alan era extrema. No sabía que hacer, pero tampoco podía quedarse quieto. Caminaba de un lado hacia el otro esperando algo, un movimiento, una luz, un ruido, lo que fuera. Su vista estaba fija en el posible lugar de la salida, mientras la angustia lo consumía. Una vibración lo sacó de su ensimismamiento.

—¿Sientes eso? —preguntó, Alan, a Mark, que estaba a su lado.

—Si... —miraron el reloj—, es la hora, prestemos atención, debe estar por abrirse el portal —Mark hizo señas a sus padres, que estaban caminando hacia ellos, para que se apuraran.

—¡Allá, mira! —Alan gritó y ambos comenzaron a correr.

El desierto entre las pirámides se quebró provocando un estruendo, abriendo un desnivel. La arena caía desde el sector más elevado al más bajo como una cascada poderosa y salvaje. De pronto el ruido se volvió ensordecedor, el viento soplaba fuerte y el cielo, hasta ese momento de un azul diáfano y tranquilo, se convirtió en un correteo de nubes que viajaban a la velocidad de una película en cámara rápida. Alan y Mark se guarecieron detrás de una pared baja de piedras sin dejar de mirar hacia donde se producía ese revuelo. Jonas, Alexandra y Asim avanzaban despacio desde más atrás, luchando contra el viento que no los dejaba caminar.

—Se está cumpliendo, Jonas, ¡sigue ahí! —Alexandra lo tomó de la mano y él la abrazó y la besó en la coronilla.

—*Yes, my love*, sigue allí —respondió, extasiado y lleno de emoción en sus ojos.

Mark se envolvió la cara con un pañuelo y saltó sobre la pared para acercarse y marcar el lugar exacto de la salida. Entonces, Alan logró ver a Amelia difusa entre la catarata de arena y lo siguió. Comenzó a correr hacia ella. La cascada se interrumpió de repente, durante unos segundos, el tiempo exacto para que ella pasara. Apenas cruzó la salida, la tierra tembló durante unos minutos, arrojándola al piso de rodillas mientras todo volvía a su lugar. A los pocos instantes, fue como si nunca nada hubiera sucedido. La cascada ya no estaba, el viento se había detenido, las nubes habían desaparecido y no había señales de aquella apertura mística. Alan se arrojó al lado de ella y la rodeó fuerte con sus brazos apretándola contra él.

—¡Amelia! ¡Amelia! creí que te perdía, mi amor. —Ella lo abrazó ahogándolo y escondió la cara en su cuello dejando que su olor se impregnara en ella.

Ese abrazo que compartieron tuvo una fuerza especial, no fue una simple y sencilla manifestación de cariño. Les permitió experimentar la intensidad de su amor. Tuvo el poder de demostrarles que él le pertenecía a ella con todo su ser y ella era completamente suya. El poder de enseñarles que eran uno solo y nunca volverían a separarse porque estar separados no tenía sentido. El poder de hacerles saber que la vida era un instante y que debían vivirla intensamente y juntos.

—Por un momento creí que no iba a volver jamás —dijo, contenida contra su piel—, creí que moriría allí dentro. —Amelia lo besó en los labios y él la tomó de la cintura para apretarla contra él, pero sintió que se le escurría laxa entre los brazos.

—Amelia ¿Estás bien? —La sacudió tomándola de los hombros— ¿Qué tienes?

Amelia se aflojó de golpe. Lo soltó, necesitaba aire, comenzó a respirar con dificultad.

—No puedo... me falta el aire... —Se llevó una mano al pecho, la presión que sentía la estaba ahogando, sus ojos se negaron a permanecer abiertos, la negrura la envolvió.

Alan la tomó en brazos y comenzó a correr hacia la ambulancia, encontrándose con los paramédicos a mitad de camino, que ya estaban yendo a atenderla.

La limusina se detuvo en el frente del hotel. Alan bajó a Amelia en brazos, estaba exhausta, abrazada a su cuello y con la cabeza apoyada en su hombro, suspirando entre despierta y dormida. Se despidieron de los Fraser que, ya más tranquilos pero muy cansados, siguieron hasta su casa. Alan la llevó hasta la habitación del hotel. Estaba feliz por haberla encontrado, aunque preocupado por el estado en el que salió de aquel lugar.

La apoyó con delicadeza sobre la cama, haciendo que suelte un gemido de satisfacción.

—¿Cómo te sientes? —dijo, Alan, acariciándole el pelo con suavidad.

—Bien, solo muy cansada.

—Pediré algo de comer. Duchémonos, comamos algo y luego nos acostamos ¿quieres? Necesitamos descansar. Mañana podemos hablar, cuando estemos más tranquilos.

—Si, me parece buena idea, pero quédate aquí, no te vayas por favor, no quiero quedarme sola. —Se abrazó a su cuello.

—No pensaba irme, solo voy a buscar ropa a mi habitación, pero me quedaré contigo. Siempre. A partir de ahora no pienso dejarte ir. —Le besó la frente.

—Vamos a ducharnos. Quiero sacarme la arena, el polvo, los nervios y la locura de este día. No doy más. —Se quitó los brazaletes, las pulseras, la tiara y, finalmente, el vestido cayó al piso.

Entró en la ducha, él la siguió y la abrazó desde atrás, apoyando su espalda contra su pecho. El vapor los envolvía y el agua caía por sus cuerpos exhaustos. Sus manos se recorrieron con dulzura, ternura y amor. Al salir se secaron, comieron algo liviano que habían pedido, entre arrumacos y tímidas sonrisas, se metieron en la cama y se durmieron enredados casi al instante.

Capítulo 30

"El bien social es lo que trae paz a las familias y a la sociedad"

Los escalofríos le subían desde los pies, la piel se le erizaba al contacto de sus labios, le gustaban sus caricias y no quería que se detuviera, pero lo hizo.

—Vamos dormilona, es hora de disfrutar la fama.

Amelia abrió los ojos de golpe. Alan la miraba extasiado y divertido, sacudiendo un grupo de al menos seis revistas en su mano. De fondo, se escuchaba la televisión, la música de la noche anterior, los aplausos, los comentarios de periodistas, y las entrevistas con las autoridades, el presidente, y el público.

—¿Por qué te detuviste? Me gustaba lo que hacías —dijo, ella, seductora, incorporándose, besándolo en los labios.

—Porque es hora de desayunar y, además, el éxito te espera ¡Nos espera! Hay que disfrutarlo. ¡Vamos! Levántate. Mira la tele, ha sido maravilloso. Y las revistas explotan.

—¿En serio? —se apoyó en los codos para mirar las imágenes del noticiero.

—¿Dudabas? —preguntó, mirándola con desconfianza—. El mundo habla del espectáculo de ayer y de lo excelente que ha sido. Hablan de ti, de mí, de los Fraser y del descubrimiento del papiro ¡Están todos locos!

—¡Es genial! Mira eso, allí estamos. —Señaló la televisión en el momento en el que subían al coche que los llevaba detrás de los faraones y luego mostraba su llegada a Guiza—. ¡Es increíble! ¡Mira! No... ¡es genial!

—Los Fraser y Asim están desbordados por tantos llamados y felicitaciones. Hablé con ellos esta mañana más temprano, nos esperan para almorzar. Vayamos a desayunar y luego paseamos un poco como turistas ¿quieres?

—Claro, disfrutemos un poco juntos de este viaje. Nos lo merecemos después de todo lo que hemos vivido ¿no?

Desayunaron en el comedor del hotel, sentados en una mesa cerca de la ventana que les permitía ver la ciudad. Por primera vez probaron todas las delicias que encontraron en esas mesas abarrotadas de comida, estaban famélicos y disfrutaron por primera vez en tantos días. Todos los saludaban a su paso, incluso turistas extranjeros que habían asistido al evento y los reconocían. Cuando terminaron intentaron salir a pasear, iban caminando abrazados por el hall cuando un montón de personas los detuvo y no los dejaron llegar ni a la puerta del hotel. Los periodistas los apabullaban con preguntas, los flashes de los fotógrafos los encandilaban y el público se acercaba a saludarlos y a pedirles autógrafos en fotografías que habían comprado. El hotel, ante la acumulación de gente en el vestíbulo, además de cámaras y fotógrafos, les cedió la sala de reuniones para dar una conferencia de prensa, que ni siquiera tenían pensada, donde respondieron, brevemente, a todas las preguntas que les hicieron.

Al mediodía el auto de los Fraser pasó a buscarlos. Al llegar a la mansión varios periodistas estaban apostados afuera para entrevistarlos sin dejarlos entrar. Alan bajó la ventanilla y les informó que, a la mañana siguiente, darían una conferencia de prensa en el Museo de El Cairo, como le había informado Asim.

—¡¿Vieron las noticias?! —Jonas los recibió efusivo —¡Es maravilloso! *¡Superb!¡Incredible!¡Wondeful!* — Agitaba las manos como un chico.

—Si, son geniales, no podemos creerlo. Lo que vimos por televisión es grandioso y hay montones de videos en YouTube —dijo Amelia desbordante de alegría.

—¡Estamos tan felices! ¡Es justo lo que queríamos! Realmente, logramos marcar una diferencia. Ha sido todo tan... tan espectacular. Las noticias hablan maravillas de todo el evento, es más de lo esperado. —Alexandra los invitó a pasar mientras les hablaba sin parar por la emoción—. Estoy tan contenta. —Se sentaron a la mesa donde Akila les sirvió el almuerzo.

—Amelia, cuéntanos ¿Qué pasó allí cuando quedaste sola? Dinos, por favor.

—Alexandra estaba más ansiosa e inquieta que lo habitual, no paraba de moverse en la silla, tampoco comía, solo quería saber.

—Bueno... no lo sé muy bien. Estaba muy confundida y aturdida por la caída, y cansada, muy cansada. Me quedé dormida o me desmayé, no lo sé, no tengo idea —dijo, dudosa—, pero fue tan intenso que creí vivirlo.

—¿Qué pasó? Dilo por favor no nos hagas esperar. —La ansiedad podía con Alexandra. Era raro porque era siempre tan calmada.

—Bueno... unas mujeres me rodearon, me llevaron por un pasillo iluminado hacia un espacio circular y comenzaron un baile a mi alrededor al compás de una música suave, pero monótona. Luego se alejaron, se quedaron más atrás y otras diferentes me rodearon. Eran las Reinas. A algunas las reconocí por sus atuendos o sus coronas, eran las que vimos en los templos.

—Bebió un poco de vino—. Reconocí a Nefertari por las estatuas en Abú Simbel, a Hatshepsut por la doble corona, a Nefertiti por su corona alta rayada en dos colores y a Cleopatra por la serpiente en su tiara. También estaban las diosas Hathor e Isis, pero hubo otras que no reconocí. Se acercaron a mí, bailaron a mi alrededor elevando unos copones con humo de donde salía olor a incienso y cantaron cánticos que no pude entender, eso fue todo lo que hicieron. —Se detuvo a pensar y luego siguió—. Pero luego, al final, cuando desperté, no había nada, obviamente... no eran reales. Eran tan solo estatuas gigantes ubicadas entre las columnas del lugar. Las recorrí una por una para observarlas y ahí, bueno... no estoy muy segura de lo qué pasó, fue muy extraño... —Los miró, no sabía si contarles o no.

—¿Te hablaron? —preguntó, Mark, mirando a sus padres.

—Me hablaron, si, no sé cómo... escuché unas voces que me decían que había pasado la prueba, que me protegerían por toda la eternidad a mí y a mi familia y que el aprendizaje estaba cumplido y me consideraban una de ellas. —Se quedó estática—. Entonces se abrió el túnel hacia la salida y corrí hacia él, no lo pensé demasiado, tenía miedo de no poder salir, de que se cerrara. —Todos estaban en silencio escuchando y los miró seria—. Piensan que estoy loca ¿verdad? En realidad... yo también lo creo. —Alan tomó su mano.

—No, no estás loca te lo puedo garantizar. —Alexandra habló muy segura— No fue un sueño Amelia, sucedió. Las fotos del pasadizo que vimos en tu cámara lo muestran, el lugar existe. Y lo que pasó luego, cuando te quedaste sola, es la culminación del viaje, es lo que mostraba el papiro, lo vimos juntos. ¿Te acuerdas?

—Pero ¿cómo pudo pasar? Es imposible que ellas hayan estado allí. —Amelia la miró dudando de lo que afirmaba.

—Amelia, *dear* —Jonas tomó su mano porque la vio muy confundida—, aunque lo hayas soñado, tú lo viste, lo viviste, no lo dudes. Ellas de alguna manera se introdujeron en tu mente y te mostraron lo que querían que vieras. Hicieron ese espacio real para ti, te enseñaron algo que necesitabas saber o experimentar.

—Yo sé que es difícil de creer, pero... —Amelia inhaló profundo, sacudiendo la cabeza sin entender del todo lo que decían— fue tan... real.

—A veces las cosas no hay que verlas, solo hay que sentirlas —aclaró Mark.

—Acaso ¿viajamos en el tiempo? ¿Eso quieren decir? —preguntó, Alan, con desconcierto.

—¿Le encuentras otra explicación? —preguntó, Alexandra, y ambos la miraron intempestivamente—. Nosotros estamos seguros de que ese lugar se muestra solo cuando y a quien quiere que lo vea.

—Pero están las fotos —afirmó, Alan—Ahora lo verá todo el mundo.

—Es verdad, pero eso no quiere decir que se pueda ingresar a él como a cualquier otro monumento. —Jonas aclaró—. Hay que ver si encontramos la entrada o la salida, solo sabemos dónde está, nada más. Cuando ustedes desaparecieron no pudimos entrar porque no existe la puerta y Alan, cuando saliste en la pirámide tu tampoco pudiste volver para buscar a Amelia.

—Es verdad, pero... No puede ser. Eso sería... sería... una locura —Alan no encontraba explicación.

—*My friends*... es Egipto, solo aquí pasan estas cosas, no hay otra explicación —se aclaró la garganta y los miró fijo—, tal vez no viajaron en el tiempo, pero si al interior de ustedes mismos.

—Hola Olabisi —Alan se levantó de la mesa y atendió la llamada. Comenzó a sonreír feliz al oír lo que le decía. Amelia lo miraba seria.

—Las fotos son geniales ¡No puede ser que tengamos esto! —respondió la chica eufórica— ¡Es maravilloso! No tienes idea de lo que significa para nosotros algo así. Debes estar muy orgulloso de esa mujer.

—Claro, por supuesto que estoy orgulloso de ella... en todos los sentidos. —La miró y vio como sus ojos se relajaban y le sonreían con complicidad—. Mira Olabisi ahora no estoy en el hotel, estoy en lo de los Fraser, pero en cuanto llegue te llamo y vienes, así de paso la conoces a Amelia y se lo dices personalmente. —Amelia se levantó y lo abrazó, no hicieron falta más palabras. —Dice Olabisi que las fotos salieron preciosas y que quiere conocerte. —La besó en la frente—. Empezó a ubicar las fotos con los diferentes sectores del papiro y está encantada.

—Eso será ¡*wonderful!* Estoy ansioso por verlas —Jonas demostró su alegría levantando los brazos al aire.

—Lástima que no pude sacar ninguna del otro lugar donde estuve sola. —Amelia no soltaba a Alan que la abrazaba con fuerza.

—Amelia, hay cosas que solo quedan en el corazón. —Alan tomó su mano y la besó con cariño.

Capítulo 31

*"Al conocer uno alcanza la fe,
Al hacer uno alcanza la convicción.
Cuando sabes te atreves"*

En el Museo de El Cairo habían preparado una sala especial para la conferencia de prensa. Algunas de las fotos que había tomado Amelia estaban de fondo. La reunión, a pesar de la cantidad de gente que había, se desarrolló en un clima tranquilo y agradable. Sintieron mucho orgullo de su trabajo y quedaron estupefactos por la cantidad de felicitaciones que recibieron, no solo allí, sino también en los artículos de los diarios y revistas. Anunciaron la partida de las exposiciones itinerantes a los diferentes países y continentes que recorrerían y, los Fraser por su parte, hablaron del "Pasadizo de los Dioses" y de su excavación ya comenzada. Las fotografías del Pasadizo fueron furor en todo el mundo y todos los diarios y revistas las mostraban.

A su regreso al hotel, pasearon un poco como turistas, luego fueron a cenar solos a un restaurant que les habían recomendado y durante los dos días siguientes, que todavía se quedaban allí, visitaron otros lugares juntos, acompañados por Fatma, e incluso se animaron a andar en camellos, aunque fue una experiencia algo traumática.

—Fatma, no sabes cómo me ha gustado estar contigo estos días. Me encantaron los lugares a los que me llevaste y todo lo que me explicaste. —Se abrazaron—. Pero lo mejor, fue como me ayudaste y acompañaste con tu amistad, sin conocerme. Nunca me voy a olvidar de eso. Dejo una amiga aquí. Te voy a extrañar, no sabes cuánto.

—Yo también Amelia. Fue un placer acompañarte y mostrarte nuestra ciudad y... sobre todo, ser tu amiga. —Le dio un regalo—. No lo abras hasta que llegues a tu destino.

—Okey. —Lo guardó en su bolsillo mirándola intrigada—. Volveré Fatma, te lo prometo. —Se le llenaron los ojos de lágrimas a ambas—. Te llamaré cuando pueda para que hablemos como lo hicimos tantas veces. ¡A ver si te animas a visitarnos algún día!

—Te espero, siempre estaré para ti, como lo hacen las verdaderas amigas.
—Se despidieron con un beso y un abrazo y se fue.

Al día siguiente por la mañana, la limusina con los Fraser los pasó a buscar para llevarlos al aeropuerto. Se acercaba la hora de partir y eso les provocaba nostalgia a los cinco. Se notaba la tensión en el interior del auto, todos estaban tristes a pesar de ir conversando. Habían pasado momentos muy lindos y otros muy intensos juntos, les daba pena despedirse. Los Fraser los acompañaron a Alan y Amelia a hacer los trámites en el aeropuerto y luego se quedaron con ellos hasta la partida del vuelo.

—*Friends*, fue un honor trabajar con ustedes. —Jonas rompió el silencio, apelando a la formalidad para ocultar su emoción, sin embargo, tanto Amelia como Alan lo abrazaron—. Basta, basta... me van a hacer lagrimear —dijo separándose de ellos espantándolos con las manos.

—Los vamos a extrañar mucho —dijo, Amelia, con los ojos brillosos—, porque han sido muy importantes para nosotros, no solo por la exposición, sino por su amistad.

—Ustedes también fueron muy importantes para todos y nos alegró mucho conocerlos y trabajar juntos. —Alexandra se veía emocionada—. Trajeron muchos recuerdos a nuestras vidas, son personas muy especiales y nos cargaron de energía. Realmente, los vamos a extrañar por lo que me gustaría que pudiéramos seguir hablando y viéndonos.

—¡Claro! Los queremos mucho —aseguró, Alan—. Este viaje tuvo muchos contratiempos que sin ustedes no los hubiéramos podido sortear. —Amelia y él se miraron.

—¿Volverán para la inauguración del Museo de Guiza ¿verdad? —preguntó Mark—, y de paso les contamos cómo va la excavación. También conocerán a mi mujer y a mi bebé.

—Claro, nos encantaría —contestaron, ambos al unísono—. Aquí estaremos.

Comenzaron a caminar todos juntos hacia la puerta de partida. Jonas, Mark y Alan iban detrás de Alexandra y Amelia.

—Dime Alan, ¿Cómo estuvo la reconciliación aquella noche? —preguntó Jonas sonriendo junto con Mark que lo miraba divertido. Alan se paró en seco y los miró serio.

—Y ustedes ¿cómo saben lo que pasó allá abajo?

—Bueno, aquí está la viva prueba de lo que nos pasó a Alexandra y a mí allí. —Jonas palmeó el hombro de su hijo y ambos comenzaron a reír ante la mirada perpleja de Alan.

—Amelia, me alegra que tú y Alan hayan podido solucionar las cosas entre ustedes —dijo, Alexandra, tomándola del brazo—. Son una pareja hermosa. Y dime, se arreglaron allá abajo ¿verdad? —La miró con picardía.

—Y... ¿tú cómo sabes eso? —Se distanció un poco mirándola intrigada y ante el gesto de Alexandra descubrió lo que intuía—. No me digas que Jonas y tú estuvieron allí dentro. ¡No lo puedo creer! —Se tapó la boca azorada—. ¿Por qué no lo dijeron antes?

—Y ustedes ¿de qué se ríen? —preguntó, Mark, acercándose a las dos mujeres.

—Supongo que de lo mismo que ustedes —contestó, su madre, y juntos se quedaron parados conversando—. Hace treinta y tantos años, Jonas y yo comenzamos a investigar ese lugar, pero no había mucha información entonces, así que íbamos a cada rato a las pirámides, buscábamos rastros de su existencia *in situ* porque no estaba detallado en ninguno de los documentos que teníamos, solo eran esbozos. Después de dos años, una noche, luego de trajinar todo el día, nos sentamos a descansar donde ustedes desaparecieron y el portal se abrió y caímos.

—Vimos y vivimos lo mismo que nos contaron y cuando llegamos a la puerta al final de la escalera pasó algo parecido —Jonas hablaba pensativo, recordando—, yo entré en la pirámide y Alexandra quedó adentro. *¡Terrible!* Me senté en el piso y me puse a llorar porque creí que la había perdido para siempre. —La abrazó y la miró a los ojos fascinado—. En ese momento no había nadie a quien pedirle ayuda, no sabía que hacer, nadie sabía que estábamos allí y organizar una excavación podía tardar semanas o meses.

—Mientras tanto, yo pasé por lo mismo que tu Amelia, fue exactamente igual, por eso te dije que fue real ¿las dos el mismo sueño? —Amelia la miró extasiada.

—Yo no me quería ir, pero tampoco me podía quedar quieto, así que caminé como loco por todo el complejo buscando... aunque no sabía muy bien que buscaba, supongo que una salida o una entrada. —La emoción de Jonas era contagiosa—. Lo único que sabía era que en los cultos funerarios eran muy importantes las puertas falsas y que eran el punto de encuentro entre los vivos y los muertos. Y empecé a buscar eso.

—Ellos creían que no había un camino más allá de este mundo, pero el muerto podía subir desde el mundo inferior a disfrutar de las ofrendas llevadas por los sacerdotes funerarios. —concluyó, Alexandra—. Por eso hacían esas puertas.

—Al final, como no encontré nada, salí al exterior y a los gritos le pedí a los dioses y faraones que, si no la dejaban salir, me llevaran con ella. *¡Awful!* Caí de rodillas llorando pensando que nunca la volvería a ver. —La besó en los labios y ajustó su abrazo—. Hasta que el suelo empezó a temblar y... el resto ya lo conocen.

—¿Por qué no lo dijeron antes? ¿Cómo sabían que nosotros íbamos a correr la misma suerte? —preguntó, Alan, sorprendido por su relato.

—No lo sabíamos *my friend*, no teníamos idea que la historia iba a repetirse hasta hace poco... —afirmó, Jonas, rascándose el bigote—. Y no dijimos nada porque... bueno, convengamos que no hubiera sido fácil contarles eso ni bien nos conocíamos. Teníamos miedo de que pensaran que éramos dos viejos chochos que más que investigar debíamos ir rumbo a un geriátrico.

—Todos rieron de sus locuras.

—Y en treinta años ¿nunca se abrió? —preguntó, Amelia

—No. Por eso suponemos que se abre cuando y para quien quiere que lo vea o lo necesite. —Alexandra lo tomó a Jonas de la mano y lo miró—. No estábamos pasando un buen momento en ese entonces nosotros tampoco.

—Te imaginarás que cuando se descubrió el papiro, saltamos de la alegría e hicimos todo lo posible para que cayera en nuestras manos —manifestó, Jonas.

—¿Cuándo empezaron a sospechar que nos pasaría lo mismo? —Amelia lo miró fijo a Jonas porque suponía cuando había sido.

—El día que visitaste la esfinge y te vi gesticulando y hablando sola. —Jonas la miró con picardía—. Te habló ¿verdad? —Amelia asintió.

—Y yo, cuando te vi desencajada apoyada en la pared del templo de Hatshepsut. —La miró, Alexandra, riendo.

—¿Escuchaste voces? —Alan la tomó del brazo y la hizo girar para mirarla a los ojos—. ¿Por qué no me dijiste?

—Porque tú y yo no hablábamos hacía días o ¿no te acuerdas? —contestó, ella, levantando las cejas.

—Es verdad, lo siento. —Se quedó pensativo—. Y tú... —Alan lo señaló a Mark y ambos rieron— ¿eres el resultado de esa noche?

—Así es, aquí estoy. Y dime, ¿llevabas condones? —preguntó, acercándose a su oído, bajando la voz y largando una carcajada.

—No, la verdad que no, pero Amelia toma pastillas —afirmó, seguro de lo que decía riendo con él.

—Bueno... yo eh... en realidad... —dudó, Amelia, mirándolo a Alan que abrió los ojos como platos—, estaba enojada y... ¿para que las necesitaba? —Todos estallaron de la risa mientras se despedían.

Ya en camino a su avión, tomados de la mano, iban callados llevando tras de sí sus equipajes de mano.

—Así que ¿no tomaste las pastillas? —La miró, risueño.

—Tu no llevabas condones —disparó, ella, y fijó los ojos en los suyos.

—¿Recuerdas al egipcio del muelle?

—Si... imposible olvidarlo.

—Después no digas que solo buscaba propina.

—No lo diré.

—Bien. —Se miraron sonrientes y enamorados.

Epílogo

Mashallah:
"Lo que Dios ha querido, ha sucedido"

Ciudad del Cabo – diciembre de 2022

Corría, como todas las mañanas, por las calles de Ciudad del Cabo cuando vio el titular de un periódico que llamó su atención. Se detuvo a comprarlo y, al leer el contenido del artículo que estaba más abajo, pudo confirmar lo que le había dicho Daren el día anterior en el museo. Siguió caminando las pocas cuadras que quedaban hasta su casa, no sin antes entrar en una panadería y comprar unos *croissants* para desayunar.

Al entrar en su casa, reinaba el silencio y, todavía, la penumbra. Caminó despacio hasta el cuarto y se quedó parado en la puerta admirando a sus dos mujeres. Una era el amor de su vida, le gustaba mirarla cuando dormía, se había convertido en un vicio, podía pasarse horas observándola, acariciándola con sus pensamientos. Lo hacía cada vez que podía. La amaba y era muy feliz con ella a su lado. Y la otra... la otra era su pequeño demonio, Ashanti, que la había tenido a su madre loca toda noche anterior sin dejarla descansar. Una bebé preciosa, de piel dorada y ojitos color miel que con el aleteo de sus enormes pestañas provocaba un tsunami del otro lado del planeta. Lo había conquistado desde que la vio por primera vez en la ecografía, al poco tiempo de regresar de Egipto, cumpliendo todas las predicciones de aquel inusual viaje. Se acercó a su cuna, sobre la que colgaba el amuleto de protección a los recién nacidos que le había regalado Fatma a Amelia al despedirse en el hotel de El Cairo. Acarició sus cachetes regordetes, suavecitos y calentitos. Besó a Amelia, que se empezó a desperezar en la cama, y se fue a duchar.

Amelia se levantó, caminó en silencio para no despertar a la bebé y fue a la cocina a preparar el desayuno para tomarlo en la terraza como lo hacían, habitualmente, los fines de semana. No debían demorarse demasiado, ya que tenían que buscar a sus padres y a su hermana con su familia al aeropuerto, que los visitarían unos días, para luego partir a hacer un safari en la reserva donde trabajaba Jonathan, el hermano de Alan. Estaba ansiosa de verlos, los extrañaba muchísimo porque hacía varios meses que no se veían y sabía que ellos también lo hacían y además, querían disfrutar de su pequeña nieta y sobrina. Además, iban a estar todos juntos después de mucho tiempo.

Al entrar en la cocina vio el periódico apoyado en la mesa y se detuvo sorprendida por el titular, que le develaba una verdad indiscutible, aunque algo le había comentado Alan el día anterior. Se sentó a leer el artículo completo, cargada de recuerdos que volvían a su cabeza.

"Egipto – suspenden la búsqueda del Pasadizo de los Dioses"
20 de diciembre de 2022

El gobierno egipcio informó ayer que suspendía la búsqueda del "Pasadizo de los Dioses" anunciada durante el evento de "El Desfile Dorado de los Faraones" en abril del año pasado, cuando se trasladaron veintidós momias al Museo de la Civilización Egipcia de El Cairo y, cuando en Guiza, se presentó la muestra fotográfica realizada por la conocida fotógrafa argentina, Amelia Rull, y Alan Pears, Gerente Comercial del Museo de arte Contemporáneo de Ciudad del Cabo.

Cabe recordar que ese día los arqueólogos Jonas Fraser y su esposa, Alexandra Riley, anunciaron el inicio de la excavación para encontrar el mencionado pasadizo en Guiza, oculto durante siglos en el desierto, dado que había llegado a su poder un papiro con detalles de su ubicación, encontrado en Deir el-Bahari, el que formaba parte de la exhibición. Según lo indica, el mismo nacía debajo de la esfinge de Guiza, recorría por debajo del desierto el trayecto hasta la pirámide de Kefrén, para luego salir entre las pirámides de las mujeres, pertenecientes al complejo de la pirámide de Keops.

Ambos arqueólogos, en la conferencia de prensa en el Museo de El Cairo, mencionaron que después de más de un año de búsqueda intensiva, no lograron dar con él, por lo cual sugirieron al gobierno egipcio suspender la búsqueda y tratar de encontrar más información antes de continuar. Cuando les preguntaron si tenían certeza de su existencia, mencionaron que sí, que las fotos tomadas por Amelia Rull lo mostraban muy bien, pero que Egipto era un país donde había infinidad de otros descubrimientos que no se habían podido explicar, a lo largo de los siglos, a pesar de las certezas de su existencia.

"Tal vez —dijo Jonas Fraser—, tengamos que esperar a que quiera revelarse, a lo mejor no está en nuestras manos mostrarlo, sino que se dejará ver cuando lo desee y a quien desee o cuando considere que la civilización está preparada para asimilar su descubrimiento".

"Por lo que hemos estado analizando —agregó Alexandra Riley—, incluye varias enseñanzas, valores y principios que, de revelarse hoy, el mundo no sabría valorar. No estamos preparados para un descubrimiento como este. Las sociedades están muy convulsionadas en todo el mundo, hay crisis en todas partes, dolor, guerras, injusticias, epidemias y mucha violencia. Y este pasadizo nos habla, exactamente, de lo contrario, de amor, de familia, de lucha, confianza, paz y superación, entre otras cosas. No es tiempo. No es ahora el momento, porque también nos habla de paciencia. Sepamos darle el tiempo que necesita".

Hablamos también con la directora del Museo de El Cairo, quien afirmó que los arqueólogos son de su mayor confianza y quienes han realizado gran parte de los descubrimientos de los últimos años en todo el mundo, por lo cual han decidido aceptar su sugerencia de suspender la búsqueda.

"El mundo deberá entenderlo —dijo muy convencida, cuando se la consultó sobre la opinión de aquellos países que habían colaborado con fondos y técnicos—. Quedará para otro tiempo, para cuando el mundo vuelva a encontrar la paz y la armonía".

Abasi Saad, periodista
para El Balad News – El Cairo

—¿Cómo está mi Reina? —dijo, Alan, a sus espaldas mientras la besaba en el cuello provocándole un escalofrío en toda su columna vertebral—. Anoche quedó algo pendiente, ¿recuerdas? —Su voz suave en el oído la hizo temblar.

—¿Y vas a cobrártelo ahora? —preguntó, dándose vuelta, poniéndose de pie y abrazándose a su cuello mientras lo besaba.

—Salvo que prefieras seguir leyendo el periódico... —La acercó a él, la tomó por la cintura y se quedó mirándola embelesado, acariciando ese rostro que tanto amaba—. ¿Viste el artículo? —preguntó sin dejar de besarla—. ¿Qué opinas?

—Que fuimos unos privilegiados por haber transitado por allí.

—Ya lo creo, lo recuerdo muy bien... —contestó, riendo, y ella respondió con gemidos de placer al sentir su aliento en el cuello.

—No lo decía solo por eso. —Lo besó en los labios.

—Entones ¿por qué? —Él la llevó hasta el sillón y se sentaron abrazados.

—Porque *"el Pasadizo de los Dioses"* nunca será encontrado. —Los besos la hacían perder la concentración y no podía hablar.

—Y eso ¿cómo lo sabes? —insistía él divertido sin parar de besarla y acariciarla.

—Porque me lo dijeron las... las... Reinas... de Arena. —Amelia, lentamente, sucumbía a sus encantos.

—¡¿Cómo?! ¿Por qué nunca me lo dijiste? —Dejó de besarla y la miró sorprendido.

—Ya calla de una vez. —Buscó sus labios y no lo dejó continuar hablando.

Fin.

<u>Agradecimientos:</u>

A mi hija, Laura, mi editora y diseñadora de las tapas de mis libros, quien con su paciencia ilimitada y su visión joven me ayuda a mejorar cada día mis historias.

A mi hija, Agustina, quien maneja mis redes sociales y me alienta día a día a seguir escribiendo para cumplir mi sueño.

A mi mamá y escritora, Mercedes Rull, de quien he adquirido la pasión por escribir y quien lee las diferentes versiones de mis libros sugiriendo cambios, palabras, momentos, con el fin de mejorarlas.

A todos los bookstagramers que leyeron Leonas al Atardecer, quienes hicieron hermosas reseñas, ayudaron a difundir mi libro y, seguramente, leerán Reinas de Arena, también.

A Editorial Dunken, por su buen trato, paciencia y ayuda con la publicación de mis libros.

A Croquiseros Urbanos de Buenos Aires, quienes fueron los primeros lectores de mis historias de nuestra ciudad.

A los guías de las excursiones que hice al visitar cada país, por sus explicaciones, su amabilidad y su atención.

Y, finalmente, a aquel egipcio desconocido que caminaba por el muelle en Luxor vendiendo monedas de plata, y se acercó a mí, mientras yo esperaba la partida de mi barco, para predecir el embarazo de mi primera hija. Ese evento, que quedó grabado en mi para siempre y que es y será inolvidable, es parte de esta novela.

Mis queridos lectores, me gustaría contarles que viajar se ha convertido en una hermosa adicción personal. No solo nos brinda la oportunidad de conocer nuevos lugares, sino también, de expandir nuestra mentalidad al experimentar algo diferente. Nunca pensé que mis viajes pudieran transformarse es estas historias y, menos, que los hiciera viajar conmigo, compartirles lugares, experiencias y emociones adquiridas. Todos los lugares de los que hablo, tanto en este libro "Reinas de Arena" como en el anterior "Leonas al Atardecer", los visité, los viví y los disfruté muchísimo.

Las descripciones son mías y las sensaciones, también. Sin embargo, solo contar lo vivido no alcanza para armar una novela, sino que necesita investigación. Y gracias a los libros, revistas, diarios y artículos que leí, pude precisar muchos detalles que, de lo contrario se hubieran perdido y era interesante contar.

Recorrieron fragmentos del Libro de los Muertos, textos funerarios iniciados por otros más antiguos como el Texto de las Pirámides y el Texto de los Sarcófagos. También, del Papiro de Ani o Libro del Eterno Despertar, una colección de máximas y proverbios éticos escrito en el Imperio Nuevo durante la dinastía XIX, o eso es lo que se cree ya que no hay mucha información al respecto. Se desconoce si Ani es su autor, pero es un manual detallado de los pasos que el difunto debía seguir para sortear los peligros del camino hasta llegar al juicio de Osiris y superarlo con éxito para vivir en el Más allá eternamente.

Al inicio de cada capítulo encontraron fragmentos de Poemas y Proverbios, algunos de los cuales fueron cortados y/o adaptados a los fines de ser utilizados en esta historia. La literatura egipcia fue muy importante, no solo por los poemas sino por los tratados médicos, recetas, procedimientos de encantamientos y magia.

Me resultaron muy útiles los artículos del Diario El País, en los cuales habla de la vida en Egipto, del atasco del Canal de Suez, los accidentes y problemas durante el año 2020, como así también de la ciudad, manifestaciones de mujeres, maltrato y eventos de la política y la economía. Investigué en las revistas "Historia del National Geographic", leyendo artículos no solo de la historia de Egipto, sino de las últimas investigaciones realizadas y nuevos descubrimientos.

También leí libros interesantes como "When women ruled the world" de Kara Cooney donde describe la vida de algunas de las grandes Reinas y Faraonas que son mencionadas y sus vicisitudes para gobernar. Y gracias a los libros de José Miguel Parra, "La vida cotidiana en el Antiguo Egipto" y "La historia empieza en Egipto" pude encontrar detalles de la vida cotidiana de los poblados, la literatura, la escritura, la medicina, la magia y la arquitectura, entre otras cosas.

Hala Khalil, en su película The Best of Times (2007) nos cuenta sobre la vida de la mujer egipcia de hoy y sus deseos, no tan alejados de los del resto de las mujeres.

Y, finalmente, fueron muy valiosos los videos de YouTube que muestran el maravilloso Desfile Dorado de los Faraones y el traslado de las momias al Museo de la Civilización Egipcia, donde se ve la grandiosidad de un evento extraordinario.

La historia de Egipto es larga y complicada, son más de 3.000 años de una increíble civilización que da mucho que pensar. Es imposible plasmarla en una novela, sobre todo de encontrar el punto exacto entre lo interesante y lo excesivo o aburrido, debido a que no se trata de un libro de historia, sino de una novela de amor. Sin embargo, mientras lo escribía aprendí muchísimo y hoy me maravilla más que antes.

Ojalá les haya gustado esta novela y hayan podido ver lo increíble de este lugar, a pesar de aquello que pueda no agradarnos porque es diferente a nosotros. Visitarlo dejó una marca en mí y espero que, a través de esta historia, también lo haga en ustedes.

CONTENIDO